시로 읽고 시로 마치는

통제영 사관

시로 읽고 시로 마치는 통제영 사관

발행일   2020년 12월 4일

지은이   대산 차재우
펴낸이   손형국
펴낸곳   (주)북랩
편집인   선일영   편집   정두철, 윤성아, 최승헌, 배진용, 이예지
디자인   이현수, 한수희, 김민하, 김윤주, 허지혜   제작   박기성, 황동현, 구성우, 권태련
마케팅   김회란, 박진관, 장은별
출판등록   2004. 12. 1(제2012-000051호)
주소   서울특별시 금천구 가산디지털 1로 168, 우림라이온스밸리 B동 B113~114호, C동 B101호
홈페이지   www.book.co.kr
전화번호   (02)2026-5777   팩스   (02)2026-5747

ISBN   979-11-6539-487-5 03810 (종이책)   979-11-6539-488-2 05810 (전자책)

이 도서의 국립중앙도서관 출판예정도서목록(CIP)은 서지정보유통지원시스템 홈페이지(http://seoji.nl.go.kr)와
국가자료공동목록시스템(http://www.nl.go.kr/kolisnet)에서 이용하실 수 있습니다.
(CIP제어번호: CIP2020051194)

(주)북랩 성공출판의 파트너

북랩 홈페이지와 패밀리 사이트에서 다양한 출판 솔루션을 만나 보세요!

홈페이지 book.co.kr   •   **블로그** blog.naver.com/essaybook   •   **출판문의** book@book.co.kr

이순신 난중일기를 보며

시로 읽고 시로 마치는
통제영 사관
統制營 史觀

대산 차재우 지음

북랩 book Lab

아리랑(BC 3897~2333), 최초의 시(詩)

시(詩)는 글이요, 말씀(소리, 노래)이자 언어(言語)이다.

시(詩)는 직설(直說)과 운문(韻文)으로 이루어진 창작(創作)이다.

시는 문학(文學)이다.

문학(文學)은 정서나 사상을 상상의 힘을 빌려서 문자로 나타내는 예술이다.

말씀은 내 마음을 표현함이다.

직설(直說)은 바른 대로 또는 곧이곧대로 말하는 것을 의미한다.

운문(韻文)은 일정한 운자(韻字)를 써서 지은 형식을 갖춘 글. 언어의 배열에 일정한 규율이 있는 글이다.

아리랑은 BC 3897~2333년 때의 노래로 고조선 때부터 지금까지 이어온 문화(文化)이다. 환웅천왕(桓雄天王)이 개천(開天)한 배달(倍達)나라 문화(文化)는 천부경(天符經)이다.

BC 3500년경 제5대 태우의(太虞儀) 환웅(桓雄)의 막내아들 태호복희(太皞伏羲)씨가 만든 원방각(圓方角) 삼태극(三太極)은 천지인(天地人)이라. 팔괘(八卦)는 우주(宇宙)만상(萬象) 상징(象徵)이 상형문자(象形文字)였다 하여 태극팔괘(太極八卦)는 대한민국 태극기(太極旗)의 근본(根本)이라 할 것이다.

환웅(桓雄)의 막내아들 태호복희(太皡伏羲)씨가 BC 3500년경 황하(黃河)로 내려가서 배달국의 제후국 진나라를 세운 것이 황하문화이다. 황하 제후국 삼황오제(三皇五帝)는 사실상 우리 배달국의 후예들이다. 1,000여 년이 지나서 헌원황제(軒轅黃帝)와 배달국 제14대 치우환웅과 10년 전쟁을 하였으며 그후 주(周)나라 때 제18대 환웅이 전사하고 아들 왕검(王儉)이 배달국을 단군조선으로 국호를 개칭하여 고조선시대를 이어왔다.

한글의 기초

BC 2333년 단군왕검(檀君王儉)은 단군조선(檀君朝鮮)의 제1대 초대(初代) 단군(檀君)을 천황(天皇), 즉 천제(天帝)로 모셨다. 단군왕검(檀君王儉)의 아들 태자(太子)가 제2대 부루(夫婁)단군(檀君) 시대부터 노래와 시문이 시작되었다. 제3대 단군 때 가림토 문자를 만들었으나, 정교(精巧)하지 못하여 조선 시대 제3대 세종대왕께서 고쳐서 만든 문자가 한글이다. 이때부터 시(詩)와 노래를 만든 것으로 유추(類推)된다.

4,350년간 불린 우리 민족의 노래 아리랑

겨레의 시조는 파내류산(波奈留山) 환국(桓國)의 제1대 안파견환인(安巴堅桓仁)~제7대 지위리환인(智爲利桓仁)의 아들 거발환웅(居發桓雄)을 BC 3898년 해 뜨는 1만 6,000리 길 아침의 땅으로 보내면서 풍백(風伯), 우사(雨師), 운사(雲師) 등 3,000여 명의 건설단을 함께 보내 이들이 백두산(白頭山)에 도착해 송화강 유역 신시(神市)에서 나라를 세우니 배달국(倍達國)이다.

배달(倍達)의 나라 제1대 거발(居發)환웅(桓雄)부터 18대로 내려오면서 제5대 태우의황웅(太虞儀桓雄)의 막내아들 태호복희(太嗥伏羲)를 황하(黃河)로 보내 진국(振國, BC 3400년경)을 세워 제후국(諸侯國), 즉 중국(中國)의 삼황오제(三皇五帝)로 하(夏), 은(殷), 주(周)로 내려오니, 이것이 곧 중국(中國)이라 할 것이다,

아리랑 노래는 당요(唐堯)가 일으킨 전란(戰亂)을 피하여 동북의 요동(遼東)의 아사달(阿斯達)로 이동해 왔다. 오실 때 동이족(東夷族)이 왕검(王儉)을 따라 단군조선(檀君朝鮮)으로 만육천리(萬六千里)길을 수많은 산과 고개와 강을 건너게 되었는데, 이때 뒤따라 오다가 더 이상 따라오지 못하고 요서(遼西)에 머물면서 부른 노래가 아리랑이다. 이 노래는 백성들이 왕검(王儉)의 덕치(德治)를 그리워하며 불렀던 최초의 고향(故鄉)의 노래 아리랑(阿里郎) 고향지가(故乡之歌) 혹은 '애원성(哀願聲)이나 한탄가(恨歎歌)의 소리'로 여기서부터 유행되었다고 한다. 아리랑 노래 "아리랑 아리랑 아라리요." 10자식 성어(成語)로 "아리랑 고개를 넘어간다." 10자 아리랑 시문(詩文)이다.

노래 태평가(太平歌) BC 2238년 제2세 단군부루(檀君扶婁) 때 노래

於阿於阿我等大祖神大恩德倍達國我等皆百百千千勿忘於
어 아 어 아 아 등 대 조 신 대 은 덕 배 달 국 아 등 개 백 백 천 천 물 망 어

어아 어아 우리들 조상님네 은혜 높은 공덕

배달(倍達)나라 우리들 누구라도 백백(百百)천천(千千) 잊지 마세

阿於阿善心大弓成惡心矢的成我等百百千千人皆大弓絃同善心直矢一
아 어 아 선 심 대 궁 성 악 심 시 적 성 아 등 백 백 천 천 인 개 대 궁 현 동 선 심 직 시 일

心同於
심 동 어

어아 어아 착한 마음 큰 할 일이고 나쁜 마음 과녁이라! 우리들 누구라도 사람마다 백백(百百)천천(千千) 큰 할 일이니 활줄(활시울)처럼 똑같으며 착한 마음 똑같아라.

阿於阿我等百百千千人皆大弓一衆多矢的貫破沸湯同善心中一塊雪惡
아 어 아 아 등 백 백 천 천 인 개 대 궁 일 중 다 시 적 관 파 비 탕 동 선 심 중 일 괴 설 악

心於
심 어

어아 어아 우리들 누구라도 사람마다 백백(百百)천천(千千) 큰 할일 과녁 마다

뚫어지고 끓는 마음 착한 마음눈과 같이 악한 마음

阿於阿我等百百千千人皆大弓堅勁同心倍達國光榮百百千千年大恩德
아 어 아 아 등 백 백 천 천 인 개 대 궁 견 경 동 심 배 달 국 광 영 백 백 천 천 년 대 은 덕

我等大祖神我等大祖神
아 등 대 조 신 아 등 대 조 신

어아 어아 우리들 누구라도 사람마다 백백(百百) 천천(千千) 큰 할 일이라네

굳게 뭉친 같은 마음 배달(倍達)나라 영광(永光)일세

천년(千年) 만년(萬年) 크신 은덕 한(韓)배달(倍達) 왕검(王儉)이시여 한(韓)배달(倍達) 왕검(王

儉)이시여 (백백(百百)천천(千千)년 크신 은덕 우리들 태조신(太祖神) 우리들 태조신(太祖神))

지금으로부터 4,300년 전 산유화 노래

단군 16세 위나 재위 58년(檀君十六世 尉那 在位 五十八年) 때 애환(愛桓)

의 노래(歌), 愛桓之歌有云
　　　　　　애 환 지 가 유 운

山有花山有花 去年種萬樹 今年種萬樹 春來不咸花萬紅有事
산 유 화 산 유 화 거 년 종 만 수 금 년 종 만 수 춘 래 불 함 화 만 홍 유 사

山有花山有花有事 산에 꽃이 있네, 산에 꽃이 있네.
산 유 화 산 유 화 유 사

去年種萬樹 지난해에 만 그루 심고,
거 년 종 만 수

今年種萬樹 올해도 만 그루 심네.
금 년 종 만 수

春來不咸花萬紅 봄이 오니 불함에 꽃이 만발하여 붉었네.
춘 래 불 함 화 만 홍

天神樂太平 천신을 섬기며 태평가로 즐기네.
천 신 락 태 평

BC 2239년 단제(檀帝)께서는 소연(少連)과 대연(大連)을 불러 상(喪)을

잘 치르는 것은 슬픔을 애통(哀痛)함은 삼년상(三年喪)으로 하되, 풍속(風俗)이 변(變)하여 상(喪)을 치름에 망령(亡靈)은 오래될수록 영광(榮光)된 것으로 여기게 하라 하여 우리 민족의 풍습(風習)은 아름답게 하라고 하셨다.

대산(大山) 차재우(車在祐)

차례

서문

사관(史觀)이라 함은 역사(史)적 본질을 해석하여 나타내 보임(觀)을 말함이다. 이 책의 칭호(稱號)는 시(詩)로 읽고 시(詩)로 마치는 통제영(統制營) 사관(史觀)이다. 저자(著者)의 시문(詩文)인 한글 시(詩)와 한시(漢詩)는 시문수(詩文數)를 기재하여 엮었으며 사관(史觀)의 해설(解說)은 유사시(有事詩)로 엮었다. 이를 시문(詩文)으로 착각(錯覺)하면 문법(文法)으로 보면 무격(無格)이다. 이 무격시(無格詩)는 책을 읽기 쉽게 꾸밈이다.

임진왜란(壬辰倭亂) 때 통제영(統制營)의 고장인 통영(統營)을 중심으로 남해안(南海岸)에는 이순신 장군의 해전사(海戰史)와 관련한 진실이 묻어나는 지명(地名)이 살아 숨 쉬고 있다.

통제영 세병관을 자리잡아 세운 곳은 고성현 두룡포였다. 통제영을 세우고 이곳 지명을 통제영(統制營)에서 제(制)를 빼고 통영(統營)이라 하였다. 통영(統營)은 바닷가 마을마다 통제영의 진지들이다. 따라서 통영의 섬과 해안마을마다 경관이 뛰어나고 이순신의 전설이 묻어있어 가는 곳마다 경관이 뛰어나고 관광(觀光)의 가치가 묻어있어 이를 소개하게 되었다.

본래 통영은 진주목(晉州牧) 고성현(固城縣) 춘원면(春元面)인데, 통제영(統制營)의 약칭이다. 통제영은 1592년 임진왜란 때 삼도수군통제사 이순신 장군의 영문(營門)이다.

1593년 삼도수군통제사(三道水軍統制使)의 운주당(運籌堂)에 사관(史觀)을 세우고, 운주당은 조선 수군 전략 전술 교육관으로 사용했다. 이순신 장군이 1598년 노량 해전에서 순국(殉國)함에 충무공(忠武公) 시호(諡

號)를 내렸고, 충무공(忠武公)의 위패(位牌)를 운주당에 배향(配享)하여 제당(祭堂) 칭호를 제승당(制勝堂)이라 하였다. 운주당은 선조 37년(1606) 이경준 제6대 통제사가 한산도(閑山島)에 있던 통제영(統制營)을 두룡포(頭龍浦)에 이설하여 세병관(洗兵館)을 건립하고 통제영(統制營)의 기언(飢言, 주린말)으로 통영이란 지명이 역사(歷史) 속에서 열리게 되었다.

선조 31년(1598) 음력 11월 19일 노량 해전에서 전사한 이순신의 충절을 기리고자 1599년 착량포(窄梁浦)의 착량구(窄梁丘)에 착량묘(鑿梁廟, 경상남도 기념물 제13호)를 세우고 제7대 이운룡 통제사(統制使)가 왕명(王命)으로 선조 39년(1606) 건립 후 다시 충렬사(忠烈祠)를 건립했다.

통영 착량묘

공의 충절을 후세에 길이 전하고자 착량(窄梁) 언덕에 세운 사당으로 이순신 사당의 효시(孝詩)이다. 처음에는 초당을 세웠다고 한다. 고종 14년(1877) 이순신의 10세손인 통제사 이규석(李奎奭)이 기와집으로 중수하여 착량묘(鑿梁廟)라 이름 지었다.

선조 38년(1607) 여황산 남쪽 기슭에서 정량(貞梁)까지 토성(土城)을 축성(築城)하고 세병관을 비롯하여 운주당(運籌堂), 백화당(百和堂) 관해정(觀海亭)등 일부 관아(官牙) 등을 창건하고 이곳으로 옮겨 조선 시대 유일한 계획 군사도시로 조성하게 되었다.

숙종 4년(1678) 윤천뢰(尹天賚) 제57대 통제사 때에 영문 주위의 산 능선을 따라 높이 1장 반 둘레 1만 1,730자, 성가퀴 707개 규모의 평산성을 축성했다.

통영성에는 4대문과 2암문 그리고 3포루가 있었고 세병관을 비롯한 100여 개의 관아가 위풍을 자랑하고 있었다.

일제강점기에 일제에 의하여 통영성(統營城) 일부와 세병관만 남겨진 채 훼철(毀撤)한 것을 총 사업비 569억 원을 투입하여 4만 6,683㎡의 면적에 2000년부터 2013년까지 주요관아 26동과 12공방을 복원(復原)하여 현재의 모습을 갖추게 되었다.

　이순신 제독의 해전은 과학적 전략 전술을 이용한 대첩이다.

제1장

자연(自然) 속에
살면서

1. 부엉이 우는 고향: 저자의 소년시절

시문(詩文)으로 고향산천(故鄕山川)을 표현(表現)하다.

【시문 1수】 산골 외딴집

한밤중
부엉이 우는소리
들리는 밤

내가 살던
오륜동 웃골
외딴 초가 집

부엉이
울름소리
어김없어라.

별들이 총총
매봉산 밤하늘
한적해

해가 뜨면
울다가 부엉이도
잠들어

울음소리
끊어진 대낮.
형제바위

가파른
험한 절벽
부엉이 집

부엉이 집 절벽
밧줄타고 올라
서식처를
보고파서 올라가 보았지?

【시문 2수】 외로움

어스름한 달밤
산기슭 달빛 따라
내 마음도
흐르다

너 혼자 외로워서
매일 밤 우는가?

깊은 잠 깨우는.
메아리소리 울리는
산골 외딴 집
밤새도록 들리는 밤
나 호자 외롭게
홀로 잠든다!

땅거미 진 산골
나 혼자 외딴집은
찾는 이 없이
한사코 외로운데
나 혼자 사는 것을
알고 울겠지?

【시문 3수】 갈등

깊은 밤 산골짜기
부엉이 울음소리
그 소리 울려 퍼져
잠 못 이룬 밤

네가 울지 않으면
꿈속에 헤맬 텐데
그렇게 울 때는
꿈을 깨우나

차가운 밤공기
싸늘한 산골
부엉이 우는소리
마음 울적해

부엉이 욕심쟁이
부자처럼 살면서
밤마다 왜 울어
밤새도록 그렇게
왜 그리 울지

따뜻한 봄날에
범나비 훨훨 날아
고향산촌 꿈속에서
헤매기 일쑤.

【4수】 漢詩 1 대기만성

明月夜孤窈鳴鴞 <small>명 월 야 고 요 명 효</small>	밝은 달밤 고요한데 우는 부엉이.
一遊不每樣鳴音 <small>일 유 부 매 양 명 음</small>	하루도 쉬지 않고 매양 우는소리냐.
月色矓谷五倫洞 <small>월 색 룡 곡 오 륜 동</small>	달빛 기운 골자기 오륜동
沉浸在悲的鳴鴞 <small>침 침 재 비 적 명 효</small>	구슬프게 울고 있는 부엉이 소리.
鴞多欲心大福徵 <small>효 다 욕 심 대 복 징</small>	부엉이 욕심 많아 복덩이 징조.
鴞大器晚成象徵 <small>효 대 기 만 성 상 징</small>	부엉이 대기만성 상징이라오.

【시문 5수】 회상

부엉이 눈 콘택트안경
야간적외선 카메라 장착
타고난 드림렌즈시력
멀리 있는 사냥감 안 놓쳐
부엉이 야행성 카메라.
콘택트안경이 비밀이라네!

초저녁 활동무대
큰 눈 뜨고 먹이사냥
한밤중 어김없이
달빛 아래 꿍꿍 앓고
부엉이 울 때마다

고라니 소리 끊어지네!

부엉이 본래 고향은
유럽 이태리 네덜란드라!
부엉이 우는 소리
들리는 아늑한 밤에.
부엉이는 한평생
부부 사이 금슬 좋다네!

부엉이 소문난 복덩이
욕심쟁이 재물의 상징
알뜰 살림 살면서
먹이비축 놀부 같아
절약검소 간직해서
부자살림 이룬 살림꾼일세!

2. 사랑의 울음

【시문 6수】 뻐꾸기

뻐꾹새 슬피 우는
뒷산 언덕길 아래
고갯마루 쉼터에
들리는 노래
뻐꾹! 뻐꾹! 계집가고
나 혼자서
어찌 살아
구슬프게 우는 언덕길

뻐꾹새 날이 새면
날아다니고
뻐꾹! 뻐꾹! 뻐꾹!
즐거운 노래
머루다래 가지마다
뻐꾹새 노래
즐거운 노래
사랑노래 어찌 하리오.

【시문 7수】　이별

성황당 고갯마루
이별하던 언덕길
남몰래 사랑이별
메아리 서러워라.

고갯마루 언덕길
너와 나가 만나서
우린 같이 나눠
정주고 사랑 줬지

지금은 어디 있나
사랑 노래 이야기
이해 못할 갈등이
이별이 원말인가?

【시문 8수】　매듭

이제 취할 시간이다.
무엇으로 취할 것인가?
술이건 사랑이건 모두다
그대가 같이한다면 서로가.

다만 끊임없이 취하라.

그리고 우리사랑 언제?

우린 마음을 같이하고

사랑이 술에 취하면 어쩌리.

3. 소쩍새 우는 내 고향

우리 집엔 소쩍새 울음소리 듣고 살았다.

해지는 어스름 저녁 무렵에는 어김없이 찾아와 숲속에서 울음을 울다가. 그리고 해가 뜨면 잠이 들어 고요해진다.

밤새 소쩍새 우는 소리를 들으며 잠드는 나는 소쩍새 마을에 사는 행복한 사람이다. 그래서 나에겐 소쩍새 소리는 고향의 소리다. 내 어릴 적 심심산골에도 봄 내내 소쩍새 우는소리 자장가처럼 듣고 살아온 나는 소쩍새 소리를 따라 고향산촌을 헤매기 일쑤다.

자연의 모든 것이 사람의 마음을 순하게 해주는 좋은 스승이고 벗이긴 하지만, 깊은 산속을 지키며 사는 소쩍새는 나를 닮은 것 같아 더욱 친근함이 느껴진다.

늦은 밤 오늘도 왜 그리 슬피 우는지. 악몽에 헤매고 악몽에서 쉬지 않고 그렇게 우지 마라. 소쩍새 너는 왜 밤마다 그리 슬피 우는가. 고행 속에 봄바람에 진달래도 개나리도 봄노래를 부르지?

그 산골 여름은 소쩍새는 짧은 봄날 밤을 새우며 그곳을 지키면서 우는가? 그곳 그 산골 봄날엔 무덤가에는 치마저고리 받쳐 입은 할미꽃이 피었는가?

【시문 9수】　소쩍새 우는 고향

아지랑이 속삭이는
따뜻한 이른 봄날,
깊은 산골 외딴 집
소쩍새 우는 초저녁,
소쩍새 우는 소리
풍성하게 들리는 밤,

나 사는 시골집은
새들의 고향 산골,
자연을 잠 깨우는
초목지시(草木知示) 알리는 봄,
못자리 논　개구리
울음소리 요란하네,

한 해의 풍년농사
비바람이 만들어.
만물이 새싹피어

비 내리는 산골에
대자연꽃이 피어,
풍년소식 들린다오.

【시문 10수】　한여름

초가지붕 고향의 집
앞마당에 여름 꽃들.
초여름부터 피어난
분홍 조팝나무 꽃들
진한 붉은색 꽃을,
화지몽(花之夢)이라.

시원한 고랭지 여름
장마 전에 수확해야
5년간 농사 지었지만
태풍 불어 농사 실패
젊은이 농촌 떠나고
노부모만 외로운 농촌

농촌마을 애기울음
듣지 못한 지 오래라.
자유무역 FTA자순(咨詢)

젊은 농부 떠난 농촌

지금은 아이들 손잡고

농촌마을 찾아든다오.

【11수】　漢詩 2 추분

昏暗晩時漸漸長 혼 암 만 시 점 점 장	어둑해진 저녁시간 점점 길어지고
棗實之心急紅臉 조 실 지 심 급 홍 검	대추열매 마음이 급해 얼굴이 붉어지네.
晨空氣相當凉霜 신 공 기 상 당 량 상	새벽공기 제법 차서 서리 내려
霓灯下我心感動 예 정 하 아 심 감 동	네온사인 불빛 아래 내 마음 흔들려
脫服枯枝立裸体 탈 복 고 지 입 나 체	옷 벗어 메마른 가지 서있는 알몸같이.
亂山谷怪石寂寞 란 산 곡 괴 석 적 막	어수선한 산골짜기마저 쓸쓸하다.

4. 중천수심(中天愁心)

우리나라의 대표적인 전래동요 가사를 보자.

달아 달아 밝은 달아 이태백이 놀던 달아

저기 저기 저 달 속에 계수나무 박혔으니

옥도끼로 찍어내어 금도끼로 다듬어서

초가삼간 집을 짓고 양친부모 모셔다가
천년만년 살고지네.

【시문 12수】 중천명월

한밤 중천에 뜬 명월
술잔 속에 뜬 보름달
달 한잔 마셨더니
떠오르는 임 생각이!

월하의 밤 술잔 속에
달과 나 그림자 셋이
달빛 별빛 사이로
꿈결 같은 임 생각이!

아무리 마셔보아도
달덩이 얼굴 임 생각
달과 같이 임과 함께
떠오르는 지난날들

그대 마음 동경 속에
지난 추억 그리면서
무엇들이 그토록

지난 일들 생각나네!

【시문 13수】 밤에 우는 소쩍새

무슨 사연 있기에
밤에 우는 소쩍새
산들산들 봄바람
밤낮 우는 소쩍새
너에게 꼭 하고픈
부탁이 있었나 봐!

소쩍새 우는 가을
국화꽃 필 때엔
낮에 우는 두견새
밤에 우는 소쩍새
고향마을 가리켜
가을소식 전해줘

한 송이 국화꽃을
피우기 위한다면
악몽에 시달려도
그리 슬피 우나니
오늘도 늦은 밤에

왜 그리 우는 거지

밤새도록 외로워
울고 울어 싶지만
소쩍새야 너희도
새벽이 올 때까지
울음을 멈춰주면
그렇게 좋으련만…….

5. 내 고향 오륜동

【14수】 漢詩 3 취객

春雨歇諸綠山野 봄비 그치니 온통 산과 들이 푸르고
춘 우 헐 제 녹 산 야
江南燕飛蛙上曲 강남 갔던 제비 날아 개구리 노랫소리 높아라
강 남 연 비 와 상 곡
一頂烏紗帽不整 상두에 오사모(검은 갓)를 비스듬히 쓰고
일 정 오 사 모 불 정
醉客花丘南陽臥 취객이 꽃핀 언덕에 남향 볕보고 누웠네
취 객 화 구 남 양 와

【시문 15수】 호남혼가

서리 내려
찬바람 부는 밤
가을 하늘
밝은 달밤
정읍 피향전(披香亭)

옆집 혼가에
노랫소리
들리는 새신랑 방.

경상도 노래쟁이
잽 안 되고
정읍 소리꾼
멋진 한판

아직도
그곳은 조선 시대
청년 모두가
소리꾼들이라.

【시문 16수】 임

먼 산 바라보니
희뿌연 연기가
봄 냄새 풍기네.

내 사랑 얼굴이
봄 향기 속에
아른거린다.

우리들 사랑은
돌아온 蕩兒처럼
불안한 장래

갤러리 전시장에
행 오리처럼
겉 띠기 사랑

초목의 뿌리에
물이 오른 뒤
잎사귀 피겠지

수양버들 가지는
새움 트면서

봄꽃 피우네.

겨울이 퇴각을
서두르는
이른 봄날엔

신령이 산허리
둘레 돌며
아른거린다.

머잖아 제비가
처마 끝에
날아든다네.

훌쩍 가는 임
잡을 수없이
떠나는 탱자라.

어딘가 유유히
저 먼 원지로
가시지 마오.

【시문 17수】 겨울 산이

겨울 산이
저만치 텅 비어
열려 있는 내 가슴
비어 있는 마음으로
나 홀로 올라가니.
겨울 산이 삭막하네.

겨울 산이
그렇게도 말라
삭막한 내 마음이
가슴 졸리는 산바람
마른 나뭇가지에
가랑잎 팔랑거리네.

겨울 산이
말라붙은 가지에
텅 비어 헐벗은 채
열려 있는 가슴이
시리고 아프면
깊숙이 안아 주려나

겨울 산이

가슴이 시리도록
앙상하게 말라서
시리고 시린 가슴
저체온 온다면
동상 걸려서 어쩌라

【시문 18수】 눈 내리는 날

마른 잎이
한잎 두잎 떨어지고.
지저귀던 산새들은
소식 없이 떠난 뒤!

추위에 울고
떠난 매미잠자리
설산으로 초대하는
겨울사랑 잊었나!

이름 모를
풀과 들꽃들은 이미
바람결에 후손의
씨앗을 맡겨두었고.

사모 하는 마음
참아온 계절에
조금만 건드려도
우수수 옷을 벗는다.

사랑을 많이
하라고 눈이 펑펑
하늘이 내려주는
사랑의 선물이라오.

추위에 온갖
고초 감내하며
뜨거운 사랑으로
온몸 녹이는 한밤에.

지금 폭설이
펑펑 내리는 것은
부끄러운 용서를
덮어주는 은총이라.

정말 우린
사랑을 허락하실까?
사랑은 일주일 내내
눈이 펑펑 내리리.

【시문 19수】　새미집

오래된 새미집
술안주 좋아
소문난 집
연탄불 보일러
구들목에

방바닥 뜨거워
온돌 구들목
우린 생각나!
지역 시인, 화가,
단골집에

통영소식 직통
참새들 이곳에
모여든 방앗간
따뜻한 단골손님
이야기 깊어라!

선술집 한잔 술
해녀들이 따올린
해물 다찌집
저녁식사 안 해도

배불리 먹어

지역문인 공간
문화인 휴식처로
모여든 자리.
지갑걱정 부담적어
싼 술값이라네!

【시문 20수】　모임(meeting)

술에 취하고
정에 취하는
오래된 木墟술집

맛에 반하는
값에 정들어
소문난 선술집에

동네소문
이야기가 .
꽃피우는 대폿집

한자리 모임

막걸리 한잔
순배가 돌고 돌아

진한 친구들
이곳에 같이
컬컬한 막걸리 한 사발

【시문 21수】 소식통(news line)

문인들 모이는
단골집 손님들,

통영 고성 거제,
종이쟁이 모여

이곳에 오면,
세상 돌아가는 소문
여기가 정보쎈타

참새 방앗간
동네 소식통
사건 따라 뉴스 따라,

지역 역사

지역 적폐

잡아내는 정보통!

6. 마도나 다방(Madonada Room)

1955년경 통영시는 무역항으로 변신했다. 외국인들이 찾아드는 항구로서 이탈리아(Italia) 풍토 동양(東洋)의 나폴리(Napoli)항으로 이름난 곳이다. 통영항(統營港) 오거리 모퉁이에 마도나 다방(Madonada Room)에는 외국인들이 모여드는 명문(名門)이다.

마도나 다방 마담의 품위가 고상하고 영어, 일어가 능통하였으며 다방 시설이 유럽 풍토 냄새가 묻어난다고 하여 베네치아(Venetia) 유럽 '해상공화국의 요지골목 버금가는 항남동' 르네상스(Renaissance)라. 그리스·로마 고전 문화 감상을 느낀다고 하였다.

통영의 고전 마도나 다방(Madonada coffee Room)은

무직룸(music room)서 흘려 들리는

음반 레코트(arecordlabel) 음악소리가 가슴을 타고 머리 속까지 전한다!

카운터(counter)에 세련된 '얼굴마담' 교양미,

격조 따라 애교만점 '레지(lady)'라 불리는

젊고 예쁜 아가씨 한둘이 써빙(serving) 분위기!
동양의 나폴리 항구도시 통영항 추억을…….

【시문 22수】 커피 한잔(a cup of coffee)

사랑이 녹고
슬픔이 녹고
즐거움이 녹아

마음까지
녹아내린
커-피 한잔이.

기쁨이 녹고
정성이 녹고
온갖 추억 녹인다.

나도 모르게
가득 차올라
녹아내려 마시면서

외로움 적셔
뜨거운 한잔

커피 잔에 녹여낸다.

끓는 물에
커피 한잔
향기 속에 내 마음을

하얀 김이
피어오른
온 가슴을 적셔주네!

【시문 23수】 고독

정말 예쁘게
꾸며진 카페(café)
외벽 뷰(view)까지
상쾌한 느낌을
홀로 외로운
가슴 적시고
진한 향기에
맴도는 시간을

정말 예쁜
카페(café)에 들어서

외로운 내 마음

한적한 곳에

내 귀에 들려주는

음악소리

내 마음을

낭만 속에 즐기네.

제2장

통제영(統制營) 사관(史觀)

1592년 7월 7일(양력 8월 10일)을 한산대첩기념일로 하여 해마다 8월 10일~18일까지 통영시 주관()아래 삼도수군통제영과 통영충렬사에서 충무공이순신 제사를 지내고 다음과 같은 통영시전역에서 문화 행사가 1주일간 거행된다.

새벽녘 통영다도해

새해맞이 일출경

요트대회

10년 만에 눈내린 통영항

통영항 야경

한산대첩 전야제

군점행사

통제사 행차

통영지맥(統營地脈)

통영지맥(統營地脈)은 지리산(智異山) 정맥(靜脈)으로 천왕봉(天王峯) → 대곡산(大谷山 542.8m) → 옛 가야(伽耶, 고성(固城)) 대가 → 상리감퇴고개 → 고성 읍남산(南山) → 신월리 → 월평리 매수동 → 벽방산(碧芳山, 652m), 남으로 분기하여 고성반도와 통영시가지를 뚫고 장골산(179m) 줄기로 당동(當洞)에서 진남초교까지 이어진 용화산(龍華山, 458.5m)으로 연결된 지맥(地脈)이다. 서쪽 갈목마을에서 끝나는 약 40㎞의 산줄기가, 한국의 나포리(羅浦里, Napo-ri)라 불리는 통영은 유·무인도 합해 570여 개의 섬(유인도 44개)을 거느리고 있다.

용화산(龍華山, 458.5m)은 당동(當洞)에서 진남초교까지 이어졌던 지맥(支脈)이 지진(地震)으로 갈라져 착량(窄梁)에 돌다리 건너 미륵도(彌勒島)를 만들어 끊어진 지맥(支脈)이 미륵도(彌勒島)로 바다로 숙여져 한산도(閑山島) 욕지도(欲知島)의 두미(豆彌) 천황산(天皇山, 392m) 이어졌으며, 사량도(蛇梁島)는 미륵산(彌勒山, 458.5m) 서쪽 풍화리(豊化里) 할바지 할미 바위에서 해저로 숙였다가 칠현산(七賢山, 349m)과 지리망산(智異望山, 397.6m)으로 이어진 정맥(靜脈)이다.

거제도(巨濟島)는 통영 벽방산(碧芳山, 652m)의 1대간 아홉 정맥 발자취가 낙남정맥의 흔적들이 통영 삼봉산(三峯山) 아래 해간도엔 화산 흔적이 해저로 침몰되어 건내량 해협에 숨었다가 거제도 시래산(始來山, 245m)을 이루어, 동진하여 계룡산(鷄龍山, 566m)을 이루며, 남동의 대금산(大錦山, 438m)으로 주향성(走向城)을 나타낸다.

통영 옛 지도

통영(統營) 주산(主山)

주산(主山)은 벽방산(碧芳山, 불교명 벽발산; 碧鉢山) 지맥(地脈)이다. 안정사(安靜寺)는 654년(무열왕 1년) 원효대사 나이 37세에 창건한 사찰이다. 원효대사가 이곳에 와서 벽발산이라 이름을 붙였다고 전한다.

벽방산(650.6m)은 오른쪽 거류산(巨流山, 414m)을 품고 앉아 천개산(天蓋山, 521m) → 대당산(大堂山, 437m) → 시루봉(蒸甑峰, 370m) → 도덕산(道德山, 342m) → 발암산(鉢岩山, 261m) → 제석봉(祭席峰, 279.1m) → 뭇산(굿산, 伬山, 127m) → 망일봉(望日峰, 148.3m) → 장골산(壯骨山, 179m) ↔ 여황산(麗凰山, 174m) → 천암산(天岩山, 257m) → 갈목까지라.

천함산(天函山)을 일제강점기 때 '천암산(天岩山)'이라 개칭했다. 높이는 낮지만 우뚝 솟은 정상(頂上)에 바위가 도드라져 지어진 이름으로 남해 조망(眺望)이 뛰어나다. 풍수지리학(風水地理學)으로 보면 천암산(天岩山)이 주산(主山)인데 높이가 낮아 객산(客山)인 미륵산(彌勒山)에게 주산 지위를 내준 꼴이다.

통영정맥

지리산(智異山) 천왕봉(天王峯) 정맥(靜脈)이 동남(東南)하여

벽발산(碧鉢山)에 중점(中點)하여 용화산(龍華山)에 정점(頂點)이라.

통영(統營)은 섬(島)과 같은 반도(半島)지만

용화산(龍華山)의 정기(精氣)는 룡(龍)의 혈맥(血脈)이라오.

룡(龍)은 물의 상징(象徵)이요 물을 품고 사는 파충류(爬蟲類)라.

통제영(統制營)은 조선 수군 총 본부라 알고 있다.

임진왜란 이후 조선 수군 3만인이 통영(統營)에 주둔했다.

우물마다 수질(水質)좋아 룡(龍)의 덕분(德分)이라오.

통영성은 토성이다

숙종 4년(1678) 세병관을 중심으로 산 능선을 따라 성을 쌓았고 성곽에는 아치형 성문 위에 4대문이 있었다. 태평동 동문고개이다. 문화동 서문 까꾸막, 태평동 토성고개에서 각각 남문, 동문, 서문, 북문과 이를 보조하는 작은 동암문, 남암문이 축조되었다고 한다.

삼지(三池)

삼지는 통영성 축성 때 조성됐다고 전해지는 세 개의 연못이다. 남문 안쪽에 있었던 남문지(南門池)와 북문 안쪽에 있었던 북문지(北門池), 통제사 집무실인 운주당에 있던 운주당지가 있었다고 하지만 일제 강점 초기에 매축돼 전하지 않는다.

구정(九井)

구정은 통영성에 있었던 9개의 공동우물이다. ① 남문내정(남문안새미), ② 동락로변정(동락동새미), ③ 서구상로변정(간창골새미), ④ 하동문로변정(동문 아래새미), ⑤ 주전동정(주전골새미), ⑥ 신상지변정(못새미), ⑦~⑧ 북문내로변정 2개(웃 샘과 아래 샘을 ⑦ 안새미, ⑧ 바깥 새미), ⑨ 명정골 정당(井堂) 일정(日井)+월정(月井)=명정(明井), 2개의 통새미라고 불리는 우물이 있다.

간창골

삼도수군 통제영 관아 건물들이 100여 채나 있어 동네 이름을 관청골이라고 불렀다고 한다. 나중에 발음하기 쉬운 간창골로 불러 지금도 동네 이름이 간창골이라고 한다.

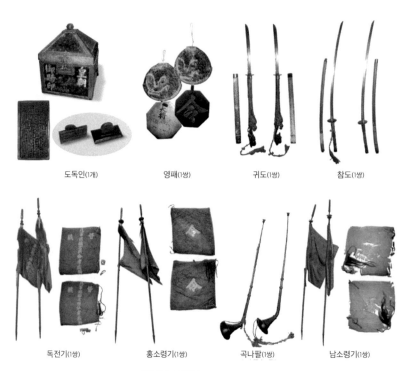

도독인(1개)　　　　영패(1쌍)　　　　귀도(1쌍)　　　　참도(1쌍)

독전기(1쌍)　　　홍소령기(1쌍)　　　곡나팔(1쌍)　　　남소령기(1쌍)

통제영 유물들(통영 충렬사 소장)

통영 충렬사 전경　　　　　　　통영 착량묘

통제영 전경　　　　　　　통영세병관

정당샘(명정샘)

통영 출신 김춘수 시인의 '명정리'에 이어
일제 강점기 통영에 잠시 머문
백석 시인의 '통영2'의 문학작품에도
배경이 되었던 곳이라.

통제영 제51대 통제사 김경 시절
우물을 하나 파 일정샘이라 이름 짓고
하나 더 파 월정이라 지어
훗날 두 우물을 합하여 명정샘으로 불렀고,
이 우물에서 명정동의 지명이 유래되었다고 한다.

경상남도 기념물 제273호

통영 명정은 우물 2기와 수조로 구성되어 있는데 위의 샘을 일정(日井), 아래의 샘을 월정(月井)이라고 부르고, 두 우물을 합하여 명정(明井)이라고 한다.
일정(日井)은 충렬사에서 사용하고, 월정(月井)은 민가에서 사용했다고 한다. 정당(井堂)샘보다는 명정(明井)이라는 우물 이름으로 더 많이 불리고 있다.

이 우물은 처음에 하나를 파고 보니 물이 탁하고 곧 말라서 두 개의 우물을 동시에 팠더니 비로소 물이 맑고 수량이 많아졌다고 한다.

위의 샘을 '일정(日井)' 아래샘을 '월정(月井)'이라고 하였는데
일정(日井)물은 충무공 향사에 사용하고,
사체나 상여가 이 우물 위를 지나면
물이 흐려지는 이변이 생긴다 하여
지금도 이를 금하고 있다.

한때 일정(日井), 월정(月井)을 합하여 팔각정으로 개축하였더니
돌림병이 발생하는 이변이 생겨
팔각정을 허물고 명정(明井)으로 복원하였다.
이 샘은 햇빛을 받지 아니하면 물이 흐려지므로
지붕을 세우지 못하고 있다고 한다.

명정(明井)과 태평정(太平井)에서 급수(給水)해도
부족함이 없었으니 그 수맥 어디에 이어졌나?
통영은 주산(主山) 용화산(龍華山) 기(氣)를 받아 예술인(藝術人)의 도시(都市)로서,
룡(龍)의 상징(象徵)인 예술(藝術)의 전당(殿堂)이다.
그래서 통영(統營)은 전국적(全國的) 큰 예술인(藝術人) 출생지(出生地)라오.

【시문 24수】 백석 이야기

평안북도 정주군 갈산 출신
백석이라는 시인 백기행
서울 학창시절에
친구 결혼식장에서 소개받아
단 한 번 인사하고
흠모(欽慕)했던 여인
이화여대 출신 그녀.
박경련을 잊지 못해
찾아왔던 백석.
통영 명정골 정당샘.
얼굴 한번 못보고
죽지(竹枝) 먼당, 대밭집 아래
3년을 거주해도
불면(不面)의 여인
통영의 귀부(貴富) 하동집.
귀인의 규수(閨秀)
여인을 잊지 못해
낮술 한잔마시고
충렬사 사당 계단에 주저앉아
詩를 읊었던 지척
친구와 결혼해 버린
熙女 박경련 씨.

백석은 친구를 잃었고
연모하는 여인을 잃었다오.

【시문 25수】 관광도시 통영

바다의 "땅"
동양의 나폴리
바다 가운데
공주 같은 섬
아직도 처녀라.
나폴리 언덕 아래
거북선 호텔 옆
착량(窄梁)의 돌다리는!
그 흔적조차
찾을 수 없는데.
착량(窄梁)에
착량묘(鑿梁廟)역사를
너는 아는가?
갈매기야 슬프게
우지마라.
너희 울음 훤곡(喧哭)이네.

문화의 전당, 통영시 소개

문화도시 통영
최고의 문화 르네상스를
구가하던 때였다.
이 시기 시인 청마 유치환,
작곡가 윤이상,
소설가 박경리,
서양화가 김용주, 전혁림, 이한우,
시인 김춘수, 유치환 등
거장들이
통영의 문화를 이끌었다.

【시문 26수】　구불구불 섬과 섬

쪽빛 바다 푸른 물결 변함없이 푸르구나.
세계적 청정해역 이곳 통영 바다운행
통영 해경 음주운행 철저한 검문 받아

섬과 섬 사이 구불구불 위험한 뱃길 급물살
올망졸망 물망초 떠 있는 다도해 사이길.
숨어있는 암초 많아 모범 선장 아니면 안 되네.

통영 사람 선장이면 걱정 없이 안심해요
바다 밑 암초 위치 외우고 수심까지
베테랑급 선장들 일기관측 박사들이라.

통영의 밤

착량묘(鑿梁廟)는 임진왜란 때 큰 공을 세운 이순신(李舜臣) 장군(將軍)
의 위패(位牌)와 영정(影幀)을 모시고 있는 사당(祠堂)이다. '착량(窄梁)'이
란 좁은 돌다리(窄), 좁은 해협(梁)을 말하는데, 일본 수군이 조선 수군
에게 쫓겨 막다른 착량(窄梁)에서 패전(敗戰)하여 일본 수군의 죽은 송
장(送葬)이 가득히 떠올라 송장 나루터(지금의 미수 2동 '나포리목' 거북선
관광호텔 앞)라 이르고, 일본 수군이 착량(窄梁)을 파낸 곳이라 하여 '판
데목'이라 한다.

【27수】 漢詩 4 통영 착량묘

李忠武公奉神殿
이 충 무 공 봉 신 전

이충무공을 모시는 사당(祠堂)은

窄梁邊濟鑿梁廟
착 량 변 제 착 량 묘

좁은 징검다리(窄梁)건너던 변(邊)에 착량묘(鑿梁廟)

神殿奉祭祠處堂
신 전 봉 제 사 처 당

신령께 제사 지내는 곳은 당동(堂洞)이라오.

我們將軍永遠祈
아 문 장 군 영 원 기

우리들은 장군님께 영원(永遠)토록 기원(祈願)하리라.

【시문 28수】 기다림

갈매기야! 갈매기야!

통영항 갈매기야

수많은 배들은

오고 가는데

애타게도

세월은 흘러가고,

내 사랑

그 님은 언제쯤 오나!

갈매기야! 갈매기야!

내 사랑 갈매기야

바닷가 배들은

기적 울리고

애타게도

그 사람 보이지 않아,

내 사랑

그 님은 언제쯤 오나!

가오치 가배량(加背梁)

통영시 도산면(오륜리 가배량~저산리 벌기미) ↔ 고성군 삼산면(두포리 두모~굴령포)가 마주한 좁은 해협, 폭 300m 가배량(加背梁) 가운데 물 위에 떠 있는 무인도(無人島) 14,678㎡를 유자섬(柚子島)이라 한다.

【시문 29수】 가배량 갈매기

가오치 가배량
물 위에 뜬 갈매기야
너울 파도 타다가
배고파 우는 거지
자맥질 할 줄 몰라
공습해야 먹이 잡네!

애기의 울음소리
흉내 내는 갈매기
너의 울음소리가
비명소리 같아서
멸치 떼 발견하면
공중비상 왜 하나?

멸치 떼 발견하면
갈매기 떼 잔치 날
고성만 깊숙한 곳
정치망 선주들께
만선소식 전해줘
만선 깃발 휘날리네!

읍도 삼별초

가배량(加背梁)은 고성현(固城縣) 도선면(道善面) 오합포(五合浦) 가오치(加五峙)였다. 읍도(邑島)의 본래 이름은 오합포(五合浦) 바위섬인데 임진왜란 때 고성현감(固城縣監)이 피접(避接) 왔을 때 읍치(邑治)였다 하여 읍도(邑島)라 이른다.

본래 이름 오합포(五合浦)가 오륜동(五倫洞)으로 바뀐 것은 1882년 고종(高宗) 19년으로 전하(殿下)께서 마을 이름을 고쳐주셨다. 국시적(國是的) 유학(儒學)의 본질(本質)인 삼강(三綱)오륜(五倫)에 바탕을 두고 부모에게 효성(孝誠)이 지극(至極)한 효자(孝子) 차필기(車弼基)가 사는 마을 이름이 보족(補足)하다 하여 동네 우물은 삼강정(三剛井) 마을 이름은 오륜동(五倫洞)으로 바꾸어 주시고, 고(故) 효자(孝子) 차필기(車弼基)에게 효자공(孝子公) 시호(諡號)를 하사(下賜)하시고 동몽교관(童蒙敎官) 조봉대부(朝奉大夫) 벼슬과 종4품 품계(品階)의 교지(敎旨)를 내리시고, 백원각(百源閣) 정려(旌閭)를 국비(國費)로 지어주셨다. 효자공(孝子公)은 필자(筆者)의 6대 조고(祖考)되신다. 고성군(固城郡) 도선면(道善面) 오륜리(五倫里)가 1900년 진남군(鎭南郡)에서 편입(編入)되었다가 1901년 통영군(統營郡) 도산면(道山面) 오륜리(五倫里)로 이르게 되었다.

삼별초(三別抄) 창고(倉庫)

가배량(加背梁) 만호성(萬戶城)은 왜구들의 침입으로 고성현(固城縣)을 수어(守禦)함에 요충지(要衝地)로 1260년(원종 1년)경 축성(築城)한 것으로 추정(推定)되며. 1270년경 고려 원종 11년 때 삼별초(三別抄)가 남해안 유인도 50여 개를 장악하고 사량도에 진지(陣地)로 구축(構築)하고 그 산하(傘下)에 오합포(五合浦) 바위섬(읍도)을 차지하여 조세창고 지어놓고 진주 사천 고성평야 양곡을 거두어 축적(蓄積)하여 삼별초(三別抄) 포도관(捕盜官)이 가배량(加背梁) 만호성(萬戸城)을 빼앗아 바위섬(읍도)을 지키면서 진도(珍島)로 반출 하다가 마지막 곡창(穀倉)을 불태워 버리고 달아났다고 한다.

1593년 조선(선조 26년)에 이르러 배량(加背梁) 만호성(萬戸城)은 거제(巨濟) 옥포(玉浦)로 이사 가고, 임진왜란(壬辰倭亂)이러나 왜적(倭賊)을 피하여 고성현감(固城縣監)이 피난(避難)했던 읍치(邑治)라 하여 지금은 읍도(邑島)라 이른다.

東國與地志關梁에 이르기를,
동 국 여 지 지 관 량

加背梁戍 在縣南 十七里 右水軍都 萬戸鎭 後移 巨濟縣 玉浦康靖
가 배 량 수 재 현 남 십 칠 리 우 수 군 도 만 호 진 후 이 거 제 현 옥 포 강 정

王朝以 倭寇屢入 復築石城 周八百八十尺 差權管戍之
왕 조 이 왜 구 루 입 복 축 석 성 주 팔 백 팔 십 척 차 권 관 수 지

가배량수(加背梁戍)는 현(縣)남쪽 17리(里)에 있었다, 우수군(右水軍) 만호진(萬戸鎭)을 거제현(巨濟縣) 옥포(玉浦)강정(康靖)으로 옮겨가 설치(設置)한 것은 왜구(倭寇)가 여러번 들어와서 석성(石城) 둘레를 880척(尺)으로, 축성(築城)하니 왕조(王朝)가 강정(康靖,편안)했다고 한다.

與地圖書關隘에 이르기를,
여 지 도 서 관 애

春原 加背梁, 在縣南十七里,【水軍都萬戸守禦, 今移泊巨濟玉浦】
춘 원 가 배 량 재 현 남 십 칠 리 수 군 도 만 호 수 어 금 이 박 거 제 옥 포

춘원(春原)의 가배량(加背梁)은 현(縣) 남(南)쪽으로 17리(바닷길 17리)에 있었는데【수군 도만호(水軍都萬戸)가 수어(守禦)했다. 지금은 거제(巨濟) 옥포(玉浦)】로 선박(船泊)으로 옮겨갔다.고 기록돼 있다.

공룡(恐龍) 천국(天國), 읍도(邑島)

　본래 이름은 알 수 없으나 조선 시대(朝鮮時代) 중엽(中葉) 읍도(邑島)
라 하였다. 읍도(邑島)는 약 2억 5,000만~6,500만 년 전 중생대(中生代;
트라이아스기·쥐라기·백악기로 나뉘며, 활엽수·파충류·양서류·경골어 따위
가 번성하였음)의 공룡(恐龍) 발자국이 남아 있는 섬이다.

　오합포(五合浦)의 읍도(邑島, Eupdo)는 통영시 도산면(道山面) 오륜리(五
倫里)에 있는 섬마을이다. 고성만(固城灣) 가운데 위치하여 동쪽으로 연
도(鳶島), 서쪽으로 고성군(固城郡) 삼산면(三山面)의 비사도(飛蛇島)와 동
서 방향으로 열도를 이루어 통영반도(統營半島)와 삼산반도(三山半島) 사
이에 징검다리 모양을 하고 있다.

【시문 30수】　읍도

五合浦 바위섬은
고성현 읍치(邑治)로 조세미 보관창고
바닷길 千里길로
京倉운송 便利한 요충지라,

가배량은 고성현
소호(少犒) 만호 성을 축성하여
요새지로 구축하여

왜구들 수차 침입 막아냈다

고려원종 시대엔
三別抄가 몽골 전 때 占有하여.
고성 현 양곡 거두어
珍島로 빼돌린 섬과 성곽이라.

무술(戊戌) 7년 1358년
【三月倭寇角山戍】 3월 왜구각산수가
　　　삼 월 왜 구 각 산 수

고성현에 침입하여
【燒船三百餘艘】　배 300여 척을 불태웠다
　　소 선 삼 백 여 소

고려 공양왕 3년 1392년
倭寇들이 고성만 일대를 노략질하매,
견내 량 만호 성 차준(車俊)이
고성에서 왜선(倭船) 2척을 획득하여 바치다.

1592년 임진왜란 발발하여
고성현이 위협받자 현감이
피난 와서 읍치(邑治)로 삼았다 하여
읍도(邑島)라 하였다.

고려 시대 고성현(固城縣) 왜구 침입

995년 고주자사를 두었다가 뒤에 고성현(固城縣)으로 강등하였다. 1018년(현종 9년) 고성현(固城縣)이 거제현(巨濟縣)의 속현(屬縣)이 되었다.

1170년(명종 원년) 남해안에 봉수대는 주로 왜구(倭寇) 침입에 대비하여 축조한 고성현(固城縣)에 봉수대를 미륵산(彌勒山) 우산(牛山) 천왕점 곡산(天王岾 曲山) 좌이산(佐耳山)에 설치했다.

1219~1274년 고려(고종 6년~충렬왕 원년) 때에 몽고 항쟁 중에 왕실이 몽고에 굴복하자 삼별초(三別抄)는 끝까지 저항했다. 삼별초 배중손 장군은 몽고군에게 쫓기어 강화도에서 진도로 옮겨와 새 나라(남고려)를 세우고 남해안 섬들을 장악하고 세곡(稅穀)을 받아 진도(珍島)로 반출했다.

1271년(원종 12년) 왜구의 침범이 심하여 거제현(巨濟縣)이 거창군(居昌郡) 가조현(加助縣)까지 피난을 가게 되고 고성현(固城縣)이 명진현(溟珍縣)으로 진주목(晉州牧) 영선현(永善縣; 지금의 고성군 영현(永縣))으로 피난(避難)하였다가 다시 1390년(공양왕 2년) 고성현(固城縣)으로.

1350년(충정왕 2년) 2월, 왜구(倭寇)가 고성(固城)·죽림(竹林)·거제(巨濟)를 노략질하자 합포천호(合浦千戶) 최선(崔禪)과 도령(都領) 양관(梁琯) 등이 전투를 벌여 격파하고 적 300여 급(級)을 죽였다. 왜구(倭寇)의 침략이 이때부터 시작되어 점차 커지더니, 1358년(공민왕 7년) 3월에는 왜적이 경상남도 고성현(固城縣)에 있는 고려(高麗)전선(戰船) 300여 척을 불태우기에 이름이다.

1364년(공민왕 13년) 왜선 200여 척이 하동(河東)·고성(固城)·사주(泗

州; 경남 泗川)・김해(金海)・밀성(密城; 경남 密陽)・양주(梁州; 경남 梁山)에 침범하였다.

1358~1363년(공민왕 7~14년) 왜구(倭寇)가 고성(固城)・울주(蔚州)・거제 (巨濟)를 침범했다.

태조강헌대왕실록 4년

【慶尙道見乃梁水軍萬戶車俊, 捕倭二船】
경 상 도 견 내 량 수 군 만 호 차 준 포 왜 이 선

경상도 견내량(見乃梁) 수군만호 차준(車俊)이 왜적의 배 2척을 잡았다.

【慶尙道水軍萬戶車俊捕倭一船, 斬首十三級, 并所獲兵器以獻命賜,
경 상 도 수 군 만 호 차 준 포 왜 일 선   참 수 십 삼 급   병 소 획 병 기 이 헌 명 사
宮醞綺絹】。
궁 온 기 견

경상도 수군 만호(水軍萬戶) 차준(車俊)이 왜적(倭賊)의 배 1척을 잡아서 머리 13급(級)을 베고 노획한 병기까지 합하여 바치니, 주상은 명하여 궁온(宮醞)과 무늬 있는 비단과 명주를 내려 주었다.

【遣使賜酒于權仲和等】
견 사 사 주 우 권 중 화 등

사자(使者)를 보내어 권중화(權仲和) 등에게 술을 내려 주었다.

【乙巳 上遣使賜車俊酒及綵段虹綃, 仍賜都萬戶安處善如賜車俊之數,
을 사 상 견 사 사 차 준 주 급 채 단 홍 초 잉 사 도 만 호 안 처 선 여 사 차 준 지 삭

兼賜酒都節制使趙狷, 都觀察使崔有慶. 聞車俊有外舅喪, 賜米豆百石】
겸 사 주 도 절 제 사 조 견　도 관 찰 사 최 유 경　문 차 준 유 외 구 상　사 미 두 백 석

을사(乙巳), 전하는 사자를 보내어 차준(車俊)에게 술과 비단 홍합을 만호 차준(車俊)도 안
처선 등 술과 채단을 내려 주었다. 賜酒를 겸해 절제사 조견(趙狷)에게 도 관찰사 최유경
(崔有慶)으로부터 듣고 차준(車俊)에게 외삼촌의 상(喪)을 당했으니, 쌀과 콩 100석을 내
렸다.

통제영

【統制使申景禋馳啓曰】, 통제사 신경인이 와서 알리는 말하기를
통 제 사 신 경 인 치 계 왈

【本營, 往古始創於熊川薺浦】, 본영은, 옛날 웅천 제포에서 시작
본 영　왕 고 시 창 어 웅 천 제 포

【尋移於昌原蛤浦】, 옮겨 찾으니 창원합포라
심 이 어 창 원 합 포

【又移於鳥兒浦】, 또 옮기니 조그만한 오아포에서,
우 이 어 조 아 포

【萬曆壬寅, 移於固城以】, 만력 임인년 고성으로 옮기고
만 력 임 인　이 어 고 성 이

【固爲老營以】, 고정적 마지막 영문이라.
고 위 노 영 이

【巨爲行營】, 크게 행영하여,
거 위 행 영

【春以入防, 秋】. 봄에 방어에 들어가면, 가을이라.
춘 이 입 방　추

통제사 신경인이 말하기를 본영은 옛날 웅천에서 창원 합포로 옮겼다가 또 조그만 한
오아포에서 임인년에 고성에 옮겨서 고정적 마지막 영문이라 크게 행영하여 봄에 들어
가면 가을이더라.

국보 제305호인 통제영 세병관(洗兵館)은 1603년(선조 36년)에 건립한
조선후기 삼도수군통제영의 관청으로, 정면 9칸, 측면 5칸의 팔작지붕

건물이다. 본래 1603년(선조 36년)에 이순신(李舜臣)의 전공을 기리기 위하여 세웠으며, 후일 삼도수군통제사영(三道水軍統制使營)의 이순신의 전공을 기념하기 위해 제6대 통제사 이경준(李慶濬)이 세웠다.

왜구의 침략을 막기 위해 두룡포에 설치했던 삼도수군통제사영의 중심건물 조선 시대 통제사(統制使)가 있던 영문은 경상도 고성(固城)에 통영(統營)이라.

【31수】 漢詩 5 통제영

閑山島統制營移	한산도 통제영을 옮겨서
頭龍浦建統制營	두룡포에 세운 통제영이라
李公矜持生尊心	이공의 긍지와 자존심 살아있어
公蟄生吸忠烈祠	공의 얼이 살아 숨쉬는 충렬사라
亂中記包載識見	난중일기(亂中日記) 속에 실려 있는 식견은
文武兼識士知識	문무를 겸비한 무사의 지식이라
將軍留下的恩惠	장군님이 남겨주신 그 은혜
統營人三歲能知	통영(統營) 사람이라면 3살배기도 능히 알고 있더라

통제영 세곡하역항 우포진

우진포(右鎭浦) 역사에 대한 구전(口傳)

우포마을 한의원 고(故) 김철주 어른께 저자가 소년 시절 구전으로 들었던 이야기다. 김철주 어른은 한학자이면서 한의원을 경영하였다. 통영 충렬사 사관을 역임하신 이순필 어른과 같은 마을에 살며 김철주 어른은 형님으로, 이순필 어른은 아우로 지냈던 사이였다.

김철주 어른의 아들 김병문은 저자와 친구 사이였는데 고등학교 교장을 역임하였다. 친구의 6촌 형님 김용재 씨는 충무상공회의소 초대 회장을 역임하신 유지였다. 임진왜란 이후 김철주 어른의 증조부가 철종조 시대 세병관 정3품 외관 절도사를 역임하신 가문이기에 구전이지만 어른의 말씀은 맞는 것으로 보아야 할 것이다.

이곳 마을 사람들 대부분은 전라도와 고성 영문(營門)에서 온 사람들인데, 통제영이 두룡포에 설치되면서 우진포(右鎭浦)와 좌진포(左鎭浦)가 설치되고 진(鎭)을 지키는 병사(兵士)들의 가족이 이주해 와서 우포마을 위 집터골에 마을이 형성되었는데 지금은 마을사람들이 어업에 종사하면서 우진포 진지(鎭址)에 마을이 형성된 것이라 하셨다. 이순필 어른은 충렬사 관리직으로 역임하셨기에 통제영 역사를 잘 아시는 어른이다. 두 어른께서는 본래 군사적 기밀상 군수품 수송 통로기록은 배제하였기 때문에 아마 기록이 없을 것 같다고 말씀하셨다.

함선(艦船)정박(碇泊)과 출입(出入) 은처(隱處)가 용의(用意)한 우진포(右鎭浦)는 수루(戍樓)망대(望臺)와 봉수대(烽燧臺)를 낀 요충지(要衝地)에 진

(鎭)을 설치하였다고 한다.

두룡포(頭龍浦)는 착량(窄梁, 좁은 독다리 교량)으로 선박 출입이 불가하고 북문포(北門浦) 역시 범선(帆船) 출입이 불가하여 노를 저어 출입하더라도 육적침탈(陸賊侵奪) 위험성 때문에 이를 피하여 우럭개가 적격이기 때문에 우진포(右鎭浦)를 설치하고 여지도서(與地圖書)에 의하면 정8품 조선 수군 군관(軍官) 사맹(司猛,지금의 해군소령 급)이 수어(守禦)하고, 좌진포(左鎭浦)는 부사맹(副司猛,지금의 해군 대위급)이 수어(守禦)하였다고 한다.

우럭개는 본래 풍림수(風林樹)가 울창하게 우거진 연안인데, 우럭개 천암산에 봉수대를 설치하고 밤낮으로 관망병(觀望兵)이 주재하여 우진포(右鎭浦)를 수어(守禦)하고 항구(港口) 앞 수루(戍樓)는 망섬(望島)에 설치하고 검문소(檢問所) 역할을 하였다. 당시 군관급(軍官級)의 권한(權限)은 죄인(罪人)의 목을 벨 수 있는 권한(權限)이 있었으며, 그 위엄으로 수호신(守護神) 천하대장군(天下大將軍)・지하여장군(地下女將軍) 앞에서 목을 벤다 하여 벤 다 거리라 하셨다.

호남지방 군자감(軍資監)과 진사지방 군자감(軍資監)에서 통제영까지 세곡(稅穀)과 군수품(軍需品) 하역항(荷役港)으로 우진포(右鎭浦)가 안전지대(安全地帶)라 군수품 수송(輸送)할 때는 천암산(天岩山) 봉수대(烽燧臺) 관망병(觀望兵)이 수어(守禦)하고 명정고개는 북포루北(北砲樓) 관망병(觀望兵)이 수어(守禦)하여 안전(安全) 육로(陸路)운송(運送)하였다.

통제영(統制營)의 군량(軍糧)은 호남평야(湖南平野)에서 절반 부담, 진주, 사천, 고성에서 절반 부담으로, 전라, 경상, 군자감(軍資監)에서 조달하여 우진포(右鎭浦) 선창(船艙)에 하역하여 본영(本營)에서 운송병력(運送兵力)과 우마(牛馬)100여(匹)이, 우진포(右鎭浦)까지 행군(行軍)하여 우마

(牛馬) 등에 싣고, 우럭개 벅수 거리를 거쳐 명정고개 벅수 거리로 충렬
사 뒷길로 통제영(統制營)에 이르러 운반(運搬)하여 본영곡창(本營穀倉)에
적재(積載)하였다고 하셨다.

【시문 32수】 우진포 선창

우포진(右浦鎭) 선창(船艙)은
우럭개에 설치하고
통제영(統制營) 보급선(補給船)을
검문(檢問)하던 곳에서
수루(戍樓)를 망도(望島)에
설치(設置)하였네.

호남곡창(湖南穀倉)에
군자감정(軍資監正) 세수(稅收)가 50이고,
진(晉)사(泗)고(固)에
군자감정(軍資監正) 세수(稅收)가 50이라.
우포진(右浦鎭)
선창(船艙)에 하역(荷役)하였다.

우마(牛馬) 150(匹)
군사(軍士) 200(人) 무장(武裝)하고
소(牛) 1(匹) 2(石)

마(馬) 1(匹) 1(石半) 나눠 싣고

동림(洞林)숲
천하대장군(天下大將軍)
지하여장군(地下女將軍)
수호신(守護神) 장승제(壯勝祭) 지내고

출발하면
방울 소리 울리며
북 치고 피리 불고
한 줄로 이어서
우마들도 흥겹게
끄덕끄덕 고개 흔들며
무장병력 노래 소리
장관(壯觀)이로소이다.

우럭개 고개 넘어
논개까지 한 줄로 이어져
명정고개
수호신(守護神) 장승제(壯勝祭) 지내고
충렬사 뒷길로
본영(本營)에 이른다오.

【33수】 漢詩 6 문덕개 일몰경

聞櫪日落景南海染成紅
문 덕 일 낙 경 남 해 염 성 홍
夕陽赤可恥容西山下枕
석 양 적 가 치 용 서 산 하 침

문덕개 끝자락 일몰경 남해를 붉게 물들이고
붉은 석양은 부끄러운 얼굴로 서산 아래 잠
자리 든다.

秋天望島以松風飄西風
추 천 망 도 이 송 풍 표 서 풍

가을하늘 망섬에는 솔바람 나부끼는 갈바람
에

天空那遠處大雁鳴叫聲
천 공 나 원 처 대 안 명 규 성

하늘나라 저 멀리서 기러기 떼 울음소리 흐
르네.

右浦民草主業而漁舟子
우 포 민 초 주 업 이 어 주 자
葛木越遠處漁夫以听聽
갈 목 월 원 처 어 부 이 은 청

우럭개 민초들 주업이 고기잡이 어부라
갈목 너머 멀리서 어부노래 들린다.

【시문 34수】 옛 흔적

통제영 우진포
서항(西港) 우럭개
천혜의 요새지(要塞地)
선창(船艙)이라.

천암산 봉수대는
먼 바다 망대(望臺)라
그 흔적 지금도
남아있더라.

우럭개 망섬(望島)

작은 섬 큰 섬

두 형제 나란히

그대론데

바닷가 방풍림

소금바람이 부는

바닷가 팽나무

두 그루 남아 있어.

전하(殿下)의 길, 전하도(殿下道)

1170년, 고려 의종의 실정과 무신들에 대한 차별대우로 무신정변이 일어났다. 정중부의 쿠데타로 의종을 왕의 자리에서 쫓아내 거제도(巨濟島)로 보낸 것이다.

고려 18대 의종왕(毅宗王) 24년(1170), 문신들의 횡포에 견디다 못해 유폐(幽閉)되어 개경(開京)에서 고성현(固城縣), 지금의 통영시 용남면 장평(長坪)까지 오신 길이 전하도(殿下道)이다. 견내량(見乃梁) 바다를 건너 우두봉까지 바닷길을 전하도라 이른다.

【시문 35수】 전하도

임금님 높은 깃발 앞장서
어가(御駕)행렬 달리고
호위병(護衛兵) 뒤따라
기세등등

개경(開京)서 고주(固州)
춘원역(春原驛)에서
장평언(長坪堰) 도착하니
전하도(殿下道)라 하였네.

장평언(長坪堰) 출발
나룻배로 견내량(見乃梁)
수로(水路) 바닷길을
전하도(殿下渡)라 하였지.

시래산(始來山)에 올라
우두봉(牛頭峰)에
진지(陣地)를 갖춰 놓고.
의왕(毅王)의 둔전(屯田)이
지금은 둔덕(屯德)이라오.

고려 제18대 의종왕(毅宗王, 1146~1170)은 20살 때 즉위(卽位)한 인종(仁宗)의 맏아들로 어머니는 공예태후(恭睿太后) 임씨(林氏)이며, 비(妃)는 장경왕후(莊敬王后)와 계비 장선왕후(莊宣王后)이다. 왕은 방종(傍腫)했으나 문학(文學)을 좋아하여 문신(文臣)들과 연회(宴會)가 잦아서 무신(武臣)들의 불만이 쌓였다.

이미 인종(仁宗) 때부터 묘청(妙淸)의 난(亂)으로 왕권의 기반이 몰락하고 문신세력(文臣勢力)이 득세한 상황 속에서 문신 김돈중(金敦中)은 김부식(金富軾)의 아들로 촛불로 나이든 정중부(鄭仲夫)의 수염을 태워버린 사건이 있었다. 그런데도 그 아비인 김부식(金富軾)은 도리어 정중부(鄭仲夫)를 꾸짖으니 정중부(鄭仲夫)는 두 부자(父子)에게 원한(怨恨)이 쌓였는데 그런데도 왕이 정중부를 나무라니 감정이 더욱 쌓인 것이다.

1170년(의종 24년), 정중부가 정변을 일으킨 감정은 그동안 받은 수모를 앙갚음이 모자라 문신들을 죽이고 왕까지 폐위시켜 거제도(巨濟島)로 유배(流配) 보내고, 아들 효령태자(孝寧太子, 5세)는 진도(珍島)로 귀양 보낸 다음, 의종(毅宗)의 동생인 왕지단(王之旦)을 고려 제19대 명종(明宗, 1170~1197)으로 세웠다. 이것이 바로 정중부(鄭仲夫)의 난(亂)이다.

의종(毅宗) 일행은 지금의 통영까지는 수레에 실려 왔지만 거제도 우두봉 꼭대기까지 들어가려면 바다를 건너야 했다. 유속이 빠른 해협에 작은 배로 건너야 하는, 거리는 불과 300m 정도의 좁은 해협이지만 유속 따라 물결이 거센 터라 폐왕께서 나룻배에 몸을 실려고 하니 무섭고 어지러워 배에 올라타기가 쉽지 아니했다고 한다.

【「新增東國輿地勝覽」卷之三十二 巨濟縣 古蹟條, 屯德岐城 在縣西
신 증 동 국 여 지 승 람 권 지 삼 십 이 거 제 현 고 적 조 둔 덕 기 성 재 현 서
三十七里 石築周一千尺 內有一池 世專 本朝初 高麗宗姓 來配之處】
삼 십 칠 리 석 축 주 일 천 척 내 유 일 지 세 전 본 조 초 고 려 종 성 래 배 지 처

신증동국여지승람 권 32, 거제현 고적조 둔덕기성은 현에서 서쪽 37리에 있다. 석축 둘레 1,000척 안에 우물(池) 하나가 세간에 전해오고 있는데, 본조 처음 고려 종성(宗姓) 배(配, 아내)가 와서 거처했다.

둔덕기성(폐왕성)의 큰 우물을 거제 사람은 '천지(天池)못'이라 부르는데, 산 정상에 우물이 있는 것도 신기(神奇)하지만 그 물이 날이 가물어도 마르지 않는다 하여 하늘(天) 못(池), 천지(天池)라 하는 것이다.

"산신령님, 저의 소원을 들어주십시오. 저는 고려 18대 의종왕 입니다. 마고신령(麻姑神靈)님 마실 물이 없습니다." 하시면서 기도 올리고, 산봉우리를 파는 순간 물이 솟아 나왔다. 아마도 마고신령이 내린 하늘의 뜻이라 하셨다.

일제강점기에 발간된 「통영군지(統營郡誌)」에 '폐왕성' 기록이 있어 고려 시대 사적(史蹟)에서 찾아낸 것이다. 거제 둔덕기성은 국가지정문화재로 사적 제509호이며, 폐왕성(廢王城)은 7세기 때 신라 시대 축조한 축성(築城) 방법(方法)이라 알려져 있다.

김보당(金甫當), 한언국(韓彦國)의 거병

1173년 8월 동북면병마사 김보당은 무신정변의 주역인 정중부 등을 토벌(討伐)하고 명종(明宗)을 폐위(廢位)하고 의종(毅宗)을 다시 복위시키기 위하여 병마녹사 이경직 및 장순석 등과 모의해 군사를 일으켰다. 그리하여 장순석·유인준 및 배윤재가 동시에 군사를 일으키고 동북면 지병마사 한언국도 이에 합세하였다. 장순석은 거제에 유배된 의종을 받들고 경주로 올라갔다.

반란이 발발하자 집권자 정중부는 이의민으로 하여금 군사를 거느리고 경주로 향하게 하고 서해에도 군사를 보냈다. 9월에 이르러 먼저 지병마사 한언국이 붙들려 죽고, 또 병마사 김보당과 녹사 이경직은 붙잡혀 개경에 보내져 이의방 등에 의해 죽임을 당하였다. 한편, 이의민 등은 경주에 가서 장순석 등 수백 인과 의종을 시해하고 김보당의 거병을 끝냈다.

【36수】 漢詩 7 무신정변

文臣而武臣高受的待遇   문신이 무신보다 높은 대우를 받고
문 신 이 무 신 고 수 적 대 우
內侍而欺負左之右武臣   내시마저 업신여겨 무신을 좌지우지하였으니,
내 시 이 기 부 좌 지 우 무 신

不滿積上之將軍鄭仲夫   불만이 쌓일 대로 쌓인 상장군 정중부에게
불 만 적 상 지 장 군 정 중 부
金富植子金敦中受欺負   김부식 아들 김돈중마저 업신여겨
김 부 식 자 김 돈 중 수 기 부

鄭仲夫胡須的焚燒事件   정중부의 수염을 불태우는 괴롭힘 당하고
정 중 부 호 수 적 분 소 사 건
鄭仲夫自尊心積高傷處   자존심 상처가 쌓일 대로 쌓인 정중부
정 중 부 자 존 심 적 고 상 처

毅宗王而保賢院行次時   의종(毅宗)이 보현원에 거동행차 할 때
의 종 왕 이 보 현 원 행 차 시

鄭仲夫李義方李皐政變 　정중부, 이의방, 이고가 정변을 일으켜
정 중 부 이 의 방 이 고 정 변

廢毅宗之弟益陽君擁立 　의종을 폐(廢)하고 아우 익양군을 옹립하다.
폐 의 종 지 제 이 양 군 옹 립
毅宗巨濟太子珍島流配 　의종은 거제현 유배 태자 왕현(王賢)은 진도
의 종 거 제 태 자 진 도 유 배 　　　　　　　　　　로 유배

處斬而極趣之戊申政變 　처참함이 극치에 도달한 무신정변이라 하며
처 참 이 극 취 지 무 신 정 변
鄭仲夫政治的掌握之亂 　정중부의 정치적 장악의 난(亂)이라 이른다.
정 중 부 정 치 적 장 악 지 난

【시문 37수】 김보당 거병 실패

김보당 거병무리 실패한 그날
이의민 기세만 힘 실어줘
의종의 복위길 실패로 끝나고
무능한 명종 고려 지키랴!

김보당 추종세력 부족한 결속
장순석 등과 모의했지만
한언국의 계획이 누설되어서
거병세력 모두가 죽었다!

우리는 전왕의 원수를 갚고자
유인종과 마음먹고 결속

취지는 좋지만 계획이 허술해
실패 원인이라 생각된다

우리들의 거병은 정권 회복을
고려조정 똑바로 못 잡고
거병 계획부터 치밀하지 못해
백성들 보기엔 부끄러워.

【시문 38수】 견내량

고려 제18대 의왕(毅王)
정중부의 난(亂) 무신정변에

왕위를 빼앗겨 폐위되어
거제도로 유배(流配) 갔지만

王을 지키는 초병(哨兵)이
마주 보는 내대(乃對)라네.

견내(見乃)라 부르기를
거센 물살 교량(橋梁)이라.

견내량(見乃梁) 교량은

그만큼 빠른 물살을 이르며

보고도 건너지 못하는
교량이라 소문난 곳인데

사람이 고기가 되어서도
건너지 못할 급류라 하였다.

견내량(見乃梁)의 어원(語源) 유추(類推)

거제 사등면 덕호리와 통영시 용남면 장평리 사이의 좁은 해협(海峽)
이 견내량(見乃梁)이다. 1971년 거제대교가 놓이기 전까지만 하더라도
나룻배를 타고 통영과 거제를 오고갔던 뱃길로 육지에서 섬으로 들어
오거나, 섬에서 육지로 나가야 할 때 반드시 거쳐야 하는 교통 중심지
이다. 불과 300m 정도의 좁은 폭이지만 물살이 거센 탓에 조선 선조
25년(1592) 임진왜란 때 치른 한산대첩은 이순신 장군이 견내량 유속
을 이용하여 견내량에서 시작된 해전이라 한다.

1170년 고려 시대(高麗時代) 유배(流配)온 의왕(毅王)을 지키는 견병(見
兵)이 마주보고 지키던 교량(橋梁)이라 하여 견내량(見乃梁)이라는 어원
(語源)을 유추(類推)할 수 있다.

원평(院坪)

　원평(院坪)이란 명사(名詞)는 반드시 의미가 포함된다.

　원평(院坪)이라 함은 고려 시대 의왕(毅王)을 지키던 병영(兵營)에서 객인(客人)들의 소(宿所)를 제공(提供)하던 추원(樞院) 또는 원루(院樓)가 있었던 곳이라 하여 붙여진 것이다.

【39수】　漢詩 8 해간도

海陸之間島 <small>해 륙 지 간 도</small>	바다와 육지 사이 간 섬은
自然長生島 <small>자 연 장 생 도</small>	절로 생긴 섬이라
雲向南飄散 <small>운 향 남 표 산</small>	구름은 회풍에 남쪽으로 흩어지고
熱風海面散 <small>열 풍 해 면 산</small>	열풍이 바다 위에 흩어진다.
架設連陸橋 <small>가 설 연 륙 교</small>	연육교를 설치하니
現在海間島 <small>현 재 해 간 도</small>	지금은 해간도라
姐手牽過去 <small>저 수 견 과 거</small>	누이와 손잡고 건너서
院學往生徒 <small>원 학 왕 생 도</small>	원평 학교 가는 생도(초교생)라.

통영지맥 풍수지리사

미륵도(彌勒島)는 본래는 섬이 아닌 듯

본래 통영반도는 최남단(最南端) 두룡포구(頭龍浦口)와 미륵산(彌勒山) 아래 미호지(美湖池) 사이에 조용히 흐르는 협해(海峽)가 있었는데 간조(干潮, 썰물) 때는 육지(陸地)로 연결되고 만조(滿潮, 밀물) 때는 섬(島)이 되는 좁은 착량(窄梁)이라. 사람들이 착량(窄梁, 돌다리)을 놓아 건너다니던 곳이다. 옛날 김정호가 만든 지도를 인정 못해 일본이 보낸 밀정(密偵)은 간만설화(干滿說話)에 의해 만조(滿潮, 밀물) 때는 사람이 자유롭게 건너기를 꺼린다 하여 산양반도(山陽半島)를 미륵도(彌勒島)라 표기한 것이 실수였다는 것이다.

착량(窄梁, 좁은돌다리교량)

충무공(忠武公) 이순신(李舜臣) 장군(將軍)의 위패(位牌)와 영정(影幀)을 착량(窄梁) 변(邊)에 사당(祠堂)을 세우고 사당 명칭을 착량묘(鑿梁廟)라 하였다. 왜구들이 사량도 앞바다에서 조선 수군에게 쫓겨서 산양반도(山陽半島)가 섬이라 여기고 미호지(美湖池) 해협(海峽)으로 도망가다가 막다른 착량(窄梁)에 이르러 멈추고 착량(窄梁)을 파내고 두룡포를 건너고자 하다가 조선 수군에게 대패(大敗)한 전적지(戰迹地)이다. 그로부터 315년 후 일제강점기 때에 임진왜란 당시 왜구(倭寇)가 파낸 착량(窄梁)에 해저터널(undersea tunnel)을 만들었다. 터널 문(門)에 룡문달양(龍門達陽)이란 문귀(文句)중 용문(龍門)은 수중(水中)에 들어가는 문(門)이란 말이다. 달양(達陽)이란 수중(水中)으로 밖으로 나오면 산양(山陽)이라는 뜻이다. 일제(日帝)가 착량(窄梁)을 몽탕 파내고 운하(運河)를 만들어 선박(船舶)이 자유롭게 왕래(往來)하도록 만든 다음 인공적(人工的)으로 만든 섬 이름이 미륵도(彌勒島)이다.

불교문헌(미륵산)

미륵불(彌勒尊佛)이 당래(當來)에 강림(降臨)하실 용화회상(龍華會上)이라 하여 미륵산(彌勒山)이라 하였으며, 용화회상(龍華會上)이라 하여 용화산(龍華山)이다. 고려 시대 943년 도솔선사(兜率禪寺)가 도솔암(兜率庵)을 창건하였다. 그 뒤 1260년(원종 1년) 큰 비가 내리고 산사태가 나서 가람(伽藍)이 무너져 버렸고, 3년 뒤 자리를 옮겨 중창하면서 절 이름도 천택사(天澤寺)로 바꾸었다.

연산군(燕山君)때 억불(抑佛)정책(政策)으로 폐허(廢墟)되었다가 1616년(광해군 8년) 금강산(金剛山)에서 수도(修道)한 성화스님이 중창하고 번성하였으나 1628년(인조 6년)에 큰 화재로 대부분의 건물이 소실(消失)되었으며 그 뒤 여러 차례 복원하면서 절 이름이 '용화사(龍華寺)'로 바뀌었다.

천택사(天澤寺)를 중창하여 용화사(龍華寺)로 바꾼 분은 벽담(碧潭)스님으로 전해지는데 전설(傳說)에 의하면 벽담 스님은 미륵산 가장 높은 봉우리 아래에서 7일 동안 낮밤을 가리지 않고 미륵부처님께 기도를 드렸다. 기도를 회향(回向)하는 날 밤 스님의 꿈에 한 신인(神人)이 나타나 다음과 같이 말하였다고 한다.

"나는 당래교주 미륵불이다. 이 산은 미래세(未來世)에 용화회상(龍華會上)이 될 도량이니 이곳에 가람(伽藍)을 짓고 용화사(龍華寺)라 한다면 만세기(晩歲期)에 길이 전(傳)하리라." 벽담스님은 꿈속의 계시(啓示)대로 절을 짓고 용화사(龍華寺)라고 하였다.

미륵산(彌勒山) 전래지명 「산양(山陽)」은 산 남쪽의 양지바른 곳을 뜻하는 한자 지명이다. 산양(山陽)은 본래 고성현(固城縣)에 속했으며, 임진왜란 직후인 선조 37년(1604) 통제영이 이 고장 두룡포(頭龍浦)로 옮겨 설치된 이후 숙종 3년(1677) 고성현(固城縣) 춘원면(春元面)에 구획되었다. 조선 후기 광무 4년(1900) 지금의 통영시 지역이 고성에서 분리 독립하여 진남군(鎭南郡)이 되자 진남군(鎭南郡) 서면(西面)에 속했으나, 광무 6년(1902) 다시 분면(分面)되었다. 그 후 관할 법정동리조정으로 산양면(山陽面)이 되었다. 1995년 통영군과 충무시를 통합하여 통영시가 되면서 산양읍(山陽邑)으로 승격되었다.

통영시 남쪽, 미륵도 중앙에 우뚝 솟은 위풍당당한 산이 미륵산(彌勒山, 458.4m)이다. 미륵산(彌勒山)은 쌍계사(雙溪寺) 말사(末寺) 용화사(龍華寺)가 들어서면서 용화산(龍華山)으로 표기되었으며, 석조여래상(石造如來像, 경남유형문화재 43호)과 고려 중기의 작품인 지장보살상(地藏菩薩像)과 시왕상(十王像)등이 보존되어 있다. 또 이 산은 미륵존불(彌勒尊佛)이 당래(當來)에 강림(降臨)하실 용화회상(龍華會上)이라 해서 미륵산(彌勒山)과 용화산(龍華山)을 함께 쓴다고 한다.

산봉우리에 옛날 통제영(統制營)의 봉수대(烽燧臺) 터가 있고 미륵산 자락에는 고찰(古刹) 용화사(龍華寺)와 미래사(彌來寺)가 있으며 산내(山內) 암자(庵子)는 관음암(觀音庵), 도솔암(兜率庵)이 있고 효봉문중(曉峰門

中)은 미래사(彌來寺)를 두고 발상지라 한다.

수호신(守護神)으로 추앙(推仰)받는 원항(遠航)마을 장군봉을 신격화(神格化)하고 있어서 장군봉 정상에 제당을 지어 매년 섣달 그믐날 마을의 안녕을 빌고 있다. 당포마을은 당포성을 중심으로 성 안과 밖을 구분한 마을이다. 중화마을은 동백꽃이 가장 아름답고, 달아 마을은 다도해의 섬들을 내려다보는 달아(達牙)공원(公園)에서의 풍경이 감탄의 탄성을 지르기에 충분하다.

국립공원 100景 중 최우수 경관으로 선정된 '미륵산에서 바라본 한려수도'

【40수】 漢詩 9 새해 망산에 올라

早朝登山東天向
조 조 등 산 동 천 향
이른 아침 산에 올라 동쪽 하늘 바라보니

一片天空變紅的
일 편 천 공 변 홍 적
한편의 빈 하늘이 빨갛게 물들어 변하다.

海霧之南多島海
해 무 지 남 다 도 해
바다 물안개 낀 남쪽, 많은 바다 섬들이

海整之一起變紅
해 정 지 일 기 변 홍
온 바다가 하나 같이 붉게 물들이더라.

南海點點島忘草
남 해 점 점 도 망 초
남해에 점점이 떠 있는 물망초 같은 섬

各人各色容貌觀 _{각 인 각 색 용 모 관}	각인(各人)각색(各色) 그 모습이 장관(壯觀)이라.
七九歲昇機登山 _{칠 구 세 승 기 등 산}	칠십 구세에 승강기(昇降機)타고 산에 올라
新春八旬山上迎 _{신 춘 팔 순 산 상 영}	신춘(新春)팔순(八旬) 산에서 맞이하였네.

【시문 41수】 용화산 해맞이

용화산 동남쪽 저 멀리 다도해

희뿌연 물안개

꽁꽁 얼어붙는 겨울 아침 물안개와 함께

떠오르는 해맞이

보고만 있어도 감탄이 터져 나오는

일출과 물안개

조금씩 얼굴을 드러내다 아쉬움 남긴 채

아침 해가 어느덧 중천(中天)이라!

【42수】 漢詩 10 용화산

彌勒佛降龍華山 _{미 륵 불 강 룡 화 산}	미륵불이 강림하실 용화산에
龍華會相圖奉安 _{룡 화 회 상 도 봉 안}	용화회상도를 봉안하시다.

彌勒佛世上到來 _{미 륵 불 세 상 도 래}	미륵불이 세상에 오시므로
惹端法席法會開 _{야 단 법 석 법 회 개}	야단(惹端)법석(法席) 법회 여시다.

| 慈悲之身以施舍
<small>자 비 지 신 이 시 사</small> | 자비로운 몸으로 은혜를 베풀어 |
| 未來停留兜率天
<small>미 래 정 유 두 솔 천</small> | 미래에 머물 곳이 도솔천이라 이르네. |

【시문 43수】 판사 지낸 효봉스님

미륵도 용화사는
경전을 한눈에 담아
보광전, 용화전
曉峰禪師 사리탑이라.

평남, 수안 이씨
부잣집 아들로.
와세다 대학 법과를
졸업한 판사 출신 큰스님

판사시절 오형(五刑) 중
사형선고 잘못을
회개(悔改)하고
엿장수를 하다가

삭발하고 세속에
출가하신 큰스님은
대한불교 조계종

도통(道通)하신 큰스님

초대 종정 지내신 큰스님
영어 잘하는 종정으로
부처님 말씀을 전하고자
세계일주 큰스님이시네!

【시문 44수】 효봉문중 고시사찰

불교계의 한 문중(門中)
효봉문중(曉峰門中)은
도통(道通)하신
효봉선사(曉峰禪師)를
제1세(世)라 한다.

도통(道通)하신
첫 제자(弟子) 아들 삼아
구산대종사(九山大宗師)라.
아들스님의 아들은
큰스님의 손자(孫子)로
불교(佛敎) 세속(世俗)
가문(家門)이라 하고
미래사(彌來寺)는

효봉선사(曉峰禪師)의

수제자(首弟子)가 아들

구산대종사(九山大宗師)가

창건(創建)한

사찰(寺刹)이라 하여

미래사(彌來寺)는

효봉선사(曉峰禪師)

가문(家門)이라 칭(稱)한다.

【시문 45수】 효봉 어록 정리

효봉 어록 간추려 정리하니

일대기 사좌전송(師佐傳頌)

증호(贈號) 비문에……

오도송(悟道頌)

바다 밑 제비집에

사슴이 알을 품고

타는 불속 거미집에

고기가 차 달리네

이 집안 소식을

뉘라서 알랴

흰 구름은 서쪽으로

달은 동쪽으로

상수제자 구산선사
석두, 효봉 두 스승
안거(安居)한 암자라

효봉선사 문도들이
주지를 역임하면서
사세를 중흥시킨
선도 량 효봉 문중
발상지라고 할 수 있다.

미래사(彌來寺) 주지를
역임(歷任)한 스님은
구산(龜山), 미산(彌山),
보성(菩成), 법흥(法興),
종묵(宗默), 화상(和尙),
여진(如眞)스님
원명(圓明)스님이
이 절에서 수도하셨네.

법정(法頂)스님도
이곳에서 출가하.
동국대학교 철학교수를

재직하면서

월간법륜신문 발행하며
불교운동을 펼쳤고
박완일 교수스님도
이곳 미래사에서
출가하셨다고 하네.

미륵산(彌勒山)에
크고 작은 사찰이
4곳 모두가 조선 수군
은거사로 도와주시고
미래사는 효봉스님
상좌였던 구산스님이
주지로 명사찰
용화사, 미래사 두 곳,
관음암, 도솔암을
포함하여 넷이라.

미륵도, 충무공의 전략지

삼천진(三千鎭)

삼천진의 옛 이름을 삼천이(三千而)라 불렀다. 삼천진 본영(本營)이 지금의 영운리 해안이다. 행정구역상 경상남도 통영시 산양읍 영운리의 본래 이름은 삼천진(三千鎭)에서 유래했다고 한다. 삼천진을 키워서 걸망개(乬望浦)를 포함하여 삼천진이라 한다.

삼천진의 망산(望山)은 미륵산(彌勒山) 정상(頂上)이다. 미륵산의 최초 이름은 대금산(大錦山)으로 불려지기도 했다고 한다. 그러나 향리 사람들은 아무도 이 산을 대금산(大錦山)이라거나 용화산(龍華山) 또는 미륵산(彌勒山)이라고 하지 않고 그냥 망산(望山)이라고 하였다.

삼천진은 건너편에서 본영을 수비(守備)하는 제1함대사령부 역할로 있던 곳이다. 삼천진(三千鎭, 삼청이) 초입(初入)에는 통영만(統營灣)으로 들어오는 왜선(倭船)의 동향(動向)을 살피던 '수루터(戍樓址)'가 있었다. 향리 사람들은 이곳을 '수룩터'라고 발음하며, 많은 사람들은 현재 대대손손 불리어온 이 삼천진(三千鎭)의 수루터(戍樓址)에는 관심이 없고 제승당의 수루(戍樓)에만 관심이 있다. 제승당의 경내 서쪽 마당 끝에 수루(戍樓) 건물이 있기 때문이다.

삼천진은 전술전략진(戰術戰略鎭)이다. 진(鎭) 주변 죽전(竹田)의 대를 이어 야시골(冶矢谷)은 활촉(弓鏃)을 만드는 대장간(鍛冶場)이 있었으며 궁항(弓港)은 활을 만드는 곳이다.

산양읍 둔전(屯田)마을 사람들은 족히 수만 평이 될 남평(南坪) 들판의 쌀과 죽전(竹田)의 화살대를 모아 야시골(冶矢谷, 금평) 앞산 청삿개(晴

沙浦) 옆 동뫼 고개를 넘어 삼천진으로 수송(輸送)했다. 야싯골(冶矢谷)은 활촉(시, 矢)을 벼르는(야, 冶) 골짜기 마을이란 뜻으로 거대한 군용(軍用) 대장간(鍛冶場)이 있어서 검(劍)을 포함한 각종 병기(兵器)와 죽전(竹田)에서 올라온 대로 궁촉(弓鏃)을 만들어 화살에 끼는 작업을 했던 곳이다.

군량미(軍糧米)를 포함한 병참물자(兵站物資)가 넘어가던 야싯골(야숫골) 앞 동뫼 고개는 옛날엔 잔솔밭이 주위에 있고 옆으론 재로 가는 길이 있는 낮은 황토 언덕길이었다. 지금은 밑으로 영운리(永雲里)와 신전리(新田里)로 가는 큰 신작로가 나 있다. 우리말 지명으로는 걸망개(틀望浦), 신전리(新田里) 가는 길이다.

【시문 46수】 삼천진(三千鎭)

鎭營將 三秤吏는
一運 二運 水樓 틀望개라.
統制營 三千鎭은
別將權管 從九品武官이다.

본디 海岸 틀望개
龍王님 모셔 섬긴 僛터라.
세 갈래길 삼거리
神殿 받들어 神僛지내네.

達羅 隻浦 三千이
船夫들 모이는 佋터라,
每年 三月 三辰날
神佋 祭需床 豚頭하나.

三千鎭 神木 推仰
아름드리 앙상한 枯木숲.

達아 隻포 틀望개
船人 和合別神 佋堂이라.

龍華山억새 비어
짬 내, 거적이 삼아 軍納하고
漁夫들도 義兵心
우리水軍 戰勝 別神佋올리다!

산양읍 도서(島嶼)

풍화리 오비도(烏飛島, Obido)

오비도에 들어가 보면 육지와 섬 사이로 흐르는 바다가 아주 조용하고 아늑하다. 예전 섬 주민들은 헤엄쳐 육지로 건너갔다고 한다. 풍화리 남촌마을 선착장에서 손을 뻗어 닿을 수 있을 정도로 육지와 가깝다. 오비도는 큰 율포, 작은 율포, 사당개, 예박골, 목바지 등 5개 마을로 나누어져 있다.

환상(環象)의 섬, 오비도(烏飛島) / 월명도(月明島)

월명도(月明島)는 오비도의 부속섬이다,

오비도와 월명도가 있는 해안(海岸)을 월명포(月明浦)라 한다.

월명포(月明浦)는 조선 수군(朝鮮水軍)이 정박(碇泊)하고 휴식(休息)했던 곳이다.

初八日至固城月明島結陳休兵
초 팔 일 지 고 성 월 명 도 결 진 휴 병
초8일 고성 월명도에 진을 치고 병사들을 휴식시켰다.

因全羅都事崔鐵堅報聞
인 전 라 도 사 최 철 견 보 문
그리고 전라도사 최철견의 보고를 들었는데

大駕西隨
대 가 서 수
임금님의 어가(御駕)가 서쪽으로 옮겼다고 들었다.

산양읍 풍화리 오비도(烏飛島)에 애박골, 목바치 마을 앞 바다에서 약 30여 미터 떨어진 곳에 위치한 작은 무인도다. 섬은 달이 뜬 밤이면 유독 달빛을 많이 받아 밝게 빛난다. 비록 작은 섬이지만 다양한 색깔을 가지고 있는 섬이다. 육지와 가깝지만 외로운 섬 오비도(烏飛島), 그곳은 여느 섬과 마찬가지로 다양한 모습을 품고 있다.

【47수】 漢詩 11 월명도 한시

瓊枝只合在瑤臺 _{경 지 지 합 재 요 대}	붉은 매화가지 요대(瑤臺)에 있는데
誰向海南處處栽 _{수 향 해 남 처 처 재}	누군가 남쪽 향해 곳곳에 심었나
青淨海上小島臥 _{청 정 해 상 소 도 와}	맑고 푸른 바다위에 누운 작은 섬
月明海浴美人來 _{월 명 해 욕 미 인 래}	월명 해수욕에 미인이 찾아 오네

풍화리(豊和里) 마을별 옛 지명

동부 뻘개, 양화개, 고래개

중부 모상, 자사골, 목마을, 다시몰

장촌 진번지, 다랑골

서부 숭어들, 명지개

해란 게섬개, 고다골, 사발개, 딴게섬

오비 외박골, 사당개, 목밭이, 대웅포, 소웅포

추도(楸島)섬

- 25억 들여 자연친화적 개발
- 물메기 가공사업 중점 육성
- 30억 들여 해삼양식장 계획, 물메기 이어 주 수입원 기대
- '찾아가고 싶은 섬' 전국 5곳 섬 중 하나로 선정
- 삼덕항 출항 배편 편성 염원

추도(楸島)는 임진왜란 때 조선 수군이 사량동강과 오비도 탐망선(探望船, 수색선)을 주야로 배치(配置)했던 섬이다. 통영항에서 뱃길로 1시간 30분 거리인 물메기의 주산지로 유명하다. 이곳 해역은 물메기 산란장으로, 추도와 물메기는 떼려야 뗄 수 없는 관계다. 주로 12월부터 2월까지 물메기를 어획하는데, 섬의 경제를 물메기가 좌우할 정도다. 주 어획 시기가 끝났는데도 섬에 도착하면 곳곳에 물메기 덕장이 널려 있으며, 물메기 어구를 손질하는 섬 주민들을 쉽게 만나볼 수 있다.

당포진(唐浦鎭) 성지(城址)

1872년 지방도 당포진(唐浦鎭)을 보면 지금의 경남 통영시 산양읍 삼

덕리에 있었다. 당포성은 고려 공민왕 때에 왜구의 침략을 막기 위해 최영(崔瑩) 장군이 수많은 병사들과 백성들이 합심하여 쌓았다고 전해지는 성으로 왜구의 침략을 효과적으로 방어할 수 있었고 임진왜란이 일어난 그해(1592년) 왜적에게 점령당했으나 6월 2일 이순신 장군이 다시 탈환하였는데 이것이 당포승첩(唐浦勝捷)이다.

당포성에 대한 기록은 1934년에 간행된 ≪통영군지≫에 "산양면에 있으니 당포진의 옛터다. 둘레가 1,445척(약 676m)이고 높이가 13척(약 4m)인데 수군만호를 두어 지켰던 곳이다"라고만 적혀 있다. 지금 남아 있는 석축은 최고높이 2.7m, 폭 4.5m이다. 남쪽 일부의 석축이 무너진 것을 제외하고 동서북쪽 망루의 터는 양호한 상태로 남아 있다. 정문의 터에는 옹성(甕城)이 있었는데, 그 형태도 대체로 잘 보존되어 있다.

당포진 성지

【시문 48수】 당포진 흉념(胸念) ⑴

고려 최영(崔瑩)의 진지
고성현 민초들
부역축성 했는데

임진란 때 조선 수군
진지로 개축하여
이순신의 전술 성지
당포 해전 대첩이라 하였네.

동문 밖에 있었던
관유(寬宥)는 어디로
흔적조차 부견(不見)이라.
민초들 집촌(集村) 되었네.

삼덕연안 원항(院項)에
원루(院樓)는 간 곳 없고
고깃배만 수십 척이
출어준비 하고 있네.

【시문 49수】 당포진 寸念 (2)

당포진 성터엔
최영 장군 번뇌가
허물어진 석축에
푸른 이끼만 끼었네.

성지(城址) 안 망루(望樓)는
간 곳 없이 허물어져
성옥(城獄)엔 민가(民家)들이
들어서 옥(獄)살이 하구나?

【시문 50수】 당포진 寸念 (3)

뚜렷한 성곽에
담쟁이넝쿨들이
얽매어 지키다가
칡넝쿨이 지키네.

임란이 일어나
네 번째로 큰 해전
사마천 궁전처럼
지금도 메아리친다.

달아공원(達牙公園)

경상남도 통영시 남쪽의 미륵도 남단에 있는 공원이다. 우리나라 드라이브하기 좋은 코스로도 소개되는 미륵도 해안을 일주하는 23㎞의 산양일주도로 중간에 있다. 산양일주도로는 동백나무 가로수가 많이 심어져 있어 '동백로'라고도 한다. 인구에 회자될 만큼 아름다운 경치를 자랑하는 곳이다.

달아공원 주차장은 산비탈을 거슬러 철골로 지어놓았다. 그러기에 주차장 끝에서 아래로 내려다보면 약간의 현기증을 느낄 정도로 아찔하다.

주차장에서 공원길을 따라 올라가면 관해정이 있고 그 주변에 달아공원 전망대가 있는데, 관해정(觀海亭)에서 보는 한려해상국립공원은 장관이며 특히 일몰이 빼어나다고 한다. 직접 감상하지는 못했지만 상상만으로도 충분히 일몰의 장관이 예상된다. 달아공원 전망대에서 보는 점점이 보이는 남

달아공원에서 본 일몰 1

달아공원에서 본 일몰 2

해안의 섬들은 그 자체만으로도 가슴이 뭉클해진다.

【51수】 漢詩 12 달아공원

多島海多島鵡和 다도해의 수많은 섬들과
다 도 해 다 도 서 화

和諧的海濱全景 어우러진 바닷가 전경을
화 해 적 해 빈 전 경

一眼便可望見在 한눈에 바라볼 수 있어
일 안 편 가 망 견 재

心滿意足舒暢了 가슴이 후련해지구나.
심 만 의 족 서 창 료

躍升水平線上的 수평선 위로 떠오르는
약 승 수 평 선 상 적

浮陽唯一看到處 뜨는 해를 유일하게 볼 수 있는 곳.
부 양 유 일 간 도 처

來訪這里的人們 이곳을 찾아드는 사람들은
래 방 저 리 적 인 문

茫茫大海中展開 망망대해에서 펼쳐지는
망 망 대 해 중 전 개

東海日出正東津 동해의 정동진 일출 같아
동 해 일 출 정 동 진

浮現島如島之間 떠오르는 섬과 섬 사이
부 현 도 여 도 지 간

日出霧更加美麗 해돋이가 훨씬 더 아름다운
일 출 무 갱 가 미 려

口同聲悲情演出 입을 모아 비경을 연출한다고
구 동 성 비 정 연 출

遠處聽來歌汪島 멀리서 노랫소리 들리는 가왕도(歌汪島)
원 처 청 래 가 왕 도

長蛇島間水平線 장사도 사이 수평선에서
장 사 도 간 수 평 선

升起新年日出景 떠오르는 새해 일출경(景)
승 기 신 년 일 출 경

欲知如頭尾之間 욕지도와 두미도 사이로
욕 지 여 두 미 지 간

日落西山眞壯觀 지는 해 넘기니 가히 장관이로다.
일 락 서 산 진 장 관

통영 곤리도 백조(고니)이야기

고니(鵠)는 백조(白鳥)다. 섬의 생김새가 고니(鵠)가 날아 뜨는 형태라 하여 섬이름을 고이도(鵠島)라 칭(稱)하지만 고니(鵠)가 날아든 사실은 없다고 한다. 한국에는 겨울새로 찾아와 황해도 옹진군 호도, 장연군 몽금포, 함경남도 차호, 강원도 경포대 및 경포호, 낙동강 하구, 전라남도 진도·해남 등지에서 겨울을 지나고 돌아가는 백조(白鳥)는 1968년 5월 31일 천연기념물 제201-2호로 지정되었고, 2012년 5월 31일 멸종위기야생동식물 2급으로 지정되어 보호받고 있다.

【시문 52수】 고니 사랑

섬 이름이

고니(鵠)가

날아 뜨는 형태라 하여

지어진 섬인데

일 년 사철

찾아드는

낚시꾼들 고향으로

계절 따라

만남의 섬이다.

그만큼 벌써

유명한 섬으로

육지와

닿을 듯 말 듯

가까이 있지만

보이지 않는

그 계절의

젊음이

아련해지려 해

더웠던 순간에도

추웠던 순간에도

나를 있게 해주던

그 만남이

벌써 멀어지려 해

원래부터 없었던

만남인 듯

발을 돌리고

눈을 가려도

어느샌가 그 만남을

멀어지려 하는

그 만남을

벌써 추억 속에
그리워진
그 계절의 만남이
다시 보고 싶어라.

.

【시문 53수】 곤리섬 갈매기

갈매기 하늘높이
곤리도 갈매기야
일출일몰 풍경 따라
아름답구나

오릿과의 물새.
온몸이 흰 백조(白鳥) 한 쌍
백구(白鷗) 백조(白鳥)
함께 친구삼아 어울리네.

【시문 54수】 김일손 후손

김김씨 삼현(三賢)은
김준손, 김기손, 김일손
연산군 무오년 사화

김일손이 누명쓰고 참수
조카들 모두가 귀양길에
준손형, 차자 大壯이 양자

『고종실록』권42 살펴보면
중추원 안종덕, 상소사면
중 이판 김일손의 후손 김익조,
조정의 부름 받고 고사하고
백조(白鳥)처럼 살면서
갈도(葛島)에서 곤리도 입도

백조(白鳥)같은 김해 김씨
갈매기를 벗으로 삼고
벼슬자리 마다하고
어부로 변신하고 살면서
연안 차씨 규수와 혼인해
자손이 번성한 김씨 가문이라!

통영시(統營市) 산양읍(山陽邑) 연곡리(煙谷里) 패총(貝塚)

신석기 시대의 조개무지 유적으로 사적 제335호로 지정되었다. 패총은 선사 시대에 인류가 먹고 버린 조가비와 생활쓰레기가 쌓여 이루어진 것으로, 조개더미 유적이라고도 하며 당시의 생활모습을 알 수 있는 유적이다.

이 패총은 섬의 동북쪽을 따라 'U'자형으로 펼쳐진 모습이며, 북쪽은 바닷가로 비스듬히 이어지고 동쪽은 가파른 언덕을 이룬다.

1988년 태풍으로 유적의 동쪽 쌓임층이 잘려나가 무너져 내리면서 유적이 드러나 국립진주박물관이 발굴하였고 1989년 11월 2차 발굴에 이어 신석기 시대 사적으로 지정되었다. 1990년 11월 3차 발굴에서 문화내용이 좀 더 밝혀졌다.

섬과 섬, 연결다리

2013년 10월 22일 착공하여 만지도와 연대도 섬과 섬을 연결한 출렁다리(98m)는 경남 해안에서는 처음 등장하게 돼 주목받았다. 통영의 남쪽 미륵도의 산양일주로에 위치한 마을 만지도를 방문하는 사람들 대부분은 낚시꾼들이며 2017년 1월에 개통된 두 섬 사이를 잇는 출렁다리를 건너 한 바퀴 돌아보면 마치 하나의 섬에

만지도와 연대도의 출렁다리

온 것 같았다.

학림(鶴林)의 유래(由來)

옛날 구전(口傳)에 의하면 섬이 울창한 송림(松林)에 백로(白鷺)가 많아서 학림(鶴林)이라 하였으며 섬의 형태가 날고 있는 새처럼 닮아서 '새섬'이라 한다.

오곡도(烏谷島, Ogokdo)

1872년 『지방지도』(삼천진)에 오곡도는 오소리도수토처(吾所里島搜討處)가 표시되어 있고, 『동여도』와 『대동여지도』에는 오소(吾所)로 표시되어 있으며 통영시(統營市) 산양읍(山陽邑) 연곡리(連谷里)에 있는 섬이다. 미륵도의 남쪽에 있으며 서쪽으로 연대도(延臺島), 동쪽으로 비진도(非進島) 그리고 북쪽으로 학림도(鶴林島)가 인접(隣接)해 있다.

연대도(烟臺島)

옛날 왜적의 침략에 산정에서 불을 피워 연기로 위급함을 알렸던 연대(煙臺)가 설치된 것에서 유래되었다.

【시문 55수】 오곡도 저도

오곡도(烏哭島)는
연대도의 연대(煙臺)라.
까마귀 우는 섬에
파도소리 너무 커
까마귀 울며 날아
오곡도(烏哭島)라네.

사람이 늦게 입도(入島)
만지도(晩至島)라오.
딱나무가 많아서
붙여진 저도(楮島)라오.

【56수】 漢詩 13 꽃과 물

世人花之夢華麗
세 인 화 지 몽 화 려

每見的時心滿足
매 견 적 시 심 만 족

自我花之氣生起
자 아 화 지 기 생 기

滿載而心滿意足
만 재 이 심 만 의 족

亮明月夜欄杆中
량 명 월 야 란 간 중

和朋友一起享受
화 붕 우 일 기 향 수

세상사람 화지몽에 화려하고

볼 때마다 마음에 차네.

나 절로 꽃의 기운 일어나고

가득 찰 땐 마음이 흐뭇하네.

밝은 달밤 난간에서

벗들과 같이 즐기노라.

환상의 섬 사량도

사량도

사량도의 옛 이름은 박도였으며 고려 시대에는 박도구당소가 있어 봄·가을로 관할 고성수령이 남해의 호국신에게 남쪽 변방의 보전과 함께 국태민안을 기원하는 망제를 지냈다.

조선 초기 이 박도는 인접한 구랑량 만호진의 수군 및 병선의 초계정박처가 되었으며, 섬에 영전을 일구어 병사들이 내왕하며 농사를 지었다.

그러다가 진영을 이곳 섬으로 옮겨 사량만호진이 설치되고 성종 21

년(1490) 사량진성을 축성하여 비로소 진영의 위용을 갖추었다.

사량진은 임진왜란 때에 호남과 영남 해역을 연결한 조선 수군의 중요거점이었으며, 그 후 통제영이 설치된 이래 통영군창 둔전과 통영 둔우의 방목처와 더불어 거북배 1척, 병선 1척, 사후선 2척에 장졸 합 216명 규모의 병력이 상주하며 이곳 해역을 지켰다.

【57수】 漢詩 14 사량도 비경

八個島化蛇梁島 팔 개 도 화 사 량 도	여덟 개 섬으로 된 사량도
最高峰智異望山 최 고 봉 지 리 망 산	최고봉에 올라 보이는 지리산
奇岩怪石不毛山 기 암 괴 석 불 모 산	기암 괴석으로 불모(不毛) 민둥산,
幻想非空現實化 환 상 비 공 현 실 화	없는 것을 있는 듯 공상 아닌 현실이라.
駕媽峰怡燭台岩 가 마 봉 이 촉 태 암	가마봉에 오른 기쁨 촛대바위라
玉女峰連峰秀麗 옥 녀 봉 연 봉 수 려	옥녀봉과 연봉되어 수려(秀麗)하구나.
玉女說話非現實 옥 녀 설 화 비 현 실	옥녀의 설화(說話) 가장된 비현실(非現實)
蛇梁島民體面傷 사 량 도 민 체 면 상	사량도 민초들 체면(體面) 상(傷)하군.
東西長伸展垠山 동 서 장 신 전 은 산	동(東)에서 서(西)로 길게 뻗은 산 모양
最南端絶妙神秘 최 남 단 절 묘 신 비	최남단 절묘(絶妙)하고 신비(神秘)하도다.

【시문 58수】 사량 동강

江 같은 바다 桐江

사량 海를 마주보며
가깝고도
먼 상도와 하도에
멋진 사량대교도 생겼으니
아무 때나
훌쩍 떠나볼 일이다.

사량도가 아닌
사량도 에서
멀리보이는 산 이름
지리망산(智異望山)
맑은 날
이 산에서 지리산이
보인다는 뜻으로
붙어진 산 이름
망(望)자를 빼고
지리산이라
불리게 되었다는 설이다.

환상의 섬
사량도(蛇梁島).
윗 섬 아랫 섬이
서로 형제처럼
의지하고 있는데다

뭍이 멀지 않은지라
섬 특유의 외로움 없어.

오히려 포구마다
아늑함이 깃들어 있어.
윗 섬과 아랫 섬
사이에 있는 바다를
桐江이라 부르니
더욱 운치가 있어.
동강을 하염없이
내려다본다.

연지봉에서 내려오는
길은 로프로
엮은 나무사다리길이라.
사량도 산행은
바다와 산이
어우러지는 풍경,
주능선 사량도를
벗어나는 행운을 누리라.

오래도록
사량도의 아름다움이
여운으로 남아 있어

그 섬 사량도
나는 너에게로 가고 있다.
그냥 가고 싶은 섬

내 마음에
너의 아름다운
자태 담아두고 싶어
뱃고동 울리는
선상에서 너의 멋진
모습 감상하며
너에게로 다가간다.

먼 바다 욕지도

1889년 개척자들이 처음으로 입도하였을 때 나무가 울창하고 가시
덤불과 약초가 뒤엉킨 골짜기마다 사슴이 뛰어다녔기 때문에 녹도(양
녹도)라 하였다는 설과 구전으로 전해오는 '호주'라는 이름도 있다. 이
외에도 욕지항 안에 또 하나의 작은 섬이 거북이 모양으로 목욕을 하
고 있는 것 같다고 해서 욕지, 유배지였기에 많은 사람이 이곳에서 욕
된 삶을 살았다 하여 욕지라고 일컬었다는 말도 있지만, 딱 하나로 정

할 수는 없다.

또 다른 설로는 100여 년 개척 당시 어떤 노승이 시주승을 데리고 지금의 연화도 상봉에 올랐는데 스님 어떤 것이 도입니까? 라는 물음에 답하기를 욕지도를 가리키며 欲知島觀世尊島(욕지도관세존도)라 답하여 욕지도가 되었다고도 한다.

욕지도는 통영 한려수도의 끝자락에 흩어진 39개의 섬을 아우르는 욕지면의 본섬으로 바다관광과 해수욕을 즐길 수 있는 섬이다. 등산과 낚시를 하기도 좋아 많은 분들이 찾으시는 곳이다.

욕지도 곳곳에는 해수욕장이 마련되어 있으며 거북바위나 고래머리, 펠리칸바위, 촛대바위 등의 바위 절경이 유명하다.

욕지도 모노레일은 통영의 해상관광 명소인 욕지도 본섬에 설치한 관광시설로 총 연장 2km의 순환식 궤도로 욕지면 동항리 여객선 선착장에서 해발 392m인 천왕산 대기봉을 잇는다.

관광용 모노레일(monorail) 설치로 바다와 섬이 어울리는 새로운 개념의 관광기반시설 구축으로 체류형 휴양섬이 조성되어 외지 관광객 유치로 주민 소득 증대 및 지역경제 활성화에 큰 몫을 할 것으로 기대된다.

욕지도　　　　　　　　　욕지도 모노레일

【시문 59수】 욕지도 갈매기

갈매기야! 갈매기야!
욕지바다 갈매기야
넌 외로울 땐,
내가 친구 되었지!
네가 날 때마다,
내 가슴 벅차고
황혼의 외로움에
네 모습 그리워지네.

갈매기야! 갈매기야!
연화도 역사를 너는 아느냐?
연산군의 억불(抑佛)정책(政策)
이곳에 피난 와서
쌍계사(雙溪寺) 조실(祖室)
고산스님 정상(情想)을
문어세존(問於世尊)
유래(由來)를 너는 알겠지!

구름 한 점 없는
청명(晴明)한 밤하늘에
성수들이 금빛을 반짝이며
깊어만 가는 밤에

극락세계(極樂世界)는

아미타불이 계시는 곳.

아미타(阿彌陀)부처님께서

밀어(密語)로 속삭인다오.

연화도

불경의 구절에 欲知蓮華藏頭問於世尊(욕지연화장두미문어세존)이 있는데 그 뜻은 연화세계(극락세계)를 알고자 하는가? 그 처음과 끝은 부처님께 물어 보라 하였다.

욕지도 주변의 섬 이름은 연화도, 세존도, 두미도 등이 있어 불경에 나오는 지명을 다수 지니고 있어 이 지역 지명의 유래는 불교와 밀접한 관계가 있는 듯하다. 고산스님께서는 "극락세계 연화대(蓮花臺)를 욕지두미(欲知頭尾)하거든 문어세존(問於世尊)하라."는 구절이 그것이다.

지금으로부터 500년 전 연산군(1496~1506)의 억불정책으로 지리산 쌍계사 조실스님이신 고산스님 "연화도사"가 제자 3명과

연화도 연화사

함께 연화봉 암자에서 전래석(傳來石)을 모셔놓고 도를 닦으면서 낙가산(洛迦山) 아래에 대지 1,300여 평 위에 연건평 120평으로 연화사(蓮花寺)를 창건하면서부터 욕지도에 불교가 전해왔다.

욕지도는 "39개의 보석 같은 섬"으로 둘러싸인 무인도가 고요히 모여 앉아 저마다의 꿈을 꾸는 곳으로, 국가 명승지 제7호로 지정된 섬이다. 거무튀튀한 바닷물 속에 어떤 전설이 잠겨 있을까.

욕지도는 홍도가 가까워 그런지 유난히도 괭이갈매기가 많아서 세계 자연의 섬으로 지정되었다.

연화도는 통영 남서쪽 14㎞ 지점에 있으며 욕지도 동쪽에 위치한다. 남서해안 가까이에 있는 연화봉(蓮花峰, 212m)이 최고봉이다. 연화봉에서 바라보면 용머리 바위 또한 절경이라 계단을 오르고 싶지 않다. 출렁다리를 다시 건너가서 최종 목적지인 용머리 전망대에서 용머리를 구경하고 먼 바다 바라보면 님 보고 뽕 따는 비경(祕境)이다.

욕지도에는 2개의 출렁다리가 있는데 첫 번째 출렁다리는 2012년에 생겼고 출렁다리 위에 서서 옆을 보면 멋진 기암괴석들과 바다가 보인다. 절벽들 사이로 하얀 파도가 밀려든다. 파도소리를 좀 들어 봤더니 바람 때문에 별로 듣지도 못하고 다리를 건너면 드넓은 바위가 펼쳐져 있어 바위 끝은 바로 절벽이라서 위험하다 싶었는데, 나무 난간이 설치되어 있었다.

【시문 60수】 살생하는 중생

삼라만상(森羅萬象)은
검은 장막에 드리우고
결한 달빛이 은은히 부서지네.
고요함이 깃들어
구석구석 어두운 곳을
찾아다니면 휘황찬란한지라.
광명의 광채를 비추어
까만 밤을 환하게 밝혀준다네.

욕지(欲知) 연화(蓮花) 두미(頭尾)
문어세존(問於世尊)
연화세계(蓮花世界)
중생(衆生)들아,
어디로 갈거나.
罪(죄)많은 衆生(중생),
어디로 갈거나.
蓮華世界(연화세계) 부처님.
慈悲(자비)를 내리소서.
罪(죄)많은 衆生(중생)들.
蓮華世界(연화세계) 부처님께.

괭이갈매기의 본관, 통영 홍도

　괭이갈매기 집단 번식지인 경상남도 통영시 한산면 매죽리에 위치한 홍도는 1982년 11월 4일 천연기념물 제335호로 지정된 바닷새 번식지이다. 면적은 98,380㎡, 해발고도는 110m이며 통영시에서 약 50.5㎞ 떨어진 무인도이다.

　문화재보호법 제33조 및 동법시행규칙 제27조, 제28조의 규정에 의거, 국가지정문화재의 보존과 훼손방지를 위하여 출입을 제한하고 있으며, 학술연구를 위하여 필요한 경우에는 문화재청장의 허가를 받아 출입할 수 있다.

통영 홍도

【시문 61수】 홍도 출신 갈매기

통영 홍도 알섬은
괭이갈매기
야외 산실청이요,
사육장이라.

짝짓기 시즌엔
찾아오는
괭이갈매기
매 쌍마다 이곳은
제한 없이 알을 낳아
부화시켜 양육하면
한국, 일본 온 바다
대자연 속에서
나그네로 산다죠.
온 바다 갈매기에게
고향을 물어보면
대한민국 남해안
통영 홍도 알섬이
고향이라오.

【시문 62수】 괭이갈매기

갈매기 물 위에서
놀고 있는데
쪽빛 바다 어찌하여
영원히 쪽빛인가.

갈매기가
배를 보고
달려드는데
갈매기들 먹거리
없는 줄 아나 봐

흘러가는 강물은
바다에서 만나고
어차피 바다에서
만나야 하는데
갈매기가
달려들어 애애, 우는데
새우깡을 싸오지
못해서 미안하구나.

잽싸게 내리꽂는 순간
맛좋은 고기 한 마리

엄청 빠른

녀석들을

놓치는 법 없어

갈매기에게

너 고향을 물어보면

통영 홍도 알섬이라오.

통영 장사도 관광

이번에 소개할 경남의 관광지는 바로 장사도다. 외국인 여행객 및 국내 여행객들이 많이 찾는 곳 중 하나로, 여유 있다면 시간 잡고 꼭 한번 방문해 보길 추천한다.

장사도는 거제도 남단에서 서쪽으로 1㎞ 거리에 있으며, 부근에 죽도(竹島) 대덕도(大德島)·소덕도(小德島)·가왕도(加王島) 등이 있다.

해안에는 해식애가 발달한 데다 기후가 온화하여 난대식물이 무성하여 해안 경치는 물론, 식물 경관이 아름다워 한려해상국립공원의 일부로 지정되었다.

【시문 63수】 장사도

장사도(長蛇島) 해상공원
카멜리아(camellia) 동백꽃.
수많은 섬들 중에
긴 뱀 섬이라 불리는데,
이름 그대로
긴 뱀 같이 생겨서
장사도라.

갈매기 날아 군무(群舞) 이룬 등성에
맨몸의 인어상(人魚像)은
카멜리아(Camellia)
존 노이 마이어(John Neumeier)처럼
베토벤 음반과 어우러져
카멜리아 발레(ballet)
몸매 같아

한겨울 아랫도리
윗도리 입성도 없는 짱
필요한 데만 올통볼통
참한 색시 누워 있어
달팽이관에서
빠져나오는 달팽이

아가씨

푸른 바탕 언덕배기
벼르박이에
커다랗게 붙어져
화려하게 채색돼
무슨 꿈속의
이상향처럼
기분 들뜨게 하네.

오르막이 없이
이쁘게 단장시킨 산책길
한여름 굉장한
수국 섬 꽃망울
활짝 핀 산 수국이,
말라 비틀어진
상태로 섬 객들 반기네.

통영 장사도

장사도 인어상

통영 비진도 해수욕장

이국적인 정취를 물씬 풍기는 관광객들의 편안한 휴양지가 바로 비진도이다. 모래가 적어 백사장이 드문 통영 바다에서 비진도는 이름 그대로 귀한 진주만큼이나 보배로운 존재이며, 그림 같은 해수욕장을 양쪽으로 품고 있는 섬이다.

비진도는 내항과 외항, 두 개의 섬으로 되어 있다. 그 두 섬 사이를 해수욕장이 이어주고, 두 섬 사이에 모래톱이 형성돼 연륙교 겸 해수욕장이 된 것이다. 따라서 비진도 해수욕장은 양쪽에 큰 바다를 끼고 있는 것이 한쪽 바다만 바라보고 들어서 있는 다른 해수욕장들과는 다른 특징이다.

비진도의 내항, 외항 두 섬은 남북으로 이어진다. 따라서 외항의 해수욕장은 동, 서쪽으로 각각 바다를 바라보고 있다. 서쪽 해수욕장은 모래밭이고 동쪽 해수욕장은 몽돌밭이다.

【시문 64수】 비진도 해수욕장

통영 비진도
해수욕장
바다 물빛이
산호빛 닮아서
아름다워라.

외항과 내항으로

두 개의 섬이

하얀 모래사장

검푸른 몽돌밭

두 개의

해수욕장

주위의

크고 작은 섬들

조화롭게

절정을 이루어

한 폭의 그림을

연상케 한다.

항상 그리운

풍경이

빠알간 석양에

물들인 저녁노을

수평선 넘어갈 때

유난히도

붉게 물드네.

한산도 제승당

사적 제113호이다. 1593년 8월 이순신 장군이 삼도수군통제사를 제수받아 한산도에 통제영 본영을 설치했을 때 운주당(運籌堂)을 세웠다. 이순신(李舜臣)이 순절(殉節)하고 '운주당(運籌堂)'에 위패(位牌)를 봉안(奉安)함에 운주당(運籌堂)이 제승당(制勝堂)으로 바뀌고 운주당(運籌堂)은 두룡포(頭龍浦)로 옮겨와서 세병관(洗兵館)과 같이 있다.

처음 운주당(運籌堂)은 이순신이 서재를 즐겨 사용했고 그곳에서 부하 병사, 마을 주민들과 대화를 즐겼다고 한다.

대화 속에서 알게 된 상황과 정보들은 전쟁에 중요한 전략 요인이 되었고, 승리의 발판이 되었다. 이순신 장군에게 '운주당'은 말을 하기 위한 장소가 아니라 '남의 말을 많이 듣는 장소'였던 것이다. "밤낮으로 의논하고 약속했다(日夜謀約)." 그렇다고 늘 엄숙하고 어렵기만 한 곳은

운주당

아니다. 운주당은 이순신 장군의 병법 책이 가득하고 향불이 켜져 있는 고상한 서재만이 아니었다. 나는 마음속에 드는 장소였다고 생각해 본다.

한산도의 이충무공 유적지는 통영시 한산면 두억리 제승당 일원의 52만 5,123㎡(15만 9,128평)에 조성된 지상건물, 각종 비석, 동산문화재 광장, 조경물 등과 풍치림야(風致林野)를 통칭(統稱)한다.

정유재란으로 한산진영이 불타버리고 폐허가 된지 142년 만인 영조 15년(1739)경 제107대 통제사가 이곳에 유허비를 세우고 운주당 옛터에 예대로 집을 짓고, 제승당이라는 친필현판을 걸었다. 그 후 영조 30년 (1760) 이충무공의 후손 이태상 제121대 통제사가 낡은 건물을 중수하면서 유허비를 손질하고 비각을 뒤로 옮겨 세웠다.

운주당(運籌堂), 이순신의 전술 전략 교육장

손자병법의 모공편(謀攻編)에는 다음과 같은 구절이 있다.

【故用兵之法, 十則圍之, 五則攻之, 倍則分之】
고 용 병 지 법 십 즉 위 지 오 즉 공 지 배 즉 분 지

용병을 하는 법에는 아군이 열 배라면 포위하고, 다섯 배라면 공략하며, 배라면 나누어 공략한다.

【敵則能戰之 少則能逃之 高壁堅壘, 勿與戰也】
적 즉 능 전 지 소 즉 능 도 지 고 벽 견 루 물 여 전 야

적과 동등한 전력이라면 최선을 다해 맞서 싸우고, 적보다 수가 적다면 싸울 수는 있으나 성벽을 높이 쌓고 견고하게 하여 맞붙어 싸워서는 안 된다.

【不若則能避之】
부 약 즉 능 피 지

만약 맞서 싸울 수 없을 정도로 약세라면 싸움을 피해야 한다.

【故君之所以患於軍者三】
고 군 지 소 이 환 어 군 자 삼

군주가 군사에 해를 끼치는 세 가지가 있다.

【不知軍之不可以進而謂之進, 不知軍之不可以退而謂之退, 是謂靡軍】
부 지 군 지 불 가 이 진 이 위 지 진　부 지 군 지 불 가 이 퇴 이 위 지 퇴　시 위 미 군

군사가 진격해서는 안 되는 상황을 알지 못하고 진격하게 하고, 군사가 물러나서는 안 되는 상황을 알지 못하고 물러나게 만드니, 이를 일러 군사를 속박하는 미군(靡軍)이라 말한다.

【不知三軍之事, 而同三軍之攻者, 則軍士惑矣】
부 지 삼 군 지 사　이 동 삼 군 지 공 자　즉 군 사 혹 의

군사의 일을 알지 못하면서 군사의 일에 간섭하는 경우이다. 이러면 군사들이 헷갈려 혼란스러워 한다.

【不知三軍之權, 而同三軍之任, 則軍士疑矣】
부 지 삼 군 지 권　이 동 삼 군 지 임　즉 군 사 의 의

군권(군사의 지휘계통)의 속성을 알지 못하고, 군령에 간섭하면, 군사들이 의심을 품는다.

【三軍旣惑且疑, 則諸侯之難之矣, 是謂亂軍引勝】
삼 군 기 혹 차 의　즉 제 후 지 난 지 의　시 위 난 군 인 승

군 내부의 의심과 불신을 사면, 다른 제후의 침입을 초래하니, 이것을 군을 혼란하게 만들어 적에게 승리를 바치는 꼴이라.

【시문 65수】 문제 삼는 장계

경상우수사 원균 장군

판옥선 종전 그대로 출정해
전라좌수사 이순신
원균과 동급 수사직 올라

전라수사 거북선 2척
판옥선 100여 척 자작보유하고,
수사끼리 경쟁심 격화
군관 병사 수량 부족 문제라.

학문 부지한 원균
장계자작 적시 못해 실화라
문무 겸비한 이순신은
자기 전과 적시한 장계 올려

공동해전 원균 전과 실족되어
불만이 쌓인 원균 감정 깊어지고,
이순신 전술만 인정받아
삼도수군통제사로 승진되다.

【시문 66수】 한산 운주당

한가한 산(山)이
섬(島)이 되어

한산도(閑山島)라.

좌, 청룡(靑龍)

우, 백호(白虎)로

연병장 세워서

통제영을 설치하니

운주당(運籌堂)이라.

삼도수군통제사가

병사 훈련 양성하던 곳

이순신이 이름 지은

운주당은 작전연구소이라.

〈손자병법 36계〉

【運籌帷幄之中決勝千里之外】
운 주 유 악 지 중 결 승 천 리 지 외

장막 안에서 작전계획을 결정하여 천 리 밖에서 승리하고

【知彼知己百戰百勝】
지 피 지 기 백 전 백 승

상대편을 알고 나를 알면, 백 번 싸워도 백 번 승리라, 를 가르치다

【시문 67수】 음모와 암투

위기에 빠진 임란

조선을 구해낸

이순신을

끄집어 내리고자 하는 윤두수
멍청한 선조와
그가 이끄는
무능한 조정대신들
모함과 질투가 난무하니
울분 터지네.

특히 선조를 제외하고
조정대신 중 유독히
이순신을 괴롭힌
사람이 있었으니
그가 바로 윤두수
그는 진짜 악역뿐인가?

처남 매부 원균을
더불어 명장 계열에
뒤에서 밀어주며
이순신을 견제하고
힘 모아 괴롭힌 척신들

윤두수의 실책은
원균과 친척 사이인지라
원균의 후원자인 선조,
패착(敗着) 둔 윤두수

백성 앞에 부끄러워

이순신 끄집어 내리고
원균 통제사 승진시켜
1594년 음력 10월 4일
전술 전략 기획 없이
장문포 해전 시범전

윤두수, 이순신, 곽재우, 김덕령
전선 50여 척에
명장 총결집시켜도
밀어 붙인 장문포 해전
패전으로 끝나 말아먹고 말았지!

【시문 68수】 모략(謀略)

원균 자작 陰謀
이순신을 모략하여
좌의정 윤두수가
금상에게 상고하다

사형수 만들고
이순신 관직을 빼앗아

삭탈관직 만들고
백의종군 시키다.

원균은 이순신을
자신 아래 종복시켜
말단 부하 만들어
백의종군 시키도다.

원균의 견해(見解)랍시고
음해를 잔뜩 늘어놓으니
이순신을 내칠 만한
조정은 자신감이 생긴 거지

이순신보다
나이로 5살이나 많았고
무과급제도 11년 빠른
대선배 원균은 형님다웠나

삼도수군통제사 된 원균
장문포 해전에
이순신을 부하로
통솔력 부재로 실패한 전과

도원수 권율에게

통제사 원균은
패전과실 장형 받고
칠천량 해전 자원하다

통제사가 도망가 버려서
조선 수군은 우왕좌왕
자멸해버린 칠천량 해전
저승사자가 모두 잡아갔네.

칠천량 해전에서
술에 취해 패전했나.
도망치다 수급참변 원통사
다급해진 선조 조정

궁여지책 재탕통제사 일회용
남은 전함 12척 명량 해전
적선 300여 척 왜적 2천 전몰
전략전술 보여준 명량 해전

또다시 노량 해전 이순신
승리로 이끌고 결심한 대로
내 목숨 나라에 바치고
순절한 충무공이라.

海驅別叫苦鳴了
해 구 별 규 고 명 료
갈매기야 소리 내 우지 마라.

听着你的哭難加
은 착 니 적 곡 난 가
너의 울음 서러워 가상(加上)하구나.

白驅獻師啊桃子
백 구 헌 사 아 도 자
백구(白鷗)야 헌사(獻師)하랴 못 믿을 손 도화(桃花)
로다.

桃花別水漁舟子
도 화 별 수 어 주 자
도화야 별수(別水)하랴 魚舟子가 알까 하네.

桃花短命十日紅
도 화 단 명 십 일 홍
도화는 단명(短命)하여 십일홍이요

望山假想急口干
망 산 가 상 급 구 간
망산은 가상(假想)하니 급한 입 막아라.

통영(統營) 충렬사(忠烈祠)

이순신(李舜臣)이 순절(殉節)하니 내린 시호(諡號) 충무공(忠武公)을 하사(下賜)하고 착량(窄梁)에 세운 사당(祠堂) 착량묘(鑿梁廟) 조선 수군 큰 샘 명정(明井)위에 건립(建立)한 충무공(忠武公)의 홍살문(紅箭門) 유물관(唯物觀)을 충렬사(忠烈祠)와 세병관(洗兵館)에 세웠다.

【시문 70수】 제승당(制勝堂)

충무공의 위패(位牌)를

모신 사당(祠堂)은

착량변(窄梁邊)에 세웠으니

사당의 칭호(稱號)를

착량묘(鑿梁廟)라 부른다

충무공의 유품(遺品)은

충렬사(忠烈祠)에 전시하다

사당(祠堂) 건립은

1606년(선조 39년) 제7대

이응룡 통제사가 세우고

삼도수군통제사

이순신이 순절하므로

충무공(忠武公) 시호(諡號)를

하사(下賜) 내려

운주당(運籌堂)에

배향(配享)하고

제승당(制勝堂)이라

고쳐 쓰라!

【시문 71수】 슬픈 비가(悲歌)

백구(白鷗)야 우지 마라

너무 슬퍼 훤곡(喧哭)이네.
망산(望山)도 가만히
아는 이는
백구(白駒) 너뿐이라.

망산(望山)과
한산도(閑山島)
바닷물도 그대론데
장군님 순절(殉節)이라.

【시문 72수】 통제영 건립

운주당(運籌堂)은
두룡포(頭龍浦)로 옮겨와
통제영(統制營)에
설치(設置)하다!

세병관(洗兵館) 좌표(座標)에
연안 김씨 시조님
김섬한(金暹漢)의 묘를
북산(北山)에
자리 잡아
이장(移葬)하고

세병관(洗兵館)을

건립하여

운주당(運籌堂),

백화당(百和堂),

병고(兵庫),

교방청(敎坊廳),

산성청(山城廳),

장원홍예문(牆垣虹霓門)

12공방(工房),

중영(中營)이라……

제3장

시로 읽는
조국의 뿌리 문화

조선인과 일본인은 동족이다

『환단고기』「태백일사(太白逸史)」에 의하면, 고구려국본기(高句麗國本紀) 이맥 편찬(李陌 編撰) 협부(陜父)는 고구려(高句麗) 고주몽(高朱蒙)과 북부여(北扶餘) 족속(族屬)이다. 협보(陜父)가 도일(渡日)하여 임나(任那), 구야한국(狗邪韓國), 다파라국(多婆羅國)을 세웠다.

협보(陜父)는 고주몽(高朱蒙)과 혈주결형제(血酒結兄弟)로 ① 주몽(朱蒙) ② 마리(摩離) ③ 오이(烏伊) ④ 협보(陜父) 4형제였다. 유리(瑠璃)와 비류(沸流) 사이 협보(陜父)가 조카 유리(瑠璃)쪽 역성(繹成)을 들고 고구려나 백제에서 살지 못하고 도주한 곳이 일본이다. 그는 곧 해포(海浦, 강화도의 한강 포구)에 이르렀고, 해안선을 따라 몰래 잠항(潛航)하여 곧바로 구야한국(狗邪韓國, 금관가야)에 도착했다. 그곳은 가라해(加羅海, 낙동강 하류)의 북쪽 해안이다. 협보 일당은 그곳에서 수개월 동안 살다가 근거지를 일본규수 아소산(阿蘇山)으로 옮겨 그곳에 터를 잡고 살았다. 이것이 소위 말하는 일본규수 다파라국(多婆羅國, 왜국)의 시조다. 다라파국은 훗날 임나연정에 병합되었다.

3국은 바다에 있고 7국은 육지에 있다. 다파라국을 다라한국(多羅韓國)이라고도 하며, 본래 홀본(忽本)에서 왔었고 안라국(安羅國)과 이웃하며 성(姓)이 같다고 하였다. 웅습성(熊襲城)을 갖고 있는데 지금의 구마모토(熊本)이다.

신라 4대 왕인 탈해왕은 고구려(高句麗) 출신(出身) 협보(陜父)의 손자(孫子)로서 신라와 구마모토는 교류가 오래전부터 있었을 것이고, 고구려가 임나를 지배할 때에 이곳 신라인들은 자발적으로 협조하였을 것이니 완하국이 고구려 속노(粟奴)라고 한 것은 바로 신라인 거점인 것을 드러낸 것이다.

　백제(百濟) 온조(溫祚) 역시 고구려(高句麗) 고주몽(高朱蒙)의 아들이므로 북부여(北扶餘) 족속(族屬)이다. 온조(溫祚)의 고손자(高孫子) 근초고왕(近肖古王) 때 백제(百濟) 왕족(王族)이 일본(日本)으로 도일(渡日)하여 일본의 왕(王)이 되었다.

북부여(北扶餘) 단군왕조표(檀君王朝表)

왕대	단군(檀君) 호칭(呼稱)	재위(在位) 기간(期間)	연력(年歷)
1	단군(檀君) 해모수(解慕漱) 추모, 해모수의 성이 고씨	BC 239년~194년	45년
2	단군(檀君) 모수리(慕漱離) / 동생 해부루(解夫婁) 동부여	BC 194년~169년	25년
3	단군(檀君) 고해사(高奚斯) / 동생 고진(高振) 고구려 후	BC 169년~120년	49년
4	단군(檀君) 고우루(高于婁) / 고진의 아들 고모수 불이지	BC 120년~108년	34년
5	단군(檀君) 고두막루(高豆莫婁) / 여동생(궁주) 파소 신라	BC 108년~59년	49년
6	단군(檀君) 고무서(高無胥)	고무서 단군 2년(BC 59년~58년) 고주몽(高朱蒙)에게 양위. 제7대 단군 고주몽(高朱蒙) BC169년 고진(高振)으로부터 고구려(高句麗) 시작. 고진(高振)의 증손자 고주몽(高朱蒙)고구려 이음.	
6대 단군 고두막의 여동생 파소의 아들 박혁거세가 신라를 세움(박혁거세와 고주몽은 6촌).			

왕대	왕 호칭	재위(在位) 기간(期間)	연력(年歷)
1	왕(王) 해부루(解夫婁) / 해모수의 아들	BC 86년~47년	39년
2	왕(王) 금와(金蛙) / 업둥이 아들	BC 47년~BC6년	41년
3	왕(王) 대소(帶素)	BC 6년~서기22년 멸망	28년

- 해부루(解夫婁)는 해모수(解慕漱)의 둘째아들로서 조카 해우루(解于婁)의 배려로 가섭원으로 와서 동부여를 세운다.

- 해부루(解夫婁) 왕이 임신한 유화(柳花)를 발견한 곳이 바로 '태백산우발수(太白山南優渤水)'이다. 해부루가 유화를 데리고 가섭원으로 왔다. 유화부인은 해모수(解慕漱)의 증손자(曾孫子) 고모수(高车漱, 불이지)의 아들 주몽(朱蒙)을 출산한다.

- 해부루(解夫婁) 왕의 후궁으로 들어간 유화부인은 아들 주몽(朱蒙)과 혈주결형제(血酒結兄弟)로 삼아 ① 주몽(朱蒙) ② 마리(摩離) ③ 오이(烏伊) ④ 협보(陜父) 아들 넷을 두었다.

- 주몽은 북부여(北扶餘) 해모수(解慕漱)의 고손자(高孫子)이며 고진(高振)의 손자(孫子)이다.

- 주몽은 졸본에서 고무서(高無胥)의 뒤를 이어 왕이 되고 고무서(高無胥)의 딸 소서노(召西奴)와 결혼(結婚)하여 고구려(高句麗)를 건국한다. 소서노는 졸본 왕실의 우태와 통정(通情)하여 아들 비류(比流)가 있었는데 우태가 죽고 주몽과의 사이에서 온조(溫祚)를 낳았다(주몽 BC 79년~BC 19년, 소서노 BC 66년~BC 6년).

【73수】 漢詩 16 의미 있는 무술시합

信高句麗開國功臣 신 고 구 려 개 국 공 신	고구려가 신임(信任)한 개국공신이라
比琉師陝王子武競 비 류 사 협 왕 자 무 경	비류의 무술사범과 협보는 왕자들 무술경합
區分太子位置慶試 구 분 태 자 위 치 경 시	태자 자리를 가리자는 경시(慶試)
召西奴覺察到鎭壓 소 서 노 각 찰 도 진 압	소서노가 알아차리고 진압(鎭壓)
急忙跑過去挽留他 급 망 포 과 거 만 류 타	급히 달려가 이를 만류하고
比琉适用于陰謀罪 비 류 괄 용 우 음 모 죄	비류가 음모죄(陰謀罪)를 적용함에

- 고구려는 ① 계루부, ② 소노부, ③ 절노부, ④ 관노부, ⑤ 순노부 5부를 합친 나라로 주몽이 천제(해모수)의 아들이라는 것을 정통성의 근거로 삼았다. 주몽이 동부여에서 혼인한 예 씨 부인 사이에 낳은 아들 유리가 졸본에 찾아와서 태자 자리를 이어 받게 되자 소서노는 비류와 온조를 데리고 남하하여 백제를 세운다.

- 백제는 소서노가 죽고 비류와 온조 사이의 의견 차이로 다툼이 발생하자 숙부(淑父)인 협보(陝父)가 나타나 조카 온조 편에서 의기투합(意氣投合)하여 비류를 죽임으로써 온조가 백제(百濟)의 초대(初代) 왕(王)이 된다.

- 온조는 백제를 차지하고, 온조의 지원을 받은 협보는 땅 끝까지 내려가 전남 지역에서 도일(渡日)하여 일본을 건국한다.

백제서기(百濟書記)에 따르면 시조 온조왕(溫祚王)의 뒤를 이어 다루왕(多婁, 2대), 기루왕(己婁, 3대), 개루왕(盖婁, 4대) 등으로 왕위가 승계된다. 모두 온조(溫祚) 계열(系列)의 왕이다. 백제 건국 3년째인 BC 16년 온조

의 처 감아(甘兒, 추모왕 딸)가 아들 다루(多婁), 기루(己婁), 개루(蓋婁)를
낳았다.

【시문 74수】 신화 만든 부여 왕족

고구려를 세운
주몽(朱蒙) 신화(神話)는
선풍적(旋風的)인
인기를 누렸으니
역사가 말해주는
초인간적(超人間的) 인물

하늘이 내려주신
천손 강림(天孫降臨)의
명(命)을 받아
천조대신(天照大神)의
난생(卵生)의
아이콘(icon)이라.

정치적 동지(同志)였던
주몽(朱蒙)에게
배신(背信)당한 후,
아들 비류, 온조와 함께

백제(百濟)를
건국한 여걸(女傑)이라.

활과 화살을 든 여성의 모습
소서노(召西奴)
바로 그녀는
성녀(聖女)로서
잔 다르크(Jeanne d'Arc) 신화로
받아들이리.

소서노(召西奴)와 추모왕(鄒牟王)
동명신화(東明神話)는
삼국사절요(三國史節要)에
장식(粧飾)되어
위풍당당한 신무(神武)라
할 것이다.

다음 지목(指目)되는 사람
협보(陜父)는
주몽(朱蒙)과 결의형제(結義兄弟)
막내동생은
형(兄)의 소생 온조(溫祚)를
끝까지 지켜주다

주몽(朱蒙)왕 사후(死後)
유리왕 때
재상을 지낸 협보(陜父)는
고구려를 떠나
소서노(召西奴) 사후(死後)에
온조(溫祚)를 협조(協助)

비류(比琉)와 온조(溫祚)갈등(葛藤)을
협보(陜父)가 뛰어들어
온조(溫祚)와 의기투합(意氣投合)
온조(溫祚)의 승리를 이끌고
협보(陜父)는 남쪽으로 내려가
도일(渡日)하다.

신무(神武)의 이름으로 왜(倭)에
다파라국(多婆羅國)을 세우니
그의 손자(孫子) 탈해(脫解)가
가락(駕洛)에서 쫓아내
신라(新羅)에서 이사금(尼師今)이 됐으니
신화(神話)라 할 것이라.

환단고기(桓檀古記) 태백일사(太白逸史) 제6편
고구려국본기(高句麗國本紀)의 기록

【斯盧始王仙桃山聖母之子也】
사 로 시 왕 선 도 산 성 모 지 자 야

사로의 처음 임금은 선도산 성모의 아들이다.

【昔有夫餘帝室之女婆蘇】
석 유 부 여 제 실 지 녀 파 소

옛날 부여 제실(帝室)의 딸 파소(婆蘇)가 있었는데

【不夫而孕爲人所疑自嫩水桃至東沃沮】
부 부 이 잉 위 인 소 의 자 눈 수 도 지 동 옥 저

남편 없이 아들을 배어 사람들의 의심을 받게 되자 눈수(嫩水)로부터 도망쳐 동옥저에 이르렀다.

【又泛舟而南下抵辰韓奈乙村】
우 범 주 이 남 하 저 진 한 나 을 촌

또 배를 타고 남하하여 진한의 나을촌(奈乙村)에 이르렀다

【時有蘇伐都利者 聞之 往收養於家而】
시 유 소 벌 도 리 자 문 지 왕 수 양 어 가 이

이때에 소벌도리라는 자가 그 소식을 듣고 가서 집에 데려다 거두어 길렀다

【及十三岐祥然夙成 有聖德 於是 辰韓六部共尊爲居世干】
급 십 삼 기 상 연 숙 성 유 성 덕 어 시 진 한 육 부 공 존 위 거 세 간

나이 13세가 되자 뛰어나게 영리하고 숙성한데다가 성덕이 있었다. 이렇게 되어 진한 6부의 사람들이 모두 존경하여 거세간(居世干)이 되니,

【立都徐羅伐 稱國辰韓亦曰斯盧】
립 도 서 라 벌 칭 국 진 한 역 왈 사 로

도읍을 서라벌에 세우고 나라 이름을 진한(辰韓)이라 하고 또한 사로(斯盧)라고도 하였다

(1) 고구려(高句麗) 왕족 협보(陜父)

⑵ 백제 왕족 1차 근초고왕 시대, 2차 백제 멸망 의자왕 시대

⑶ 벌휴(고국천제기)

⑷ 조선 시대 경상도 창녕 출신 이죽산(李竹山)이 도일(渡日)했는데, 그의 손자(孫子)가 풍신수길이다.

일본을 세운 사람은 북부여 종족(宗族)들이다

고구려(高句麗)와 신라(新羅)는 북부여(北扶餘)에서 나왔고,
백제(百濟)와 일본(日本)은 고구려(高句麗)에서 나왔다.
가야(伽耶)역시 고구려(高句麗) 흉노족(匈奴族)이다.

일본 부족들 모두는 고구려, 백제, 신라, 가야에서 도일(渡日)하여 세운나라들이 존재했다가 나중에 통일된다.

① 고구려 개국공신 협보(陝父)가 망명가서 왜(倭)에 다파라국(多婆羅國)을 세우고 휴우가(日向)의 안라국(安羅國)과 연합하여 사마대국 邪馬臺國을 세운 인물이다

② AD 371년경 일본 천황 가를 백제완족(百濟王族)이라 함은 한국과 일본 학자에 의해 거론 확인되다. 일본 왕가(王家)는 백제왕족으로부터 건너와 백제가 세운나라로 전해왔다. 일본 왕가 성씨는

파단(波旦)이라 하며 파단(波旦)은 하타씨(秦氏) 시조(始組)라. 일본에서도 여러 부족들의 나라가 존재했다.

③ AD 396년경 백제(百濟)의 개로왕(蓋鹵王) 동생 곤지(昆支)가 고구려(高句麗) 장수왕(長壽王)이 지휘했던 침입으로 한성(漢城)이 함락(陷落)될 때 일본(日本)으로 건너가서 일본(日本) 천황가(天皇家)를 열었다는 논란이 많은 이야기로 나는 가설을 세우기 싫어한다. 그런데 「삼국유사」의 연오랑(延烏郞) 세오녀(細烏女)설화는 나로 하여금 일본 천황가(天皇家)의 뿌리에 대한 가설을 세울 수 있게 했다.

【75수】 漢詩 17 백제 왕족 도일

百濟王族近肖古倭建國 백제왕족 근초고(近肖古, 295~375) 마토타케루
백 제 왕 족 근 초 고 왜 건 국 (倭建國, 295~333)

渡日百濟王族日皇女婚 도일한 백제의 왕족들은 일본 황녀(皇女)들과
도 일 백 제 왕 족 일 황 녀 혼 결혼했다.

百濟貴族以渡日亡命族 백제의 귀족들의 도일(渡日)한 망명족이 많았다
백 제 귀 족 이 도 일 망 명 족

百濟滅亡王族政治亡命 백제 멸망 이후 왕족들이 대거 정치적 망명
백 제 멸 망 왕 족 정 치 망 명 했다.

〈『고국천제기』 필사본〉

【是年 伐休爲羅主 其父仇鄒 陜父子也 母曰 只珍內禮 仇道之姊也】
시 년 벌 휴 위 라 주 기 부 구 추 합 부 자 야 모 왈 지 진 내 예 구 도 지 자 야

이해(184)에 벌휴(伐休)가 신라(新羅)의 임금이 되었다. 그의 아버지 구추(仇鄒)는 협보(陜父)의 아들이고, 어머니는 지진내례(只珍內禮)로 구도(仇道)의 누나이다.

<『삼국사기』 필사본>

【伐休(一作發暉)尼師今立 姓昔 脫解王子仇鄒角于之子也 母 姓金氏 兄
　벌휴　일작발휘　니사금립　성석　탈해왕자구추각우지자야　모　성김씨　형

珍內禮夫人 阿達羅薨 無子 國人立之】
진내례부인　아달라훙　무자　국인립지】

벌휴(伐休一作發暉)가 이사금(尼師今)에 즉위(卽位)하였다. 성(姓)은 석(昔)씨이며, 탈해왕
(脫解王)의 아들인 구추각간(仇鄒角干)의 아들이다. 어머니는 김(金)씨 성(姓)의 지진내례
부인(只珍內禮夫人)이다. 아달라(阿達羅)가 아들 없이 훙서(薨逝)하시자 백성들이 그를 국
인(國人) 옹립(擁立)하였다.

<『벌휴기』 필사본>

【初 昔鄒葛文王 夢見脫解尼今 以寶刀與之曰 可以祀嘉禾 乃與只珍內
　초　석추갈문왕　몽견탈해니금　이보도여지왈　가이사가화　내여지진내

禮入壤井 禱于樹王而生祭】
례입양정　도우수왕이생】

옛날에 석추(昔鄒) 갈문왕(葛文王)이 꿈에서 탈해니금(脫解尼今)을 보았는데, 보도(寶刀)를
주며 말하기를 "가이(可以) 제사(祭祀)를 지내도 가화(嘉禾)라." 이에 지진내례(只珍內禮)와
함께 양정(壤井)에 들어가 도우(禱于기도)하고 수왕(樹王)이 살았을 때 제사(祭祀)를 지냈다.

【76수】　漢詩 18 협보 손자 탈해왕

高句麗陜父到渡日馬韓　　고구려 협보(陜父)가 마한(馬韓)으로 탈출, 도
고 구 려 협 부 도 도 일 마 한　　일(渡日)했다.

陜父以孫脫解爲新羅王　　협보(陜父)의 손자 석탈해(昔脫解)가 신라(新
협 부 이 손 탈 해 위 신 라 왕　　羅) 임금이 되었지.

其父親仇鄒是陜父之子　　그의 아비 구추(仇鄒)는 협보(陜父)의 아들이고,
기 부 친 구 추 시 협 부 지 자

母親只是珍內禮仇道姐　　어머니는 지진내례(只珍內禮)로 구도(仇道)의
모 친 지 시 진 내 례 구 도 저

누나이다.

新羅時渡日徙夫葛文王
<small>신 라 시 도 일 사 부 갈 문 왕</small>

신라(新羅) 때 도일(渡日)한 사부지 갈문왕(徙夫知 葛文王)은

新羅時王族是陜父后裔
<small>신 라 시 왕 족 시 협 부 후 예</small>

신라 때 왕족인 이들이 협보(陜父)의 후예(後裔)라.

부연설(敷衍說)

갈문왕(葛文王)이라 함은 신라 때 왕의 친척에게 주던 직위이다. 갈문왕은 지배 세력 내에 특수한 위치를 차지했는데, 왕(王)과 비(妃)란 호칭을 사용했고 따로 신하를 거느렸다는 점에서 신라(新羅)시대 갈문왕(葛文王)의 위치는 상왕(上王)급이다. 신라시대 갈문왕(葛文王)이라 함은 탈해왕(脫解王)이 일본에서 건너온 협보(陜父)의 손자(孫子)였다. 본래 협보(陜父)는 고구려(高句麗)를 건국(建國)한 고주몽(高朱蒙)의 의제(義弟)였다. 협보(陜父)와 백제(百濟)를 세운 온조(溫祚)는 고주몽(高朱蒙)의 아들로서 협보(陜父)를 도와 일본(日本)으로 보내 나라를 세웠다. 그의 손자(孫子)가 신라의 탈해왕(脫解王)이 되었으니 갈문왕(葛文王)은 협보계(陜父系)의 위상(位上)이다.

【今木神は桓武天皇の生母高野新笠の遠祖】

이마기노카미는 간무천황의 생모 타카노 아라카사의 원조

고야신립(高野新笠)은 백제태자(百濟太子) 순타(純陀)의 후손이었다.

AD 660년경 백제(百濟)의 멸망 후 일본에서 백제계 새로운 나라가
탄생했다.

백제(百濟)가 왜국(倭國)을 나누어 국군(國郡)에 군장(君長)을 두고

石上神社祭神 布都御魂(ふつのみたま) 神 布留御魂(ふるみたま) 神 布都
斯御魂ふつしみたま) 神 配祀 → 近硝古 宇摩志麻治 (うましまじ) 命
五十瓊敷 (いにしき)

이시가미 신사 제신(祭神) 후토노미타마노카미 후루미타마노카미 흐토사고타마후츠시
타마 신배사 → 치카하시 우마지【近 硝古宇摩治】명오십경지(命五十瓊地)

일본 천황가 백제후손

일본 천황은

한국인이라.

일본은

백제 땅이었다.

천왕의 어머니가

백제 무령왕의

자손이라 하여

세상을

깜짝 놀라게 하였으라.

일본 천황가
나루히토(德仁) 황태자
부부를 비롯해서
백제 근초고왕 후손이라.

일본 천황 부인이
백제 공주라
의자왕이 일생을 바쳐
사랑한 제명천황

보황녀(백제의 왕녀)
수백향 공주(手白香公主)
다시라카 황녀가
백제(百濟) 무령왕의 공주라.

백제 근구수왕(近仇首王)의 아들
일본의 성무천황과 중애천황
환무천황(桓武天皇)모친이
백제인이다.

근초고왕과
진홍란(眞紅蘭)이
쇠꼬비(金串)를 양자로 삼은 이유
갖은 고난 끝에

다시 돌아와
근초고왕이 되었다.

여구(如耉)는
비류왕(比流王)을 암살하고
왕(王)이 된 계왕(契王)으로부터
핍박당해
다시 요서(遼西)로
쫓겨 갔으나

여구(如耉)에겐
두 아들이 있었다.
하나는
진홍란(眞紅蘭)으로부터
얻은 태자 부여근이요,
다른 하나는
여화(女婍)가 낳은 아들
쇠꼬비(金串)이다.

여구(如耉)가
요서(遼西)에서 전연(前燕)과
전쟁을 하는 중에
일으킨
위례궁(慰禮宮)의 반란 때 죽다.

근구수왕의 장인은

진고도이다.

여구(如耈)의 뒤를 이어

어라하(於羅瑕)가 되려면

진 아이와 결혼 해야만

하였다.

소화(昭和)가 되는 거네요.

근초고왕은 진평왕이고.

근초고왕의 뒤를 잇는

근구수왕은

여화(女嬅)의 아들

쇠꼬비(金串)가 되는 것인가?

부연설(敷衍說)

근초고왕과 진홍란(眞紅蘭)이 쇠꼬비(金串)를 양자로 삼은 이유는 무엇일까.

근초고왕(近肖古王)의 뒤를 잇는 근구수왕(近仇首王)은 여화(女嬅)의 아들 쇠꼬비(金串)가 되는 것인가?

부여구도 비류왕(比流王)으로부터 버림받고 비류왕(比流王)으로부터 왕재를 인정받고 후사를 이어받을 참이었던 여구(如耇)는 비류왕(比流王)을 암살하고 왕이 된 계왕(契王)으로부터 핍박당하다가 근초고왕(近肖古王)이 됐다.

여구(如耇)에겐 두 아들이 있다. 하나는 진홍란(眞紅蘭)으로부터 얻은 태자(太子) 부여근(夫餘根)이요, 다른 하나는 여화(女嬅)가 낳은 아들 쇠꼬비(金串)다.

백제의 모든 세력들이 서로 다른 이유로 여화(女嬅)의 아들을 죽이려 했다. 장성한 쇠꼬비(金串)가 곡나부에 들른 여구(如耇)를 구한 것은 운명이었을까?

여구(如耇)는 쇠꼬비(金串)의 소원대로 한성으로 데려가 태자 여근(如根)의 호위장으로 임명한다. 그런데 쇠꼬비(金串)가 여구를 구한데 이어 이번엔 태자 여근(如根)을 구했다. 쇠꼬비(金串)는 어라하(於羅瑕)로부터 위사군 장군을 하사받게 된다. 왕후 진홍란(眞紅蘭)이 이 정도 상으로는 부족하다며 양자로 세우겠다고 결정한다. 물론 진홍란(眞紅蘭)이 쇠꼬비(金串)를 양자로 삼기로 한데는 이유가 있다.

그 머리끈으로 쇠꼬비(金串)의 출신내력이 이렇다.

쇠꼬비(金串)의 정체는 쇠꼬비(金串) 본인과 생모인 여화만 모르고 모두들 알게 되었다. 여근(如根)은 진홍란(眞紅蘭)의 아들이다. 진홍란(眞紅蘭)은 옥에 갇히는 신세가 됐고, 만삭이 된 배를 발에 차이는 등 큰 고난을 겪었다. 진홍란(眞紅蘭)의 아들이 근구수왕(近仇首王)이 될 거라 생각했다. 여구(如耇)의 뒤를 이어 왕이 될 자는 쇠꼬비(金串)로구나 하고 생각했다.

그러나 쇠꼬비(金串)가 근구수왕(近仇首王)이란 근구수왕(近仇首王)의 장인은 진고도이다.

근초고왕(近肖古王)은 진평왕(眞平王)이다. 근구수왕(近仇首王)은 왕후 (王后)도 진씨(眞氏)이지만 어머니도 진씨(眞氏)라고 한다. 즉 근구수왕 (近仇首王)의 어머니가 부여화가 되어서는 안 되는 것이다.

근초고왕(近肖古王) 부여구가 왕후 진홍란(眞紅蘭)에게 쇠꼬비(金串)의 정체를 알리면서 양자로 세워줄 것을 부탁했고, 처음에 이를 거절했던 진홍란(眞紅蘭)이 쇠꼬비(金串)를 양자로 세우기로 결심했다.

진홍란(眞紅蘭)의 아들 여근(如根)이 근구수왕(近仇首王)이 되었으면 좋 겠다.

친정이 고이왕통(古爾王通)이면 고이왕통(古爾王通)이지, 무슨 초고왕 통(肖古王通)을 무너뜨리고 고이왕통(古爾王通)을 세우겠다는 황당한 음 모나 꾸미는 얼빠진 부여화에 비해 진홍란(眞紅蘭)이야 정말 한 일이 많다.

김수로왕은 고구려 부족 흉노 왕족이다

신라인(新羅人)이 직접 남긴 기록인 문무왕릉비와 대당고부인 묘지명 의 2개 비문에 신라(新羅) 김씨(金氏) 왕족(王族)의 시조 중 하나로 투후 김일제(金日磾)가 언급되고 있다. 이로 인해 일부 호사가들이 투후 김일 제(金日磾)의 후손이 신라로 넘어와 김씨의 시조가 되었다는 주장을 하 게 되었다. 참고로 김일제는 조선 시대 경주 김씨였던 추사 김정희가 쓴 책에서도 언급된다.

김일제(金日磾, BC 134년~BC 86년 음력 8월)는 한(漢)나라의 제후(諸侯)로 흉노족 출신이다. 본래 흉노의 번왕인 휴도왕(休屠王)의 장남으로 태어났으며, 14세에 부왕이 한무제(漢武帝)와의 전투에서 패(敗)하면서 한(漢)나라에 포로(捕虜)로 끌려왔다. 김일제(金日磾)의 5대 후손(後孫)에 망(莽)이라는 사람이 있다. 그는 무제의 신임을 받아 한나라 관료로 일하면서 김씨(金氏) 성을 하사받았다. 말년에 투정후(秺亭侯), 즉 투후(秺侯)에 봉해졌다. 김일제는 역사에 등장하는 최초의 김씨로 중국 김씨의 시조이다.

중국(中國)은 전한시대(前漢時代)였다. 흉노족(匈奴族) 김왕망(흉노족 김일제후손)이 전한(前漢)을 찬탈(簒奪)하고 신(新)제국을 세운다. 북방 월지족(月氏族)의 허왕후(許王后)는 김왕망(金王莽)과 같은 흉노족(匈奴族)으로 신(新)제국 등장과 함께 중국에 정착한다. 김왕망(金王莽)은 신(新)나라(8년~23년)를 건국(建國)하고 신(新)나라 왕(王)이 되었으나 15년만에 멸망(滅亡)하고 말았는데 김왕망(金王莽)은 이상주의적(理想主義的) 개혁(改革)가였다고 한다. 김왕망(金王莽)의 본명(本名)은 김망(金莽)인데 외가(外家) 성(姓)이 왕씨(王氏)였다. 김망(金莽)은 어머니와 같이 유방(劉邦)의 전한(前漢)의 왕실(王室)에서 시중(侍中)들고 살았다 하여 김왕망(金王莽)으로 살았다.

1세	김일제(金日磾)	(弟)김윤(金倫)
2~4세	○○○	○○○
5세	김알지(金閼智)	김수로(金首露)
	신라(경주)김씨 시조	가야(김해) 김씨시조

진시황제(秦始皇帝)가 흉노족(匈奴族)를 견제(牽制)하려고 만리장성(萬里長城)을 쌓게 되었는데 노역자(勞役者)들은 대부분(大部分) 흉노족(匈奴族)과의 전쟁(戰爭) 포로(捕虜)들이었다. 노역자(勞役者)들은 감시(監視)를 틈 타 도망(逃亡)하여 김해(金海)로 몰려와 살게 되었고, 김해일대(金海一帶)에 인구(人口)가 많아지자 김왕망(金王莽)의 일당(一黨)중에서 영향력(影響力)이 큰 무리가 6가야(伽耶)를 건국(建國)하게 되었으니 서기42년 김일제(金日磾)의 동생 김륜(金倫)이다. 김륜(金倫)의 5세손이 김융(金融)이다. 김융(金融)의 아들은 김수로(金首露)의 금관가야(金官伽倻)가 대표적(代表的)이었다.

다시 정리하면, 흉노(匈奴) 휴도왕(休屠王), 김유(金留)의 아들 김일제(金日磾)와 금륜(金倫)이다. 김일제(金日磾)의 아들로는 농아, 홍(弘, 상[賞]), 건(建)이 있으며, 동생 금륜(金倫)의 아들이 안상(安上)이며, 안상(安上)의 아들이 상(常), 창(敞), 잠(岑), 명(明)이고, 김창(金敞)의 아들이 섭(涉), 삼(參), 요(饒)이며, 김섭(金涉)의 아들이 탕(湯)과 융(融)이고, 김융(金融, BC 30~)의 아들 수로(首露)가 금관가야 시조 김수로(金首露)왕이다.

고구려(高句麗)는 흉노족(匈奴族)이다.

동이역사(東夷歷史)에 의하면 고구려(高句麗) 한족(韓族)의 부족국가(部族國家)는 예맥족(濊貊族), 선비족(鮮卑族), 흉노족(匈奴族), 거란족(契丹族), 말갈족(靺鞨族), 연방국(聯邦國)이다. 오늘날 다물 고씨, 김씨, 이씨, 박씨, 최씨의 뿌리라 할 것이다.

고구려(高句麗) 근본(根本)은 다물(多勿)이다.

제11대 동천왕(東川王) 고우위거(高憂位居, 재위: 227~247)가 다스리던 242년 당시 중국의 세력은 위(魏)나라, 오(吳)나라(손권), 연(燕)나라이다.

위(魏)나라는 고구려(기마부대)에 연합하여 연(燕)나라를 침략할 것을 제의한다. 고구려는 연대의 조건으로 연(燕)나라를 분할(分割)하여 차지할 것을 역제의(逆提議)했다. 그러나 위(魏)나라가 그 제의를 거부하자, 고구려는 오히려 위(魏)나라를 공격하여 많은 격동(激動)과 손실을 겪게 된다.

오(吳)나라도 고구려에 연(燕)나라를 치기 위해 연합할 것을 제의하는데, 이때 제의문서에 고구려 동천왕(東川王)을 공식으로 단우(單于)라고 호칭한다. 단우는 흉노(匈奴)의 우두머리, 지도자를 일컫는 공식칭호이다.

그러면 김수로(金首露)왕의 조상(祖上)이 흉노족(匈奴族)이므로 김수로(金首露)왕은 고구려(高句麗)사람이다.

허왕후(許王后)가 인도(印度)의 아유타국(阿踰陀國)에서 오지 않고 아요디야(인도 북부, 우타르 프라데시(Uttar Pradesh) 이민자(移民者)들이 거주(居住)하던 지금의 중국(中國) 사천성(泗川省) 안악현(安岳縣))에서 건너왔다는 설이다.

인도(印度)의 도시국가(都市國家)였던 아요디아(인도북부)는 중국(中國) 서남부(西南部) 사천성(泗川省) 주변(周邊)에 건너와 이민촌(移民村)을 건설(建設)하였다. 안악현(安岳縣) 근처에 보주(甫州)라는 마을이 있으며, 사천성(泗川省)의 안악현(安岳縣)과 보주(甫州) 지역은 허씨(許氏)들의 집성촌이자 아요디야(인도북부)에서 이민(移民)온 인도계(印度系) 주민(住民)들이 다수 거주하고 있었다. 인도계(印度系) 이주민(移住民) 중 고위직(高位職)에 오른 인물(人物) 중에는 당시 한(漢)나라 황제(皇帝) 선제(先帝)의 후궁(後宮)이 된 허씨(許氏)가 있었다. 선제(先帝)의 장인(丈人)에 해당되는 평은후(平恩后) 허광한도 사천성(泗川省) 출신으로, 허황옥(許黃玉) 역시 그의 일족(一族)으로 추정(推定)하는 설이 있다.

6가야 시조인 6개의 알은 바로 김왕망의 일족 6인이다.

김왕망의 증조부가 고구려흉노 김일제, 고조부가 고호금천씨(少昊金天氏)의 후예로 흉노(匈奴) 휴도왕. 전한의 장군 유수가 반란을 일으킨다. 김왕망은 전사하고 마지막 김씨 세력은 한반도 피난길에 오른다. 허황옥도 2차 피난길로 오른다. 진해 용원에서 김수로왕과 허황후는 기약된 시간에 만난다.

보주국 아유타 허황후

가야(伽耶)
김수로왕의 김씨,
중국기록에는
흉노족의
김일제 후손으로
기록되어있다.

허황후는
인도인이
아니라고 했다.
허황후의
능비에는
보주태후(普州太后)로
기록되어있다.

보주(普州)는

중국에 있다.

아유타는

어디에 있었나.

환단고기(桓檀古記) 기록에는

노자(老子)가

북경 서북쪽 지방

아유타에 가서

백성들을

교화시켰다고 한다.

이곳이 월씨국이다.

흉노(匈奴) 훈족이

전한(前漢) 시대

아프카니스탄에 세운

나라가 "大月氏國"이라.

대월씨국이 있던 곳이

지금의

아프카니스탄

시바르간이다.

금관국에 당도한

허황옥은

수로왕과 결혼을 하기 직전

"저는 아유타국의

공주인데,

성(姓)은 허(許)이고

이름은 황옥(黃玉)이며

나이는 16세입니다.

어젯밤 꿈에

하늘의 상제(上帝)를 뵈었는데.

상제께서

'가락국왕 수로를

하늘이 내려 보내어

임금 자리에 오르게 했으니

그는 신령스럽고

성스러운 사람이다.

경들은 공주를 보내서

그 배필을 삼게 하라.'

하시고 하늘로 올라가시면서

너는 곧 그곳으로 떠나라고

하셨습니다.

이에 저는 배를 타고

멀리 증조(蒸棗)를 찾고,

하늘로 가서 반도(蟠桃)를 찾아

이제 모양을 가다듬고

감히 용안(容顔)을

가까이하게 되었습니다."

"나는 출생할 때부터
신성하였기 때문에
공주(公主)가 멀리 올 것을
미리 알고 있었소.

그래서 신하들이
왕비(王妃)를 맞으라고 했지만
그 청을 따르지 않았던 것이오.

그런데 이제
현숙한 공주가
스스로 오셨으니
나에게는
참으로 다행한 일이오."
수로왕비인 허황옥은
아들 열과
딸 둘을 낳는다.

부처가 된 아들=김왕당불, 김왕상불, 김왕행불, 김왕향불, 김왕성불,
김왕공불 등 일곱 부처이다. 이런 소식을 들은 김수로왕은 기뻐하며 절
을 지었고 일곱 부처가 탄생한 곳이라 해서 '칠불사(七佛寺)'라 불렀다.

대마도는 우리 땅 고증사료

『한단고기』 태백일사 삼한관경본기(三韓管境本記)에 의하면, "먼 옛날 마한(馬韓) 지역에서 건너간 이주민들이 대마도·일기도 지역에서 살고 있었다. 이 때문에 이들 지역은 마한의 지배를 받았다."고 한다.

【對馬島隷於 慶尙道 凡有啓稟之事 必須呈報本島觀察使 傳報施行母
  대 마 도 예 어   경 상 도   범 유 계 품 지 사   필 수 정 보 본 도 관 찰 사   전 보 시 행 모
得直呈本曹兼請請印篆竝賜物 就付回价】
득 직 정 본 조 겸 청 청 인 전 병 사 물   취 부 회 개

대마도(對馬島)는 경상도에 예속되었으니 문의할 일이 있으면 반드시 본도 관찰사에게 보고 하여 그를 통해 제반사를 보고하도록 하고 직접 본조에 올리지 말도록 할 것이요, 겸하여 요청한 인장과 하사하는 물품을 돌아가는 사신에게 부쳐 보낸다(『세종실록』2년 윤 1월23일, 『신대마도지』의 응구(應寇) 부분 참조).

조선 시대 신숙주(申叔舟)는 『해동제국기(海東諸國記)』에서 대마도를 일본(본토)의 행정구역인 8도 66주와는 완전히 구별하여 조선영토로 기술하고 있다. 17세기(1652)의 『해동팔도봉화산악지도(海東八道烽火山岳地圖)』를 중심으로 한 18세기의 『해동도(海東圖)』 및 19세기 초 무렵의 『해좌전도』, 『대동여지도(大東輿地圖)』 등 많은 실증적 지도류에 대마도가 한국령(韓國領)으로 표기되어 있다.

일본열도 전국시대

1. 전국 시대 이전의 상황 임진왜란이 일어나기 약 100년 전에 일본
   에서는 무로마치 막부(幕府)가 급격하게 무너지고 여러 무사 세력
   이 서로 대립하는 혼란의 시대가 시작되었다. 이를 전국 시대(15세
   기 중엽~16세기 말엽)라고 한다.

2. 오다 노부나가(おだのぶなが織田信長 1534~1582년) 혼란이 지속되는
   가운데 전국을 통일할 야심을 품은 사람이 등장하였다. 일본 각
   지에 등장한 지역 국가들 사이에 문제가 발생하면 무력으로 해결
   하는 상황에서 8대 쇼군인 아시카가 요시마사(あしかが将軍足利義
   政)의 후계자 문제로 인해 '오닌의 난(おうにんのらん応仁の乱
   1467~1477년)'이 일어났다. 이후 1590년에 도요토미 히데요시(豊臣
   秀吉とよとみひでよし)가 일본을 통일해 센고쿠(せんごく戦国) 시대를
   종결(終結)지었다.

3. 일본은 포르투갈, 네덜란드 등을 통해 조총을 비롯한 서양문물을
   활발하게 받아들였다. 1590년 일본을 통일한 도요토미 히데요시
   (豊臣秀吉, とよとみひでよし)는 중국대륙 진출의 꿈에서 비롯된 임진
   왜란을 일으켰다. 조선이 문을 열어줘야 한다는 억압적 속셈은 조
   선을 일본 땅으로 만들고 아세아 대륙을 차지하겠다는 야욕을 앞
   세워 조선과 협상이 좌절되자 마침내 임진왜란을 일으킨 것이다.

야쿠자란?

모두 아시다시피 야쿠자는 신종 일본의 깡패 조직에서 시작되었다.

옛날 사무라이 정신을 이어 받아 생긴 그룹이라고는 하는데, 사무라이가 깡패는 아니다. 12세기부터 1868년 메이지 유신때까지 일본 정치를 지배한 봉건시대의 무사계급에 소속된 사람을 지칭한다. 가마쿠라 시대의 사무라이들은 절도 있는 문화를 발전시켰으며, 무로마치 시대에는 명예와 개인적 충성을 목숨보다 소중히 여기는 무사정신이 있었다.

여러 행사시에 제단을 차리고, 인가서를 주는 등의 순서와 계급구조를 가지며 옛 사무라이 규율을 따른다. 야쿠자가 가장 중요하게 생각하는 도리는 인의(仁義)인데, 야쿠자의 인의란 오야붕(우두머리, 즉 보스)에 충성하는 것뿐만 아니라 믿음, 그리고 저버리지 않는 의리를 뜻한다고 한다.

야쿠자의 이상한 문화

그런 의리를 강조하기 위한 야쿠자의 잔인한 법 같은 게 있는데, 유비쯔매(指ツメ)라는 것이다. 일본어로 유비가 손가락이다. エンコヅメ(엔코쯔메)라고도 부른다고 한다. 유비쯔매란 야쿠자 멤버들이 사죄의 의미로 손가락을 잘라서 반성하는 것이다. 조직에서 탈퇴할 때도 자른다고 한다. 처음 손가락을 자를 때는 새끼손가락의 끝마디부터 시작하고 잘못을 저지를수록 약지, 중지 순으로 자른다. 엄지와 검지는 남겨두는데, 밥은 먹을 수 있게 하려고 남겨둔다고 한다. 역시 먹고는 살아야지 않겠는가.

일본 전국시대(막부시대) 역사 풀이

일본은 1185년 '헤이안 시대(平安時代)'가 막을 내리고 일본 최초의 무사정권인 쇼군(將軍) 시대의 '가마쿠라막부(鎌倉幕府)'를 탄생시켜 1333년까지 150년 동안 유지되었다. 〈고려(高麗) 명종(明宗) 15년(1185) ~ 고려 충혜왕(忠惠王) 3년(1333)〉

이어 오랜 진통 끝에 1392년 '무로마치시대'(室町時代)가 탄생하여 1573년까지 237년간의 역사를 이어왔다. 〈조선 태조 원년(1392) ~ 조선 선조 6년(1573)〉

이후 무장 오다 노부나가(織田信長, 1534~1582)와 도요토미 히데요시(豊臣秀吉, 1537~1598)의 양립 속에 '도요토미 히데요시'가 통일한 1603년까지 27년의 '아즈치 모모야마 시대(安土桃山時代)'에 임진왜란에 이은 정유재란으로 조선을 침탈하였다. 도요토미 히데요시가 세상을 떠나면서 쇼군 '도쿠가와 이에야스(德川家康, 1542~1616)'가 집권하여 에도(江戶)에 막부를 세운 1603년부터 막을 내린 1867년까지의 265년 역사가 에도시대(막부시대)이다. 〈일본 막부 = 조선 선조 36년(1603) ~ 조선 고종 4년(1867)〉

오다 노부나가(織田信長)

　오닌의 난 이후 130여 년간 이어진 혼란 시대를 평정한 오다 노부나가는 일본의 중세를 종식시키고 철포와 오와리국의 슈고 시바씨의 가신으로 슈고 대리인 오다 노부히데(織田信秀)와 정실 도타고젠(土田御前) 사이에서 태어났다.

　오다 노부나가는 아시카가 막부를 무너뜨리고 일본 전국의 반 정도를 자신의 지배하에 통일시킴으로써 오랜 봉건전쟁을 종식시켰다. 그는 사실상의 전제군주로서 중앙정부를 안정시키고 전국 통일을 이룰 여건들을 조성했다.

　1549년 노부나가는 아버지의 영지를 이어받아 친척들과 자신의 구니(國) 내의 주요가문들을 복종시켰다. 1560년 경에는 오와리 구니의 모든 영토를 자신의 손 안에 넣은 뛰어난 전략가이다.

　한 인물이 이토록 세상을 바꿀 수 있다는 게 놀랍고 리더란 이런 것이 아닐까 하는 생각이 들게 하는 인물이다. 도쿠가와 이에야스(德川家康)는 입에서 단내가 날 정도로 과묵하게 때를 기다릴 줄 아는 인(忍)의 정치가 오다 노부나가에게 강요받아 맏아들을 자신의 손으로 죽였으며, 도요토미 히데요시(豊臣秀吉)에게 아들을 볼모로 보내고 무려 17년이라는 세월을 모진 굴욕을 참아가며 마침내 토요토미 히데요시(豊臣秀吉)가 나서 정권을 잡은 인물이다. 다만 기다림만으로 대변되는 것이 아니라 그가 오다 노부나가가 기초를 다져 놓은 통일 일본을 완성한 최후의 승자였다.

풍신수길의 출세과정

오다 노부나가의 총비서(대리인)까지 오른 이가 바로 히데요시(豐臣秀吉)다. 농민 출신인 도요토미 히데요시(豐臣秀吉)는 전국시대의 환란 속에서 오다 노부나가의 사환(심부름꾼)을 하다가 오와리국(尾張國: 愛知縣) 도쿠가와 막부라 자리에 오른다.

다시 말하면 오다 노부나가 ⇒ 도쿠가와 이에야스(德川家康)에게 암살 ⇒ 도요토미 히데요시(豐臣秀吉)가 도쿠가와 이에야스(德川家康)를 장악(掌握)했다고 생각하면 된다.

오다 노부나가가 천하를 거의 다 재패하고 부하의 손에 의해 배신의 칼을 맞았을 때, 재빨리 상황을 수습하고, 권좌에 오른 인물이 히데요시(풍신수길, 豐臣秀吉)이다. 그는 기지와 재치가 뛰어나고 권모술수(權謀術數)에 능한 인물로 알려져 있는데, 어부지리(漁父之利)로 권좌에 오른 것이다.

織田がつき

羽柴がこねし

天下餅

骨を折らずに

食うのは德川

오다 노부나가(織田信長)가 쌀을 빚어
하시바(羽柴) 토요토미 히데요시(豐臣秀吉)가 반죽해 놓은
천하(天下)라는 餅(떡)을 먹은 사람은 도쿠가와 이에야스(德川家康)이다.

풍신수길의 조부

풍신수길의

조부는

이죽산(李竹山)이다.

이죽산(李竹山)은

죽세공(竹細工).

낮은

신분 탓으로

도일(渡日)의

꿈을 안고

제포에서

대마도(對馬島)로 도일(渡日)

산와족(山瓦族)과

동거동락(同居同樂)

하였는데

이전(以前)에 일본에

도래(渡來)자가

많았으니

샤리다케(斜里岳)

계열의

도공(陶工)들과

같은 무리 되었으라.

豊臣秀吉 일본의 전국무장(日本の戦国武将)

大名・関白・太閤である。

せいし きのした木下だんし子

일본의 전국무장 풍신수길의 성씨는
나무(木) 아래(下) 아들(子)=(李)씨라.

秀吉の朝鮮出兵時だけでなく、

それ以前からの渡来者が、

この地方にあった,

岸岳系 古唐津ということと.

히데요시의(豊臣秀吉) 조선출병 이전부터의 도래자가 있었던 이 지방에 있었던 안악(岸岳) 계통 고당진(古唐津) 후루카라츠라는거랑(라고 하는 것과) 같이 살았지!

수길은 조선인

임진왜란을 일으킨
풍신수길은
이죽산(李竹山)의 손자로
조선인이다.

왜놈들이 강제로 끌고 간
조선 도공(陶工)들
산속에서 도기(陶器) 굽는

산와족(山瓦族)과

이죽산(李竹山)과 산와족(山蝸族)은
동병상린(同病相燐)
이죽산의 아들, 이미우(李彌右)는
도공(陶工)의 딸과 혼인

일본 이름 기노시타 우에몽(木下弥右衛)은
아들을 낳았는데
원숭이 같은 풍신수길 낳고 나서
그 아비는 요절한다!

猿のような豊臣秀吉を生んだが、しばらくして夭折した。
豊臣秀吉の朝鮮出兵時だけでなく、それ以前からの渡来者が、この地方に
あった、
岸岳系 古唐津ということと

풍신수길은 원숭이 같이 달았다. 풍신수길의 조선 출병 시뿐만 아니라 그 이전부터의
도래자가 이 지방에 있었던 기시다케계 후루카라츠이라

【77수】 漢詩 19 풍신수길 모국 침입

秀吉父折母再嫁　수길 아비 요절(夭折)하고 어미는 재가라
수 길 부 절 모 재 가

義父同居出十五　의부의 동거로 15세에 가출하다
의 부 동 거 출 십 오

途徘徊乞食少年 도 배 회 걸 식 소 년	거리의 소년으로 걸식하고 배회하다
織田信長幕府僕 직 전 신 장 막 부 복	오다 노부나가 몸종이 되어
受他的信任副官 수 타 적 신 임 부 관	그의 신임을 받아 부관으로
織田信長收拾殺 직 전 신 장 수 습 살	오다 노부나가가 살해되자 뒷일 수습
繼承權力者野心 계 승 권 력 자 야 심	권력자의 야욕을 이어받아
平定日戰國時代 평 정 일 전 국 시 대	일본의 전국시대를 평정하고
祖國仰心侵略戰 조 국 앙 심 침 략 전	할아버지 나라에서 천대받던 앙심풀이 침략전
秀吉起壬辰倭亂 수 길 기 임 진 왜 란	풍신수길은 임진왜란을 일으키다.

풍신수길의 할아버지는 조선사람 이죽산(李竹山)이다. 조선 창녕에서 죽세공(竹細工)으로 살았는데 아이도 죽산(竹山)이 어른도 죽산(竹山)이로 천대받고 살았다. 그는 진해 제포로 가서 대마도로 건너가 살았다. 무식(無識)한 풍신수길(豐臣秀吉)은 할아버지로부터 조선의 귀족문화(유교사상)로 할아버지가 겪었던 조국에 한(限) 풀이 하던 못난 인간이었다. 어부지리로 얻은 일본의 떡을 결국 자신은 멸망하고 도쿠가와 이에야스(德川家康)에게 빼앗긴 원숭이 같은 인간이다.

산와족에 대한 일본어 표기

【サンカは、日本の山地や里周辺部で過去に見られたとされる不特定の人々を指す言葉である。その指し示す範囲は広く、回遊職能民であったり特殊な窃盗団など、時代や立場によって定義や趣旨も大きく変わり、語義を明確にすることは難しい】。

산카라 함은 일본의 산지나 촌락에 살던 불특정 집단을 일컫는 용어다. 한자 표기는 산와(山窩), 산와(山蝸), 산가(山家), 삼가(三家), 산가(散家) 등이며, 지역에 따라 산카호이토, 봉, 가메쓰리, 미나오시,템바(転場) 등 이들을 나타내는 다양한 방언 표현들도 많다. 공통적으로 산이나 오지 등에서 정착하지 않고 이동생활을 해 왔다.

산에 살던 족속

풍신수길이
산와족(山窩族)
출신이라.
일본학자들도 꽤 알고
있는 사실.
일본에서
화전민(火田民) 만나
거리의 남사당
공연하면서

마상재, 대바구니
수공예품을
팔면서 생계를 유지하고
산에서

산으로 옮기며
살았다.
풍신수길(豐臣秀吉)은
산와족 중에
조선에서 건너간
유이민(流移民)들과
살다가
거러지로 전전하다가
출셋길이 열러서
덴노허이카이(天王ホイカイ)
천황(天皇)이 되었다.

풍신수길 외가

풍신수길
외가도
조선사람
도공(陶工)
그들 외척들은
萩 야마구치현
에서 살았다.

풍신수길의

외조부가

하기의 쥬나곤(下記の中納言)이라

풍신수길의 아버지

기노시타 우에몽(木下弥右衛)은

창녕사람

이죽산의 아들이다.

조선인 되고 싶어

풍신수길

조선옷 입고

두루마기를 즐겨 입어

조선식 상투머리

동곳 끼고 관 쓰기

좋아하더라.

마음속

한구석에

조선이 그리워

마음 있어라.

그래서

조선옷 입은

초상화

꽤 남아 있더라.

【78수】 漢詩 20 사무라이

高句麗是武士日 _{고 구 려 시 무 사 일}	고구려 사무랑(士武郎) 일본의 사무라이
士武郎別廣開土 _{사 무 랑 별 광 개 토}	사무랑은 광개토 대왕의 별칭이라
高句麗早衣先人 _{고 구 려 조 의 선 인}	고구려의 무사는 조의선인이라고 부르고
先人多勿邦之歌 _{선 인 다 물 방 지 가}	선인들은 다물 나라의 노래 불렀다.
日本之是武士日 _{일 본 지 시 무 사 일}	일본의 사무라이
高句麗恰士武郎 _{고 구 려 흡 사 무 랑}	고구려 흡사한 사무랑

しちにんのさむらい 사무라이(さむらい武士).

東方騎士団を融合させたもの

사무라이는 동방의 기사단(기마족) 이라는 말을 합성한 단어다.

제14대 조선 선조대왕

명종(明宗) 사후(死後) 하성군(河城君) 입양, 선조 즉위

병석에서 일어나게 된 명종은 "양자 이야기는 꺼내지도 말라"는 어명을 내렸다고 한다. 명종의 정비인 인순왕후 심 씨는 명종이 회복될 가능성이 없자 내전에서 전교를 내려 전에 지목했던 하성군을 후사로 결정하였다.

중종(中宗)의 계비 문정왕후 소생인 명종(明宗) 경원대군(慶源大君)의 이름은 이환(李峘)이고, 중종의 후궁 창빈 안 씨 소생 제8왕자 이초(李岹) 덕흥군(德興君)은 명종과 이복 형제 간이다. 선조(宣祖) 이균(李鈞)은 아버지의 이복형제인 명종(明宗)의 양자(養子)로 왕위에 올랐다.

조선 제13대 명종(明宗, 1545~1567)은 원자 이부(李暊)가 12살이던 1563년에 요절했으므로 보위를 이을 종친을 중종의 손자 대에서 찾아야 했다.

덕흥군(德興君) 3남인 하성군 이균 최종 낙점

장자인 복성군에게 아들이 없었고 그 밑의 왕자들 역시 아들이 없거나 여러 사정으로 계승자격이 없다보니 덕흥군의 자녀들에게까지 내려오게 된 것이다.

명종(明宗)은 후사가 없으매 이복 형(덕흥군)의 셋째아들 하성군(河城君)을 후계자(後繼者)로 지목(指目)하고 서거(逝去)하였으므로 하성군(河城君)이 명종(明宗)의 뒤를 이어 조선 제14대 선조대왕으로 즉위하였다.

1592년 선조25년 일본은 20만 대군을 끌고 쳐들어왔다

1592년 4월 13일 20만 명의 대군으로 조선을 침략했다. 조정은 급한 대로 이덕형과 좌의정 유성룡의 건의를 받아 광해군을 세자로 책봉했다. 조선에 진주한 고니시 유키나가(小西行長)는 도요토미 히데요시의 공문을 주면서 역관 응순을 통해 "조선이 강화(講和)할 뜻이 있으면 이덕형을 충주로 보내라."는 전갈을 보내왔다

일본의 임진왜란 계획

조선에 보낸 사신

임진왜란이 일어나기 4년 전인 1588년 일본의 사신으로 승려 현소
(玄蘇)와 대마도주(島主)의 아들 평의지(平義智)가 조선을 찾아왔다. 한
음은 동래(東萊)에 내려가 일본 사신들을 접견했다. 그 이듬해인 1589
년에는 현소(玄蘇)와 평의지가 서울에 와 일본 답방을 요구했다.

조선통신사 답방

조선은 붕당정치로 인해 군사적 준비가 부족했다.

붕당정치로 얼룩진 조선은 임진왜란이 한참인데 전쟁 중에도 군사계
급 감투투쟁을 일삼아 조정 정승반열 사이 임금에게 줄 대기로 어수
선했다.

선조 24년 정월 일본에 간 통신사 황윤길과 김성일이 귀국한다. 그
리고 선조에게 일본의 동정에 대해 보고를 한다. 왜국의 사신 평조신
등과 함께 오면서 황윤길이 그간의 실정과 형세를 치계하면서 "필시
병화가 있을 것이다."라고 하였다.

김성일이 아뢰었다.

"그러한 정상을 발견하지 못했는데, 황윤길이 장황하게 아뢰어 인심
이 동요하게 되니 사의에 매우 어긋납니다."

상이 하문했다.

"풍신수길이 어떻게 생겼는가?"

황윤길이 아뢰었다.

"눈빛이 반짝반짝하여 담과 지략이 있는 사람인 듯하였습니다."

김성일이 아뢰었다.

"그의 눈은 쥐와 같았는데 두려워할 위인이 못됩니다."

이는 김성일이 일본에 갔을 때 황윤길 등이 겁에 질려 체모를 잃은 것에 분개하여 말마다 이렇게 서로 다르게 한 것이다(『국조보감』 선조 24년).

병화가 있을 것이라고 한 황윤길과 병화는 없다고 한 김성일. 똑같이 일본을 다녀왔고 일본의 정황을 정찰하고 왔는데 전혀 다른 보고를 한 것이다. 도대체 왜?『국조보감』은 김성일이 황윤길이 겁에 질려 비굴하게 행동한 것에 대해 분노해 황윤길과 다른 보고를 했다고 전한다. 이 말이 사실이라면 김성일은 국가 중대사에 개인적 감정을 개입한 꼴이 된다. 그 정도 졸장부였을까? 도대체 둘 사이에 무슨 일이 있었던 것일까?

일본에 다녀온 조선 통신사

일본에 다녀온 조선통신사의 정사 황윤길(黃允吉)이 일본의 전쟁 의도를 알아차려 '전쟁에 대비해야 한다고 주장했지만 선조는 전쟁이 없을 것이라는 부사 김성일(金誠一)의 말에 손을 들어주었다.

조선 조정 당파싸움

당파 싸움을 중심으로 한 내막은 여기서 논하지 말자. 중요한 것은 전쟁이 없을 것이라는 쪽으로 가닥을 잡았다는 것이다. 이때가 임진왜란이 일어나기 약 1년 전인 1591년 3월 중순이었다. 이때부터라도 정신을 차려 일본의 침략에 대비해 전쟁을 준비했더라면 그렇게 참혹한 전란(戰亂)은 겪지 않았을 것이다.

일본은 조선조정 당파싸움을 기회로 삼았다

1592년 임진왜란

일본군은 각 번마다 구성이나 수송능력이 달랐으나 평균적으로 1,700명의 수송병력과 573마리의 군마 및 573명의 마부로 구성된 소하태라는 전문 수송부대를 편제해 두었다.

현재의 치중대와 상당히 유사한 편제인데 보통 전투경험이 풍부한 다이묘 휘하 노장들이 소하태를 지휘하는 것이 대부분이었으며 그만큼 중책을 가지고 있었다. 또한 조선을 점령하면서 약탈하여 조달하는 계획이 포함되어 시간이 나면 약탈을 일삼으려 했다.

이들은 보통 1회 수송능력이 7만 1,547kg 정도였으며, 이 수송량이 모두 군량이라고 친다면 3,600명의 병력이 6.6일 정도를 먹을 수 있는 분량이었다. 결과적으로 임진왜란 때 저러한 소하태(苏哈泰, 풀잎과 물고기를 넉넉히) 부대들이 입은 피해 정도나 과부하된 임무들을 상기한다면 일본군 역시 보급 능력에 크나큰 골치를 겪고 있었음을 알 수 있는 부분이다.

초기 전투에서 많은 군량미를 확보하면서 식량보다도 지원 병력과 무기·탄약류를 중심으로 일본에서 수송선단이 건너왔으나 바다에서 육지로 이송 전에 이순신 장군의 조선 수군에게 발목이 잡혀 수송선박이 모두 침몰되었다. 또한 조선에서 자체적인 식량 징발이 가능하다고 보았지만 시간이 지나면서 물자들이 고갈되었고 생각한 만큼 조선의 농업생산능력이 좋지 못하자 점차 궁지에 빠지게 되는 것은 일본이었다.

게다가 농민들이 모두 숨어버렸고, 장악한 지역들도 속속 조선군이 탈환하면서 자체 식량 조달은 물 건너가 버렸다. 원래의 계획은 조선 8도에서 연간 1,200만 석의 식량을 조달한다는 계간 소비될 수송부대가 편제하고 조선을 점령하면서 약탈하여 조달하는 계획이 포함되어 시간이 나면 약탈을 일삼으려던 계획은 시행에 옮길 여유도 없이 조선 백성들의 대대적인 반격과 저항에 마주쳤다.

부연설

풍신수길 임진왜란 계획 착수

도요토미 히데요시는 도쿠가와 이에야스(德川家康)와 함께 오다 노부나가(織田信長)를 섬겼으며, 오다 가문 안에서 점차 두각을 나타내기 시작했다.

오다 노부나가가 혼노지의 사변(事變, 1582년 노부나가가 교토의 혼노지[本能寺]에 묵었다가 부하에게 습격당하여 자살함)으로 죽자 대군을 이끌고 교토로 돌아와 야마자키 전투(山崎の戰い)에서 역신(逆臣) 아케치 미쓰히데(明智光秀)를 격파하고, 오다 노부나가의 후계자 지위를 차지했다. 어부지리(漁父之利) 내전(內戰)에 성공한 무사(武士)였다.

도요토미 히데요시의 양립 속에 통일한 1603년까지 27년의 '아즈치모모야마 시대(安土桃山時代)'에 전국 3영걸로 불리는 무장, 정치가, 다이묘(大名)이며 임진왜란을 일으킨 장본인이다.

풍신수길은 원숭이처럼 꾀는 많지만 머릿속에 든 지식은 없었다. 남이 잡아놓고 싸우는 틈에 낚아챈 먹이가 어부지리(漁父之利)다. 풍신수길(豊臣秀吉)은 쉽게 얻은 일본을 이끌고 임진왜란 계획에 착수했다.

임진왜란

임진왜란 발발(해전 영웅 이순신의 전술)

임진왜란은 1592년 5월 23일(음력 4월 13일)부터 1598년 12월 16일(음력 11월 19일)까지 왜군의 침략으로 일어났던 전쟁이다.

고니시 유키나가(小西行長)가 이끌던 왜군 함대 700척이 오후 5시경 부산포를 침략하여 임진왜란이 발발하였다. 당시 선봉군의 병력은 약 16만 명이었다. 이순신의 전라좌수영에 일본군의 침략이 알려진 때는 원균의 파발이 도착한 5월 26일(음력 4월 16일) 밤 10시였다.

이순신은 그 즉시 조정에 장계를 올렸고 아울러 경상, 전라, 충청도에도 왜의 침략을 알리는 파발을 보냈다. 그 뒤 이순신은 휘하의 병력 700여 명을 비상소집하여 방비를 갖추도록 하였다. 이 과정에서 이순신은 도주를 시도한 군졸 황옥현(黃玉玄)을 참수한다(必死卽生 살고자 하면 죽을 것이요, 必生卽死 죽고자 하면 살 것이다.).

동래성(東萊城) 함락

침략을 막기 위해 만들어진 흙과 돌로 쌓아올린 동래성은 임진왜란 초기 왜구와의 치열한 전투가 벌어졌던 곳으로도 유명하다. 왜구가 공격해오자 군사들을 비롯하여 무기도 없는 성민들까지 결사 항전했으나 끝내 성은 함락되고 말았다. 이때 송상현(宋象賢)도 전사했다.

부산진 함락

1592년 4월 13일과 14일 일본의 대규모 침략 선단이 대마도를 거쳐 부산 앞바다에 모습을 드러낸 다음 부산진에 상륙했다. 부산첨사 정발(鄭撥) 장군이 사냥에서 돌아오다 왜군의 수백 척의 선박을 발견하였다.

봉수대의 군관들은 이미 왜군의 선봉대에 전멸당해서 봉화를 올릴 수 없었고 진성을 포위한 왜군의 공격이 시작되자 정발 장군은 흑색갑옷을 입고 대궁(大弓)으로 적을 쏘아 맞추면서 군사를 지휘하며 독려했다. 부축을 받으면서도 싸우기를 포기하지 않았던 장군은 결국 적의 총탄을 맞고 장렬한 전사를 하였다. 무인답게 마지막까지 싸웠던 정발 장군의 묘는 광안리 산중턱에 있고, 동상은 초량동 초량역 부근에 정발 장군 동상이 자리하고 있다

송상현 장군은 동래성 전투에서 일본군의 협박을 받자 '전사이 가도난(戰死易 假道難)'이라고 적혀져 있는 판을 세우고는 이런 말을 하였다. "싸워서 죽기는 쉬워도, 길을 빌려주기는 어렵다!"

경상좌수사 박홍은 왜적이 쳐들어오자 바로 성을 버리고 달아났다. 좌병사 이각도 뒤이어 동래로 도망쳤으며, 우병사 조대곤은 연로하고 겁쟁이 경상우병사 이각은 성을 버리고 도망을 가고 송상현 부사만 외로이 분전(奮戰)하다가 장렬한 최후를 맞는다.

그러나 경상우병사 김성일과 경상감사 김수, 그리고 경상우수사 원균의 보고가 차례로 들어오면서 상황은 변한다. 김성일과 김수는 적선이 400여 척이 넘는다고 했는데, 이쯤 되면 단순한 왜구의 규모가 아니었다. 연이어 부산진과 동래성 함락 소식까지 전해지며, 급박해진 조정은 서둘러 회의를 소집하고 조정대신들과 선조는 평양으로 몽진(蒙塵)길에 나선다.

1592년 4월 30일 새벽, 가토 기요마사가 한성에 도착하기 3일 전 일

본군이 한성까지 쳐들어오자 선조는 이양원을 유도대장으로 임명하여 도성의 수비를 맡기고, 김명원을 도원수로, 신각을 부원수로 임명해 한강 방어선을 구축하도록 명령한 뒤에 도성을 버리고 몽진에 올랐다.

몽진이란 왕이 도성을 떠나 다른 지역으로 피난을 가는 것을 말하는데 일본군의 기세에 놀란 도원수 김명원은 싸워 보지도 않고 도망쳤고, 결국 한강 방어선은 맥없이 무너지고 말았다.

일본에서는 왕이 도성을 버리고 도망치는 전례가 없었기 때문에 조선 왕의 항복을 손쉽게 받아낼 것으로 생각했던 도요토미 히데요시와 일본군은 예상치 못한 선조의 몽진으로 당황하고 전쟁의 전략을 수정하게 되었다.

왕이 도성을 버리고 피난을 가는 모습과 이미 조선은 망했다며 죄 없는 백성들을 죽이고 약탈하는 일본군의 모습에 백성들은 적지 않은 충격을 받았다. 전쟁의 무서움과 잔인함 그리고 죽음 앞에서 나라를 버리고 도망친 왕과 그 나라를 구하려 전쟁을 준비하는 이순신 장군과 장수들.

1592년 5월 3일, 일본군은 제1군과 제2군이 먼저 한성을 점령하고 제3군과 제4군도 속속 한성에 입성하여 조선 점령을 코앞에 두고 있었다. 선조에게 항복을 받아내려던 가토 기요마사는 조선의 수도 한성이 비어있고, 왕이 궁을 버렸다는 사실을 알게 되었다.

포로(捕虜) 양부하(梁敷河)

임진왜란 당시

동래읍성 전투에서
숨진 할아버지
양조한(梁潮漢)의
도포 속에서 발견된
12살의 양부하(梁敷河)는
왜군에게 발각되어
포로가 되었다.

대마도주(對馬島主)
종의지(宗義智)는
의심의
눈초리로
내려보다가,

성숙해진 양부하(梁敷河)는
제법 친숙히
느껴지는 나이.
삶의 깊이와 희로(喜怒)에
조금씩
의연(毅然)해진 나이로

여러 섬을 거쳐
풍신수길 있는
쿄토 후시미성에

풍신수길의 수족 같은
몸종이 되어
풍신수길의 비서(祕書)가 되었다.

선조대왕 몽진

몽진(蒙塵)이란!
덮을 蒙, 티끌 塵자를 써서
임금이 안전한 곳으로 옮아감이다.
선조의 몽진은
일본의 기세가 무서워
도망간 것이다.

부산진성이
하루 만에 함락되고,
동래성이
반나절에 함락되고
동래부사 송상진이
힘도 못쓰고 전사하니

왜놈들은
파죽지세(破竹之勢)라
대구를 지나

충주까지 올라옴에
겁먹은 선조
도망가기 급했다.

그제야
사태의 심각성을
파악한 조선은
당시 베테랑
군인인 신립 장군을
투입한다.

충주성이
그야말로 한양이 코앞이고,
한양까지
제대로 된 요충지가 없었다.
신립 장군이
완패함에
다급해진
선조대왕

광해군을
세자로 임명하고
서울에 남겨놓고
도망가기 급했다.

세자야
잘 있어라.
너를 칼받이로
나는 평양으로 도망간다.
임금 중 꼴찌왕
평양에서
의주로 한심스러운 선조

고려 시대도
몽진길이 있었지만
개성에서
강화도로 유인작전
거란이
침략했을 때
나주로 몽진했고,
여진이
침략했을 때도
강화도로 몽진했다.

나름대로 성공하여
적들을 몰아내고
고려를
지키기도 했다.

몽진은 국가를
지키기 위한
하나의 전술이라.
선조의 몽진은
아무런
전략이나
작전이 아니다.

유비(劉備)는
신야성을
버릴 때
백성들을
데리고
함께 도망가기도
했었는데,

선조는
백성들은
그냥 놔두고
본인만 계속
북으로 북으로 도망갔다.

문정왕후 척신 윤두수

　윤두수(尹斗壽, 1533~1601)는 명종에서 선조 때의 문신이다. 이황(李滉)·이중호(李仲虎)의 문인(門人)으로, 1565년 중종의 계비 문정왕후(文定王后) 윤씨(尹氏)의 천거(薦擧)로 부응교(副應敎)에 임용된 뒤 동부승지, 우승지를 지내고, 1576년(선조 9년) 대사간(大司諫)에 이르렀다.

　1592년 임진왜란이 일어나자 선조와 함께 피난길에 올라 어영대장·우의정을 거쳐 평양에서 좌의정에 올랐다. 평양에 있을 때 명나라에 대한 원병 요청을 반대하고 평양성의 사수를 주장했으며, 함흥피난론을 물리치고 의주행을 주장하여 이를 관철시켰는데, 과연 함흥이 함락되었다. 그러나 의주에 도착한 선조가 월경을 준비하자 상소를 올리고 직접 막는 등 선조의 요동(遼東, 랴우둥) 피난을 막았다.

문정왕후의 척신 윤두수

명종(明宗)이 서거하자
인순왕후(仁順王后)
하성군(河城君)을
양자(兩者)로

대비(大妃)
문정왕후의

입양(入養) 손자(孫子)로
제14대 선조(宣祖) 즉위

양조모 문정왕후가
천거했던 윤두수가
선조의 척신이 되었다.

원균을 싸고 놀던 윤두수는
선조(先祖) 때
우의정에 제수되고
선조(宣祖)는
윤두수 부탁으로
인척이 된 원균을
상당히 싸고 돌았던
기록이 많았다.

원균 편에 선 윤두수는
선조에게
충신일지 모르지만,
역사의 죄인으로
만백성들의
비판을 받아야
마땅할 것이라.

선조는 윤두수가
적신(賊臣)으로 지목한
이순신을
의심한 것부터가
망국적 견제로
잘못된 실수라

통제사 이순신을
잡아 옥(獄)에 가두고
죽이느냐?
하는 순간
원균을
통제사로 승진시켜
통제사 원균이
총 지휘하는
칠전량 해전은
참패로 조선 수군을
몰살시킨 큰 실수

자칫하면
윤두수 말만 듣다가
이순신을 죽이는
오를 남길 실수라

나라의 명운이
걸려 있는 전쟁 중에도
당파싸움은 결국
나라를 파국으로
몰고 가면
오를 남긴다는 것을
알면서도
윤두수는 당리에 몰두

전쟁이 한참인데
동생 윤근수와
더불어 형제
정승으로 가첩에
이름을 올려
영광을 남겼지만
후손들은
부끄러운 영광이라.

붕당정치는
동인과 서인 대립은
임란으로
나라운명이 걸린 터라
전쟁 중에도
당리당략 치중하고

이순신을
끌어내려
옥에 가두고
원균이 지휘하던
칠천량 해전은
몰패로 궤멸되다.

원균이 도망가다가
왜군들에게
붙잡혀 참수되고
윤두수 역시
삭탈관직 되었다.

일본군 전세

1. 보급

난중일기 9월 일기에 앞과 뒤가 허허벌판이라 소와 말도 먹이가 없
다는 기록이 있다.

후에 거점을 만들어 집적해 두었으나 거의 전부 현지 충당했던 것으
로 추정되며, 육상에서 보급수송으로 받은 기록이 없다.

"관백이 식량을 보내준다 해도 이곳에 도착하는 양이 너무 적어 그것만으로 지탱하는 것이 불가능하고, 일본의 이들에 대한 지원이 너무 형편없고 그마저 바다가 조선 수군에게 봉쇄되어 제때 보급하기 불가능하기 때문입니다."

2. 추위

"이곳 조선의 추위는 매우 혹독하며 일본의 추위와는 비교할 수 없을 정도로 더욱 심하다."

1592년 말에서 1593년 초는 겨울철에 해당하는 시기인데, 특히 따뜻한 남쪽에 살고 있던 일본군이 전쟁의 조기종결을 예상하고 전혀 추위에 대한 대비를 하지 않았던 것은 당시 일본군의 참혹상을 쉽게 예상할 수 있다. 조선 북부지역으로 진출한 일본군에게 겨울추위는 더욱 위협적이었을 것이다.

그중에서도 하필 영하 20~30도까지 떨어지는 한반도 북부지역으로 진출한 일본군들이 죄다 규슈 출신들이라 추위에 관한 한 극과 극을 달리는 지옥도를 경험했으리라.

청 · 일 강화회담

일본은 조선을
하나로 만들고자
숨겼던 사실을 드러내

임진왜란의

초점이 시작이라.

유럽에서

들어온 조총을

대량 생산

15만 병력으로

조선에 투입했다

풍신수길

대륙정벌

야망은

이순신 장군에게

꺾어져 좌절되자

1597년 日, 靑,

강화(講和)회담

의견 차이로

결렬되자

부산에 남아 있던

2만 왜군과

합류하여

정유재란을 일으키다.

정유재란

- 1597년 8월 27일(음력 7월 15일)~1598년 12월 16일(음력 11월 19일)
- 장소: 평안도 일부를 제외한 한반도 전역
- 원인: 도요토미 히데요시의 무모한 대륙 침략 야욕에만 몰두
- 결과: 일본의 철군, 조·명 연합군의 승리

  도요토미 히데요시(豊臣秀吉) 정권의 붕괴 및 도쿠가와 이에
  야스의 에도 막부 수립

일본이 임진왜란 때 패배한 근본적인 이유는 보급 때문이다. 경상도의 의병 활동과 진주성 공략 실패, 서해 제해권 확보 실패 등 일본군은 보급 관련한 여러 난관이 결정적인 실패 요인이다.

이 상태에서 한양 수복도 막을 겸, 전세를 뒤엎기 위해서 4만 명을 동원해서 행주산성을 공격하지만, 이 작전에 실패함으로써 일본군도 더 이상 싸울 의지를 잃었다고 보는 것이 옳다.

임진왜란의 종결은 싸울 의지를 잃은 일본군 대장들과 명나라 심유경이 히데요시를 속이면서 강화 회담 형태로 끝났다.

전쟁이 장기전으로 치닫게 되면 가장 문제가 되는 건 보급이다. 먹는 문제만 있는 게 아니라 병장기의 보급도 문제가 된다. 왜군은 단기전으로 승부를 보려고 했으나 결국 장기전으로 전쟁 양상이 바뀌면서 보급문제가 걸리게 된 것이다. 전쟁이 장기화되면 그 전쟁의 승패를 좌우하는 건 보급이다.

백제와 고구려가 당(唐)에 쉽게 정벌당한 건 내부 분열도 있지만, 보급을 신라군(新羅軍)이 보조해 준 게 결정적이다.

보급 문제는 일본군이 평양을 빼앗기고 행주대첩에서 패배한 직접적 이유이자 가장 중요한 원인이다. 이미 평양성이 일본의 한계점이고 보급 때문에 더 이상 북상할 여력도 없는데 평양성 전투가 무슨 큰 의미가 있다는 말인가.

서울의 일본군 군량미를 전소해 버리고 3만 명이나 되는 일본군을 사상시켰으니 더 이상 서울에 주둔할 의지가 없었을 것이다.

평양성 전투는 1593년 1월 9일 일본의 1번대 고니시군 1만 6,500명만 참전한 전투이다. 여기서 명나라군은 4만 3,000명, 조선군은 1만 명이 공격을 했는데, 한양 쪽에는 당시 10만에 달하는 일본군이 모여 있었다,

1593년 1월 27일, 벽제관에서 이여송의 최정예 기병대 1,000명 포함 6,000명이 죽었고, 지휘관인 이여송도 죽다 살아나는 패배를 당한다 (명군 4만 3,000명 이후 명나라군은 전투의지를 잃고, 강화협상에만 주력한다).

그 뒤 1593년 2월 12일, 행주성에서 일본군 3만여 병력으로 조선군 3천을 공격하다 패배한 것은 사실이지만 권율 장군도 승리 후 행주산성을 버려둔 채 물러났다. 결국 1593년 4월 18일 일본의 한양 철수를 결정지은 원인은 보급문제다.

명군이 평양에서 진군할 수 있었던 이유가 행주대첩 때문이고, 행주대첩에서 이길 수 있던 이유가 전라도에서 서울 올라오던 조운선 덕분이고, 그 조운선이 올라올 수 있게 서해와 남해의 제해권을 장악한 게 이순신이다.

이렇듯 자국 내 전쟁도 아니고 바다 건너서 조선에 침략해온 일본놈

들과의 전쟁에서는 보급이 결정적인데, 정유재란 당시 원균의 칠천량 해전 패배로 보급이 지급되자 일본군이 활개를 치게 되었지만, 명량해전에서 이순신에게 패배하고 보급선 길목이 막히자 패전하게 된다.

수길은 통역하는 왜인에게 명령하기를 "네가 이 아이의 스승이 되어 일본 말을 가르쳐라. 통달하지 못하면 너를 목 벨 것이다." 하니, 통역관이 두려워하여 촛불을 밝히고 밤 새워 양부하를 가르치면서, "네가 만약 힘쓰지 않으면 나와 네가 함께 죽는다." 하였다. 이튿날 수길이 양부하(梁敷河)를 불렀더니 양부하가 잘 대답하므로 수길은 크게 기뻐하였다. 석달 동안 배워서 일본말을 다 알자, 수길은 그를 사랑하여 항상 좌우에 가까이 있게 하였다.

【秀吉知敷河非賤人。而容貌鮮令。狎而愛之。常置左右。恩意甚厚】

수길지시키강비賤인. 그러나 용모가 준엄하다. 늘상 좌우에 놓인다. 은혜가 매우 두텁다

병신년(1596년) 가을에 양부하(梁敷河)는 조선 사신과 중국 사신이 왔다는 말을 듣고 수길에게 청하여 만나 보았는데, 중국 사신이 심유경(沈維敬)이었다. 양부하는 이후 심유경과 친해져서 내왕하면서 수길을 죽이는 모의에 가담하였다. 당시 왜인들이 심유경을 객관에 가두고 군사를 시켜 매우 엄중히 지키고 있었는데 어느 날 심유경이 크게 곡을 했다(이는 양부하가 그렇게 시킨 것이다).

양부하(梁敷河)가 풍신수길에게 가서 '나으리, 중국사람이 곡을 합니다.'하고 알렸다. 의아히 여긴 수길이 심유경을 만나보기를 원하니 양부하가 음실(蔭室=비밀통로)을 만들어 객관에서 궁궐로 몰래 오게 하

여, 유경과 수길을 만나게 했다.

양부하(梁敷河)는 명나라인 심유경과 함께 풍신수길을 암살하므로 조부 양조한과 아비 양홍의 전몰, 실종된 모친에 대한 복수를 한 것이다. 수길이 죽으므로 임진왜란도 끝났다.

이런 쾌거가 당시에 밝혀지지 못한 것은 심유경이 풍신수길보다 먼저 죽은 때문이다(그는 강화 실패와 독살살패에 대한 책임을 지고 귀국 즉시 처형됐다. 그가 죽을 때 독살공작에 대해 진술했지만 풍신수길이 아직 죽지 않았다. 그러나 그는 명사(明史)에서 간신이 아닌 충신으로 기록되고 있다.).

풍신수길 암살 공범

양부하(梁敷河)는
삶의 희로애락(喜怒哀樂)을
조금씩
의연해질 수 있는 나이

잡아야 할 것과
놓아야 할 것을
깨닫는 나이.
눈으로 보는 것
뿐만이 아니라
가슴으로
삶을 볼 줄 아는 양부하

풍신수길 신임 받아
비서로 자랐다.

마침내
심유경이
풍신수길 만나러
대마도에 도착하자
풍신수길 양부하에게
심유경을
모셔오도록 명한다.

양부하는
모처로 가서
심유경을 만난다.

심유경이
너 혹시 조선 사람인가?
예, 그렇습니다.
심유경과
양부하는
말 거래가 시작.

양부하는
심유경에게

풍신수길 성격과
심리를 알려주고
여기서
심유경과 양부하의
약속을 맺게 된다.

이렇게
풍신수길 암살
계획이 시작된다.

풍신수길은
신경성
위장병 환자였다.

심유경은 양부하가
알려준 대로
이를 이용한
음독 사건이
실행되었다.

【79수】 漢詩 21 강화회담 결렬

丁酉明日間交和 정 유 명 일 간 교 화	정유년 명(明)나라 일(日)일본 강화교섭은
奉侍渡日沈惟敬 봉 시 도 일 심 유 경	일본을 건너온 심유경을 모시도록
見兩人暗耳話易 견 량 인 암 이 화 역	만난 두 사람 귀띔 말로 말 거래
朝人與明人相遇 조 인 여 명 인 상 우	조선 사람과 명(明)나라 사람이 만나
密語交易愛國心 밀 어 교 역 애 국 심	밀담으로 말 거래로 애국결심
謀議毒殺首吉歐 모 의 독 살 수 길 구	모의 독살 히데요시 내뱉다
日對明要求朝貢 일 대 명 요 구 조 공	일(日)은 명(明)에 대해 조공(朝貢)을 요구(要求)
日要求明反會報 일 요 구 명 반 회 보	일(日)의 요구 명(明)나라 반대로 회보하여,
明皇勅書受日本 명 황 칙 서 수 일 본	명(明)나라 황제(皇帝)의 칙서(勅書) 받아본 일본(日本)
兩國要求件相反 량 국 요 구 건 상 반	두 나라의 요구조건이 상반(相反)되자
兩國間感情高燥 량 국 간 감 정 고 조	양국(兩國)간 감정(憾情)만 고조(高燥)되어
講和會淡裂首吉 강 화 회 담 렬 수 길	강화(講和)회담은 결렬되어, 풍신수길은
下命再侵令日軍 하 명 재 침 령 일 군	하명내린 전 일군 재침 령을 내린다.
日丁酉再亂發生 일 정 유 재 란 발 생	일본은 정유재란 발생시켰다.

【시문 80수】 양(梁), 침(沈), 연극(演劇)

양부하는

심유경과 친해져

풍신수길

독살 모의에

참여하게 되었지.

양부하는
심유경과 풍신수길을
만나게
알선(斡旋) 하면서,

풍신수길의
심리를 알려주었고
심유경은
풍신수길의
심리를 이용하게 되었지!

심유경은
좌석에 앉으면서
한약 한 알을 먹는다.

다음번
만남에도
심유경은
역시 한약을 먹는다.

이를 궁금하게 여긴
풍신수길

심유경에게
무슨 약이냐?
묻게 된다.

신경성(神經性)
위궤양제(胃潰瘍劑)
라고 속인다.

평소에
위궤양(胃潰瘍)으로
고생하던 풍신수길
그 약의 효험(效驗)을
묻게 되고

나는 10년간
이 약 효험(效驗)으로
산다고 한다.

한 알 드시겠습니까?
그에게 한 알 나눠줬다.

이후 만날 때마다
풍신수길은
독한 약을 얻어먹었다.

그 약은 먹고 나면
아편성분처럼
속이 편하지만
사실상 독약이다.

이 약은 해독제를
미리 먹고 먹으면
해독(解毒)된다.
심유경은 조선으로
돌아간 뒤에서야

독이 쌓였던
풍신수길
결국 죽게 되다.
이로부터
정유재란
朝, 日전쟁은
끝나게 되었으라.

"아, 이제 이 도요토미의 파란만장한 운명도 여기서 끝인가?"
"태합 전하."
그의 병석에 불러 나온 다이묘들에게 그는 마지막 뜻을 전한다.
"내가 죽으면 조선에 가 있던 해외 원정군 모두를 퇴각시켜 나의 아들 히데요리를 지키는데 쓰도록 하라!"

도요토미 히데요시가 남긴 마지막 유언 내용이었다.

일설에는 8월 14일이라고도 하고, 어떤 곳에서는 8월 8일이라고 하고 그보다 한 달도 더 먼저 죽었다는 설도 있다. 오늘날 일본 역사책은 8월 14일이라고 기록되어 있지만, 이것도 정확한 것이 아니라고 일본 역사서도 인정하는 바이다.

하지만 그의 사망 후, 불과 한 달도 안되어 9월 중순쯤 되자 조선 전국에는 도요토미의 사망 소식이 퍼지고 또 퍼져 개도 새도 다 알게 되고 말았다.

하긴 도요토미가 아무리 숨기려 해도, 본국 일본에서만도 그걸 본 눈이 몇인데 몇 달이나 비밀이 지켜지겠는가? 그나마 기실 그가 죽은 지 한 달이 훨씬 넘게 소문이 전국에 안 퍼진 것만도 철저히 입단속을 시켰기 때문이었다.

히데요시가 마침내 죽었고, 그가 해외로 원정 나간 일본군대를 모두 철수시키라고 유언했다는 소식이 조선 전국에 퍼지자 조선 백성들 전부는 물론 명나라와 심지어 본국인 일본 병사들이 모두들 춤을 추며 좋아했다.

이 소문이 퍼지자, 당사자인 조선사람들보다 풍신수길의 죽음을 듣고서 명과 일본 병정들이 오히려 더 크게 좋아했다고 한다. 이 지긋지긋한 대전쟁의 끝을… 한때 조선은 물론 명과 인도까지 정벌하겠다고, 물론 시늉뿐이긴 했지만 세계정복의 전쟁을 시작했던 도요토미의 마지막은 이처럼 허망무구했던 것이다.

도요토미는 이렇게 죽게 되기 바로 직전, 심복인 이시다 미츠나리 및 우키타 히데이에는 물론 자기가 제일 경계하던 도쿠가와 이에야스와 아직껏 자신의 제일 가는 심복이라고 착각하는 우키타 히데이에 및 가토 기요마사 등을 모두 불러 [충성의 서약서]를 작성하게 했다. 이 서약서를 작성하게 하려고, 도요토미는 죽기 직전 전쟁에서 중요한 장수인 이들마저 모두 일본 도성으로 불러들였던 것이었다.

"난 이젠 끝인 거 같네. 자네들이 내 어린 아들에게 끝까지 충성하겠다고 맹세할 수 있는가?"

"예."

"특히 도쿠가와."

"예. 태합 전하."

"내 마지막 떠나는 길에 명령이 아닌 일생의 부탁 하나 하세나. 절대로 내 아들 히데요리를 건드리지 말아주게나. 잘 알겠나?"

"예. 명심하옵지요…."

"그럼 믿고 숨을 거두겠네."

"예~."

자기가 죽고 나면 히데요리를 건드릴 사람 0순위일 작자가 바로 그임을 잘 알고 있는 도요토미는 히데요리에 대한 충성을 신신당부하고 숨을 이내 거두었다.

한때 일본을 통일했던 제 딴엔 위대한 인물이었던 도요토미 히데요시… 그는 늦여름의 늦은 저녁… 서산으로 지고 있는 새빨간 태양 아래서 이처럼 허망하게도 숨을 놓고 말았으니, 죽음 앞에선 그도 한낱 미물인 거미나 모기 따위들과 조금도 다름이 없었던 것이다.

우리나라 국민성의 단점

참 맘에 안 드는 우리나라 국민성의 단점 중 하나가 있다.

바로 독재에 유독 연약하다. 민주적이면 자유천국이라 국민의 요구 조건이 강성이다.

우리나라 국민성의 장점이자 단점일 수 있는 쏠림현상이 바로 진흥 원리로 앞세운 자기 장점만 앞세우고 자기 단점은 숨긴 채 결사반대 원리로 쟁취적 강성이라 할 것이다.

문제는 정치인들이 강성당원들의 친인척을 동원하여 종교적 신앙심을 이용하여 민초들에게 얄팍한 수단으로 파고들어가 심리적 세뇌 교육화시켜 강성당원으로 만드는 것이다. 여기서 더불어 너희 당파가 무너져야 우리 당파가 집권한다는 원리는 조선시대부터 배워온 것이다. 따라서 여기서 구두거래가 이루진다. 우리가 집권하면 너희들 공로를 보상 받게 하리라.

조선 선조 시대 동인 서인은 나라의 흥망이 걸린 전쟁 중에도 나라를 위함은 어디가고 당파싸움에 치중했다.

임진왜란을 겪고 있는 선조는 척신 윤두수의 말만 듣다가 백성을 버리고 도망다닌 왕으로 그 이름을 남긴 임금이다. 나라를 지키고자하는 충신 이순신을 감옥에 잡아넣고 반대편 원균을 통제사로 임명하여 나라를 말아먹게 되자 그때서야 이순신 장군을 재탕 통제사에 임명했으나 이순신은 선조에게 전략과 전술이란 이런 것이라 하고 전쟁승리를 확실하게 보여주고 자진 순절했다.

이순신의 가문

이순신은 덕수 이씨 12대손이다.

이효조(李孝組) (고조부)

이거(李據) (증조부)

이백록(李百祿) (조부)

변수림(卞守琳) (외조부)

덕연 부원군(德淵府院君) 이정(李貞) (부)

초계 변씨(草溪 卞氏) (모)

남 4형제 중 이순신은 3째다.

이희신(李羲臣)

이요신(李堯臣)

이순신(李舜臣)

이우신(李禹臣)

이완(李莞, 1579~1627)은 이순신의 조카이며 자는 열보(悅甫)이다. 임진왜란 당시 20살의 나이로 숙부 이순신(李舜臣)의 휘하에서 해전에 참전하며 공을 세웠다. 1598년 노량(露梁)해전에서 이순신이 적탄에 맞아 전사하자, 그 사실을 알리지 않고 끝까지 독전(督戰)하여 대승을 거두었다.

이순신의 조카 이분은 이순신의 아들 이회와 조카 이완 등의 도움으로 이순신의 일대기인 《이충무공행록》을 출간했다.

이순신의 생애

소년시절

1545년 4월 28일 한성부 건천동(서울 인현동)에서 부친 덕연군 이정의 사형제 중 셋째아들로 태어났다. 모친 초계(草溪) 변씨의 꿈에 시부(媤父)가 나타나 말씀하시기를 "이 아이는 반드시 귀인이 될 것이니 이름을 순신이라고 하라."고 한 이조(異兆)가 있어 그대로 부르게 되었다고 한다.

병정놀이를 하며 꼬마 대장이 된 순신은 책에서 읽은 작전을 사용하였다.

"오늘은 새로운 작전을 지시하겠다. 공격하는 적군은 윗마을 병사들이 맡고 수비는 아랫마을 병사들이 한다. 수비하는 병사들은 반으로 나눠 따로 진을 치도록 하겠다!"

"수비하는 반은 나무 뒤에 진을 치고, 그 나머지 반은 저 아래쪽 개울가에 진을 친다. 그러면 반드시 이길 수 있을 거야. 뒤에 개울이 있어 뒤로 절대 적군이 쳐들어올 수 없다. 이것이 바로 '배수의 진'이라는 거야. 강이나 바다를 등지고 치는 진으로 예부터 많은 승리를 거둔 작전이다!"

이순신은 문무를 두루 갖추었다. 순신은 글공부에도 자신이 있었지만 무과에 자신의 모든 것을 걸기로 작정하고 북쪽의 오랑캐와 남쪽 왜적들로부터 부모와 백성들을 지키고자 하여 군사에 관한 책을 읽을 뿐만 아니라 말타기 연습, 활쏘기, 칼 쓰기, 창 쓰기를 계속해서 익혀 나가게 된다.

무과 진출

순신은 나이 28세에 무과시험장을 봤다. 활쏘기, 칼 쓰기, 창 쓰기 시험을 치르고 마지막 시험인 말 타기를 할 때 흙먼지를 일으키며 멋지게 달려가던 말이 발을 헛디뎌 이순신을 내동댕이쳤다. 모든 사람이 다 죽었을 것이라 생각하는데 꿈틀꿈틀 움직이기 시작하더니 고통을 참고 절뚝거리며 일어섰다. 그리고 곁에 있는 버드나무 가지를 꺾어 그 껍질로 다리를 감아 매고 곧바로 말을 잡아타고 다시 달렸다. 이를 지켜본 사람들은 감탄하지 않을 수 없었다. 그러나 말에서 떨어진 사고로 과거에는 낙방하게 된다.

관직생활

32세 때는 함경도에 초급장교인 권관으로 임명(국경 경비)되었고, 36세 때는 전라도 발포만호로 임명(포구 수비)되었으며, 38세 때는 만호에서 파직당한다. 원균과 그 외 시기하는 무리의 모함 때문이다. 39세에는 복직되어 함경북도 권관으로 근무, 호적의 괴수 울지내를 사로잡아 양민을 보호하고, 42세 때는 조산만호가 된다.

43세 때는 록도둔전(鹿島屯田)을 관리하는 중에 호적의 습격을 받아 60여 명이나 포로가 되어 잡혀가는 것을 구출하다가 화살을 맞고 좌고(座股)에 상처를 입었으나 도리어 모함을 받고 투옥된다. 45세 때는 전라도 정읍현감에 태인관을 겸했고, 47세 때는 유성룡의 천거로 마침내 전라좌수사가 되어 여수에 부임, 장차 왜적이 쳐들어올 것을 직감하고 권한과 범위 내에서 전쟁준비에 열중한다.

48세 때인 1592년 4월 13일 임진왜란이 발발한다.

음모사건 백의종군

적군의 음모와 원균의 시기로 서울로 압송, 53세 때에는 정탁(鄭琢)의 상소문이 주효하여 석방, 백의종군한다.

통제사 복직(54세)

여병(餘兵) 100여 명과 12척의 전함으로 결사항전하기로 맹서하고, 1597년 9월 16일 명량해전 대승첩, 울돌목에서 30척을 격파하게 된다. 1597년 11월 19일 밤새 독전하다가 날이 샐 무렵에 탄환을 맞아 전사하였으며, 임진란이 종식되었다.

거북선 등판 발명(섬과 육지 사이 조류조사)

거북선은 일부 학자들의 의견에 따르면 최초의 철갑선이 아니라고 한다. 중요한 부분만 철로 만들어 붙인 것이다. 거북선 고안은 고려 시대로부터 설계했지만 실물을 만든 사실은 나타나지 않다. 이순신 제독의 거북선은 주요 부분만 철갑으로 만들어 돌격용으로 왜선을 격파시켜 격침시킨 것이다.

무엇보다 이순신의 전쟁 준비 가운데 압권(壓卷)은 거북선의 건조다. 물론 거북선은 이순신의 창작품은 아니다. 이미 170년 전의 『태종실록』에 거북선이 등장한다. 그러나 이순신은 태종 당시의 '위협용 거북선'을 개량해 총포를 최대한 장착한 '전투용 거북선'으로 새롭게 건조했다.

조선 수군 함선(귀선, 판옥선) 모두가 속도보다 제자리에서 자유롭게 회전할 수 있도록 배 밑바닥을 평평하게 건조하였다. 조선 함선은 두꺼운 송판으로 건조하여 일본 소총으로 쉽게 뚫지 못할 뿐 아니라 요철(凹凸) 방법으로 건조하여 돌격용에 최적인 함선이다. 특히 거북선은 귀선등판을 송곳으로 박아 적이 건너오지 못하게 건조되었다.

군관들을 구역별로 보내 현지답사와 상세한 해도 제작으로 해전 시 빠져나갈 지형조사서를 수집하고, 연구토론회를 하며 몇 달 동안 해전 전략 전술을 전 수군에게 수업하고, 신호체계 수업 전법을 철저하게 공부를 시키고 명령체계를 하늘 같이 여기게 하였다.

이순신의 사상

주체성

충무공 이순신 장군의 주체성에 대한 것으로는 '자아각성을 통해 스스로 성실을 다하는 바 중심(忠)이 뚜렷했던 주체성'을 첫 손가락에 꼽을 수 있다. 이러한 모습은 결코 남의 힘에 의존하지 않고 제 스스로 제 힘으로 사는 것이 자립정신임을 몸소 보여 주셨던 것으로써 우리 민족의 영원한 성웅이다.

협동성

충무공의 사상으로 돋보이는 것이 협동성이었는데, 그러한 협동성은 "중심을 지니면서도 편견을 버리고 관용과 타협의 개방적 태도를 가지며 자기 일에 보람과 긍지를 가지고 적극적으로 임하는 협동적인 태도와 자기주장을 앞세우기 전에 타인의 입장에서 자기의 원치 않는 바를 타인에게 베풀지 않는다"는 타인 존중의 사상이 밑바탕에 깔려 있다고 볼 수 있다.

창조성

충무공의 사상 중에 창조성도 빼놓을 수 없는데 창조성이라는 것은 가치 있고 새로운 것을 만들어 내는 작용을 말하는 것이다. 거북선 제작을 통해 보여주신 충무공의 창조성은 놀라울 따름이다.

이순신의 명언

1. 바다에 호국의 충성을 서약하니 어룡(魚龍)조차 감동하여 꿈틀거리고, 태산에 맹세하니 초목도 다 알아채더라.
2. 분별없이 행동하지 말고 산처럼 무겁고 조용하게 일을 해야 한다.
3. 죽게 되면 죽을 따름이다. 어찌 도리를 어기고 살기를 구하랴.
4. 안위야! 군법에 죽고 싶으냐. 도망간다고 어디 가서 살 것이냐. 당장 처형할 것이로되 전세가 급하니 우선 공을 세우게 한다!(명량해전)
5. 장부가 세상에 나서 쓰일진대, 목숨을 다해 충성을 바칠 것이요, 만일 쓰이지 않으면 물러가 밭가는 농부가 된다 해도 또한 족할 것이다.
6. 전투가 치열하니 내가 죽었다는 말을 내지 말고 계속 싸우라.(=나

의 죽음을 적에게 알리지 말라)

7. 죽기로 마음을 먹으면 반드시 살고, 살기로 마음을 먹으면 반드시 죽는다.(=살고자 하면 죽을 것이요, 죽고자 하면 살 것이다)

이순신의 전쟁준비(손자병법에 의한 교육): 지기지피(知己知彼)

『난중일기』에서는 '지기지피(知己知彼)'라고 했는데, 『손자병법』에서는 '지피지기(知彼知己)'라고 했다. 병법에 이르기를, '나를 알고 적을 알면 백 번 싸워서 백 번 이기고, 나를 알지 못하고 적을 알지 못하면 백 번 싸워서 백 번 진다'고 했다. 이른바 나를 알고 적을 안다는 것은 적과 나의 장단점을 비교해 헤아린다는 뜻이다.

【將, 其於制敵守備之策不無萬一之補云】
장 기 어 제 적 수 비 지 책 불 무 만 일 지 보 운

장수는 준비 책을 짜는데 있어 만일의 보운이 있을 것이다.

【戰守機宜十條, 西厓先生文集卷之十四】
전 수 기 의 십 조 서 애 선 생 문 집 권 지 십 사

전수기의 경우 10개조, 서애선생 문집의 14권

【增損戰守方略】
증 손 전 수 방 략

증분수방략은 유성룡이

【戰守道】
_{전 수 도}

전수도를 저본(底本)으로 해서 가감(加減) 편집(編輯)해서 만든 병서.(兵書)를 저술(著述)하여 이순신 장군에게 보내 주고 실전(實戰)에 활용케 하라고 하였다.

1594년 6월 선조에게 『전수기의 십조』라는 이름의 병법 요약집을 올려 장수들에게 배포하도록 했다. 바로 그 『전수기의 십조』에 『손자병법』과는 다른 이순신의 '지기지피(知己知彼)'가 나온다. 이순신의 탁월한 선견지명(先見之明)이다.

전라좌수사로 임명돼 여수에 도착하자마자 곧바로 전쟁 준비에 착수했다. 적의 의도가 어떻든지 확실한 '능력'을 키우려 한 것이다. 예하 5관(官) 5포(浦)에 대한 초도순시를 시작으로 전투 준비태세를 점검했다. 무너진 성곽을 보수하고 무기체계를 정비했다.

임진년 정월 16일자 난중일기를 보면 이순신 장군이 이때 얼마나 전투준비에 신경을 곤두세웠는지를 알 수 있다. 활솜씨를 잠시 엿보자. 3월 28일자 일기다.

동헌에 나가 공무를 보았다. 활 10순(巡)을 쏘았는데,

【十巡卽 五巡連中 二巡四中 三巡三中】
_{십 순 즉 오 순 연 중 이 순 사 중 삼 순 삼 중}

다섯 순은 연달아 맞고, 2순은 네 번 맞고, 3순은 세 번 맞았다.

이순신의 전략전술

조선 수군 함선은 배 밑바닥이 두꺼우며 평평하여 속도는 느리지만 좁은 해협 전쟁에서 방향전환이 자유롭다. 따라서 배 두께가 두꺼워서 돌격전에서 충돌하여도 손상율이 적지만 배 무게가 있어 한 번 속도를 내면 꾸준히 달릴 수 있어 넓은 바다를 항해(航海)할 때는 유리한 장점도 있지만 큰 바다 접근전에서 단점이 있다.

반면에 일본 함정은 풍력을 이용하는 범선이므로 배 밑바닥이 좁고 뾰족하여 날렵하지만 흔들림이 심하여 넘어질 확률이 높아 선상에서 자유롭게 싸울 수 없다. 도망가는 데는 날렵하여 장점이라 하겠지만 반면에 좁은 해협에서는 범선 역할을 못할 뿐 아니라 제자리에서 자유롭게 회전할 수 없어 상대와 거리를 좁히는 데 시간이 소요되므로 해전에서의 돌격전 또는 충돌전에서는 백전백패(百戰百敗)라는 단점이 있다.

이순신은 너무도 왜선 구조를 잘 알고 있었기 때문에 이길 수 있는 함대를 제작했다. 일본 수군 함선은 좁은 해협에서는 거의 격침(擊沈) 당하는 불리한 구조(構造) 조건이지만 문제는 조선 안 바다로 들어가야 육군에게 군수품(軍需品)을 전달할 수 있으므로 어떤 방법을 써서라도 들어가야 할 절박한 의무가 있었다. 해안선에서 싸우면 백전백패(百戰百敗)라 왜선은 해안선에 기습적으로 들어왔다가 조선 수군에게 발각되면 싸워서 침몰되므로 배를 버리고 육지로 도망가다가 의병장 홍의장군 곽재우에게 붙잡혀 죽기도 했다.

하지만 조선 조정은 전쟁 중에도 당파싸움만 일삼고 이순신 장군을 끄집어 내리기 혈안이 되었다. 일본군이 쳐들어온다는 소문만 있으면 임금은 도망다니는 선수급이고, 조선 정규군은 장수들이 도망가고 의병장이 정규군을 대신했다.

제4장

시(詩)로 읽는
이순신 해전사

휘하 장수를 교육하는 이순신의 신념

통제사(統制使) 이순신 장군은 사병급에서 간부후보생을 선발하여 초급장교로부터 영관급 장교를 길러 내 확실한 자신의 부하로서 명령에 순응(順應)하도록 했다. 죽기로 하면(必死卽生) 필생(必生)이요, 살기로 하면(必生卽死) 필사(必死)라는 구호(口號)를 걸고 나라를 지켜야 조국이 있다 하여 일보 후퇴 없이 목숨 걸고 싸우라고 했다.

우리 수군의 사명은 必死卽生이요, 必生卽死이다!
죽음이 두렵다고 말하지 말라!

집안이 나쁘다고 탓하지 마라!
나는 몰락한 역적의 가문에서 태어나 가난 때문에 외갓집에서 자라났다.

머리가 나쁘다 말하지 마라!
나는 첫 시험에서 낙방하고 서른둘의 늦은 나이에 겨우 과거에 급제했다.

좋은 직위가 아니라고 불평하지 말라!
나는 14년 동안 변방 오지의 말단 수비 장교로 돌았다.

윗사람의 지시라 어쩔 수 없다고 말하지 말라!
나는 불의한 직속상관들과의 불화로 몇 차례나 파면과 불이익을 받았다.

몸이 약하다고 고민하지 마라!
나는 평생 동안 고질적인 위장병과 전염병으로 고통받았다.

기회가 주어지지 않는다고 불평하지 마라!
나는 적군의 침입으로 나라가 위태로워진 후 마흔일곱에 제독이 되었다.

조직의 지원이 없다고 실망하지 마라!
나는 스스로 논밭을 갈아 군자금을 만들었고 스물세 번 싸워 스물세 번 이겼다.

윗사람이 알아주지 않는다고 불만 갖지 마라!
나는 끊임없는 임금의 오해와 의심으로 모든 공을 뺏긴 채 옥살이를 해야 했다.

자본이 없다고 절망하지 마라!
나는 빈손으로 돌아온 전쟁터에서 12척의 낡은 배로 133척의 적을 막았다.

옳지 못한 방법으로 가족을 사랑한다 말하지 마라!
나는 스무 살의 아들을 적의 칼날에 잃었고 또 다른 아들들과 함께 전쟁터로 나섰다.

죽음이 두렵다고 말하지 마라!
나는 적들이 물러가는 마지막 전투에서 스스로 죽음을 택했다.

이순신(李舜臣) 장군은 사병에서 군관후보생을 선발하여 근본적 기능을 인정하고 일정한 교육을 의수(擬授)한 그 전공에 따라 군관(장교)으로 수료시켜 해전에 투입시켰다.

- 군관(송희립): 병사들 훈련시키고 대장선의 명령을 받아 명령을 전달하는 역할을 하는 장수. 목소리 한번 거세다.
- 순천부사(권준): 이순신을 대신할 정도로 모든 것을 총괄하고 순천지역을 잘 다스리고 있는 분으로, 냉철하기 짝이 없다.
- 만호(우치적): 경상우수영 소속이었다가 이순신이 삼도수군통제사가 되면서 이순신을 따르게 되었다.
- 전라우수사(이억기): 전라우수사라면 꽤 직책이 높다. 경상우수영 좌수사, 전라우수사, 전라좌수사로 나눌 수 있는데, 이순신이 전라좌수사 시절 때 평소 친분이 있는 사이였으며 후에 이순신이 파직당하자 원균이 뒤를 잇게 되었다. 왜군과 장렬히 싸우다가 전사했다.

수군직계편제(水軍職階編制)

- 삼도수군통제사(三道水軍統制使) 1명
- 수군절도사(水軍節度使) 전라좌수군 1명 경상우수군1명
- 첨절제사(僉節制使) 3명
- 수군함선1대 병졸 280명, 병선장(兵船長, 준장급) 각함선 1명, 수군 만호(水軍萬戶, 대령급) 10여 명, 기패관(중령급) 6명, 포도관(捕盜官, 헌병장교), 군관(軍官, 위관급장교) 10명, 사부(射夫, 궁수) 28명, 포수(砲手) 34명, 화포장(火砲匠) 10명, 사공 12명, 능로군 118명, 기수 21명, 군뢰 4명, 취수 10명, 본진납포 윤번군 288명

삼도수군통제사

품계는 조선 시대 경상·전라·충청의 수군을 통솔하는 벼슬로 종2 품 외관직 무관이다.

수군절도사

조선 시대 각 도의 수군을 지휘, 통솔하는 벼슬로 정3품 외관직 무관이다.

첨절제사(僉節制使)

조선 시대 각도의 거진(巨鎭)에서 수군을 통솔하던 종3품 무관 벼슬이다. 절도사 아래인 수군첨절제사는 1466년(세조 12년)에 도만호를 개칭한 것으로 종3품을 원칙으로 하나 경상도 다대포와 평안도 만포진

에는 정3품 당상관으로 임명되었다. 주요 해안지방과 평안도·함경도의 독진·진관은 첨절제사(僉節制使)가 관할하였으며 이 경우에 한해 약칭 첨사(僉使)라 하였다.

3도(충청, 전라, 경상) 절제사(節制使)을 통솔하는 통제영(統制營)의 통제사(統制使)는 지금의 해군 참모총장급이라 하였다.

선장(船長)

선장은 1척 이상의 배를 지휘하며, 군선과 수군 통솔을 담당하였다. 조선 시대의 각종 군용함선의 경우 해당 지역 수군 지위관이 기본적으로 선장 역할을 겸임하고, 지역별로 추가로 1척 이상 존재하는 함선들의 경우 별도로 선장을 임명하였다. 전선, 귀선, 방선, 병선에는 선장이 임명되나, 사후선 등 소형 함선에는 선장이 없었다.

수군만호(水軍萬戶)

조선 때 각 도의 여러 진에 배치되었던 종4품의 무관직이다. 만호는 본래 그가 통솔하여 다스리는 민호(民戶)의 수에 따라 만호·천호·백호 등으로 불렸으나, 차차 민호의 수와 관계없이 진장(鎭將)의 품계와 직책 등으로 변하였다. 이것은 원나라의 제도에서 유래한 것으로 육군보다는 수군에 이 명칭이 남아 있었다.

기패관(旗牌官)

기패관은 각종 명령패, 부신, 신분증명서를 다루는 등 여러 가지 임무를 수행하는 직책이었고, 해선기패관은 수상근무를 하는 수군장교였다. 「만기요람」에 보면 훈도감, 금위영, 어영청 소속 기패관은 행오(일

반병사)에서 발탁했으며, 6품까지의 신분을 가질 수 있는 것으로 되어 있다. 따라서 수군의 기패관도 육군과 비슷하여 최하의 무관 정도의 신분이었을 것이다. 임진왜란 당시 기패관이라는 계급의 존재는 여러 고문서에 나와 있다. 「만기요람」의 전라우수영 편제를 보면 "전라우수영 전체에 25명의 기패관이 소속되어 있다"라고 되어 있다. 「수조홀기」(18세기 중엽)를 보면 "경상좌수영의 모든 전선(판옥선)에는 기패관 2명이 탑승한다"라고 되어 있다. 「호좌수영지」(19세기)를 보면 "전라좌수영의 모든 전선(판옥선)에는 기패관 2명이 탑승한다"라고 되어 있다.

포도장(捕盜將)

포도장(포도관, 포도원)은 한 배의 사무를 전담 하여 모든 것을 총괄하므로 배에 들어오는 각 병사들은 모두 포도의 지시를 따라야 했다. 전라우수영의 경우 전선 1척에 각 1명씩(총 2명)을 두었고, 전라좌수영의 경우 전선에 각 2명씩 탑승한 것으로 나와 있다.

사부(詞賦)

사부(사군, 사수)는 활이나 총을 쏘는 군사이다. 『풍천유향』에서는 "사부는 활 쏘는 것을 전담하고, 아울러 요도를 휴대한다."라고 되어 있다. 이순신의 각종 장계에서도 '사부'란 표현이 자주 등장한다. 『만기요람』에서는 경상좌·우수영의 경우 '사부'로 표현하고, 전라좌·우수영의 경우 '사수'로 표현하고 있다. 이를 보면 사수와 사부가 같은 임무와 직책을 의미한다는 것을 알 수 있다. 조선 후기에 운용되었던 전선(판옥선)의 경우 사부의 정원은 18명이 표준이었지만, 『호좌수영지』에는 15명으로 다소 적게 편성된 적도 있다.

포수(砲手)

포수(포군, 방포)는 직접 화약무기를 발사하는 자이다. 「이순신장계」에 보면 임진왜란 당시에는 포군을 '방포'라고 불렀다고 한다. 화포장이 기술 지원이나 지휘관 역할을 했다면 포군은 직접 화약 무기를 발사하는 임무를 맡았을 것이다. 『풍천유향』에 의하면, "대포수는 장치된 화기와 총통의 장전과 발사를 전담하며, 적선에 미칠 수 있는 장창(기다란 창)을 휴대한다." 라고 되어 있다.

화포장(火砲匠)

화포장(방포장, 화포수)은 총통에 화약을 쟁여주고 불을 붙이는 사람이다. 『수군변통절목』에 의하면 전선(판옥선)마다 10~14명의 화포장을 두었다고 한다. 또 「이순신장계」에 보면 방포장이라는 말이 나오는데 이는 화포장과 같은 직무를 담당하는 병사라 볼 수 있다. 화포장은 화약 무기를 기술적으로 다룰 수 있는 능력을 가진 병사였을 것이다.

사공(沙工)

사공은 배를 부리는 뱃사공들로 배의 항해와 직접적 관련이 있는 이들이다. 타공은 키의 조정을 전담하며, 타문 아래의 공격과 수비를 담당한다. 요수는 돛의 줄을 전담하고, 대창으로 공격하는 것을 맡았다. 정수는 닻을 들고 놓는 것을 전담하고, 뱃머리의 공격과 수비를 겸한다.

능노군(能櫓軍)

능노군은 노 젓는 사람으로 수군, 노군, 격군이라고도 한다. 『수군변통절목』의 '각군선제정액수'에 따르면, "전선(판옥선)의 경우, 노군 100명이 탑승했다"고 되어 있다. 판옥선은 좌우에 8개씩, 총16개의 노를 가졌으며 4명의 노군과 1명의 노장이 하나의 오(伍)를 구성했다. 그러므로 좌우 16개의 노에 각 5명씩 하면 총 80명이 되고, 나머지 20명은 예비군으로 보유한 것 같다.

진(鎭)

① 주진(主鎭), ② 거진(巨鎭), ③ 제진(諸鎭)으로 편제되었으며 병선 수는 대맹선(大猛船) 81척, 중맹선 195척, 소맹선 461척으로 기록되었다.

선직(船職)

선직은 '창고지기'란 의미로 사용되는 단어로, 수군에서는 '배지기'라는 의미로 사용되었다. 수군복을 입었으며, 전선이 정박하면 배를 관리하고 배와 배에 실린 물건을 훔쳐가지 못하도록 지켰다. 원래는 전선 1척에 2명씩의 선직을 두었는데 후대에는 1명을 두었다고 한다.

훈도(訓導)

훈도는 잘잘못을 가려서 일을 잘 하도록 가르치는 병사이다. 훈도관은 각 군영에 소속된 최하급 군인 내지 아전이라고 추측된다. 기패관보다 낮은 신분으로 양반은 아니며, 상민 정도의 신분이었을 것이다. 「풍천유향」에 보면 "글을 쓸 줄 알고 계산에 밝으며, 활쏘기, 봉술 등의 무예를 익힌다"라고 나와 있다. 전선(판옥선) 내에서 잡다한 행정 실무를 총괄하는 직책으로 추측되지만 전선 운행, 전투와 관련된 임무를 맡았을 수도 있다.

거북선 건조를 위한 기술군관 선발

당시 군관 나대용의 기술과 창조의 달인, 거북선을 건조하다 나대용 (羅大用)을 중심으로 개량해 온 판옥선에 철판을 붙인 뚜껑과 대포 사격이 가능한 용머리 및 돛을 달고 각종 대포들을 장착하여 중무장시킨 조선 기술과학이 맺은 결실이다. 대개 거북선을 이순신 장군이 만들었다고 알고 있는데 틀리지 않으나 군관 나대용의 착안으로 이순신 장군의 의견과 합작이라 할 것이다. 나대용 장군의 가장 큰 공훈은 새로운 병기 '거북선' 건조였다.

1556년(명종 11년) 나주시 문평면 오류리에서 태어난 그는 어려서부터 학문이 뛰어나고, 말 타기와 활쏘기를 즐겼다. 그가 거북선 제작에 뜻을 둔 것은 17~18세였다. 영산강에 출몰하는 왜구의 끊임없는 행패를 보다 못해 왜선보다 더 훌륭한 거북선을 만들어 왜구를 무찌르기로 결심했다고 한다. 28세에 무과에 급제, 훈련원 봉사로 근무하다 8년 뒤 낙향(落鄕)했다.

영웅 이순신

23전 23승의 신화 같은 이순신 장군은 정말 정치적으로도 군사적으로도 힘든 상황을 오로지 백성을 위하고 나라를 위하는 마음으로 지혜롭고 현명하게 이겨 내신 걸 보면 정말 존경하지 않을 수가 없다는 생각이 든다. 이순신 장군은 한국사에서 가장 위대한 인물의 표상이다. 그래서 그를 성웅이라고까지 칭하게 되었다.

위대한 업적을 남긴 이순신 장군에게는 언제나 천거와 파직, 압송, 고문, 백의종군, 복귀와 낙향 등의 고통이 따랐다.

전라좌수사 임명에서부터 노량해전 전사까지 그의 일대기는 말 그대로 형용 할 수 없는 고난의 시간이었을 것이다. 이 모든 것을 이겨낸 이순신 장군을 이제는 역사가 추앙하고 있다.

원균의 원병요청

임진왜란 당시
부산진과 동래성을
점령한 왜적이
계속 북상하자,
이에 당황해
남해현 앞

임진왜란 초기에
왜군의 기세에 눌려

전함을 버리고
수군 1만을 해산시킨
경상수군은
전라, 충청지방에 이르는
해로상의 요충인
옥포의 중요성을
뒤늦게 깨닫고
전라좌수사 이순신에게
구원을 요청하였다.

그에 응하여
1592년 6월 13일 새벽
이순신은 휘하의
판옥선(板屋船) 24척,
협선(狹船) 15척,
포작선(鮑作船) 46척을
이끌고
여수를 출발하여
역사적인
제1차 출전을 감행한다.

이순신 함대는
남해도 남쪽 미조항을
끼고 돌아 소비포에서
1박 한 후
다음 날 당포에 도착하여
한산도로부터
1척의 판옥선을 타고 온
원균과 합류하였다.
뒤이어
옥포 만호 이운룡 등
9명의 경상우도
수군장들이
3척의 판옥선과
2척의 협선을 타고
합세해 왔다.

경상우도 수군과 연합한
이순신 함대는 비진도와
용초도 근처를 지나
장사도, 가왕도, 병대도
근처를 경유하여
6월 15일 거제도
남단을 돌아
거제도 동쪽 해안의

송미포(松未浦)에서
하룻밤을 보냈다.

1. 첫 출전 옥포 해전(당일 합포 해전)

옥포 해전(玉浦海戰)은 1592년(선조 25년) 음력 5월 7일(양력 6월 16일) 새벽 우척후장 사도첨사 김완이 적을, 경상도 거제현 옥포 앞바다에서 이순신이 지휘한 조선 수군이 일본 수군의 도도 다카토라의 함대를 무찌른 해전이다. 이 해전은 충무공 이순신 장군이 이룬 전승신화의 첫 승전이다.

원균이 이순신에게 왜란을 알리고 지원을 요청한 것은 왜군이 침공한 지 2일(4월 15일), 그로부터 20일 뒤인 5월 4일이다. 이순신의 전라좌수군은 주전함인 판옥선(板屋船) 24척과 협선(挾船) 15척, 포작선(鮑作船) 46척을 이끌고 경상도 바다를 향해 출동했다.

1592년 5월 7일 정오, 영등포(거제장목) 앞바다 조선 수군 연합 함대 본진에서 전라좌수사 이순신은 옥포에 왜군의 기동 함대 수십 척이 정박하고 있다는 보고를 받고, 가덕도로 향하던 뱃머리를 돌려 옥포로 향하게 된다.

이틀 후인 5월 6일, 이순신의 전라좌수군은 한산도에서 경상우수군 (판옥선 4척과 협선 2척)과 합류한 뒤, 5월 7일 마침내 옥포에서 일본 수군과 최초의 해전이 벌어졌다. 이날 조선 수군은 왜선 26척을 격파한데 이어 영등포를 거쳐 합포(마산)와 적진포까지 왜 수군을 추격해 16척을 추가로 불살랐다.

옥포 해전

1592년(선조 25년) 5월에
옥포 앞바다에서
이순신이 지휘하는
조선 수군이
왜의 함대를 무찌른
해전이 옥포 해전이다.

이순신 함대는
항로를 바꾸어 옥포
포구 안으로 진입하여
왜군 선단을
공격해 들어갔다.
선봉장인
옥포 만호 이운룡이
돌격을 감행하자
전열을 갖추지 못한
왜군은

해안선을 따라
탈출을 시도하였다.

이순신 함대에
맞선 왜군 선단은
옥포만 일대에 상륙하여
주변 지역을
약탈하던 중이라
왜군은 옥포만으로
돌입하는
이순신 함대를 발견하고
급히 승선하여
선봉 6척이 먼저
응전해 왔다.
조선 수군은
이들을 포위하면서
총통과 화살을 쏘았고,
일본 수군은
조총 등으로 응사했다.

조선 수군은
퇴로를 봉쇄하고
함포사격을 퍼부으며
해안선 쪽으로

밀어붙였다.

적들은 포위망을 뚫고

외양으로 탈출을

시도했으나

포위망에 갇혀

26척이 격침되었다.

이 전투에서 조선 수군은

튼튼한 판옥선을

적선과 충돌시켜

파괴해버리는

당파전술(撞破戰術)을

사용하여

위력을 발휘했다.

이것이 임란 해전

최초의 승리를 거둔

옥포 해전이다.

옥포 해전에서 승리한

조선 수군은 거제도

북단의 영등포에서

1박 하기 위해 이동했다.

2. 합포 해전

옥포 해전에 이어 같은 날 이순신이 거느린 조선 수군이 합포(合浦)에서 왜선을 무찌른 해전이다. 옥포해전은 오전 10시경이고 합포해전은 당일 오후 5시경이라면 진해 학개라 할 수 있다. 그러나 한편 지방 학계는 진해 학개가 아니라 마산 합포라고 주장한 것이다. 이에 분개한 해전사 연구의 대가 웅천현감님이 일본이 1904년에 발간한 지도를 찾아서 격군에게 전달해 주셨다. 이 지도를 보면 합포 해전지에 '합포 말'이라고 표시되어 있다. 즉 합포의 끝머리 부분을 표기한 것이다.

웅천현감님은 일본에서 1년간 머물면서 일본 측의 이순신 또는 임진왜란 연구를 파악하신 분이라서 일본 측 자료를 많이 알고 있다. 이번에 잠자는 사자의 코털을 뽑은 격이었다. 보직 때문에 외부활동을 활발하게 안 하니까 잊고 있는 분들이 많은데 앞으로 자주 초빙하여 많은 도움을 요청하면 좋을 것 같다.

합포 해전

최초 승첩 당일 날
율포로 나오다가
정박한 왜선 발견
조선 수군 본 왜선

합포로 도망친다.

쫓아가서 난타전

두 번째 승첩해전

학개가 합포라네

합포가 여러 개라

율포에서 거리상

마산 합포 아닌 듯

난중일기 찾아 봐

웅천적시 보여서

웅천 합포 맞나 봐

진해 웅천 합포(合浦)가

가능성 높아 보여.

3. 적진포 해전

적진포(지금의 경남 통영시 광도면 안정리 춘원포) 앞바다에서 조선 수군
과 일본 수군이 벌인 해전이다. 옥포·합포에서 연이어 해전을 치른 이
순신과 원균의 연합함대는 31척의 일본 수군을 분파(分破)한 후 1592년
(선조 25년) 5월 8일 창원 남포 바다에 진을 치고 밤을 지냈다.

적진포는 지금의 고성 당동 또는 통영 안정만 춘원이다. 삼국유사에 보이는 포상팔국의 고사포(古沙浦)로 표시된 것으로 봐서 고성 당동으로 추정된다. 왜구들은 소규모 병선들이 살짝 숨어들어 정박하고 사병들을 상륙시켜 군량미 확보가 가능한 큰 들녘을 낀 농촌을 표적삼아 깊숙한 당황개와 적득개에 숨어들어 민가를 대상으로 한 노략질을 일삼았다.

적진포 해전

들녘 낀 농촌
깊숙한 남촌 연안
적덕개를 표적삼아
왜선 11척이 숨어들어
안정, 당동, 남촌
집집마다 털이하다
덫에 걸린 왜구들
안정 사람 밀고하여
조선 수군 작전 세워
이순신, 원균이

공동연합 작전 세워
춘원 남촌 구해낸 해전
그날이 바로 5월 8일

한사리 물새

멀리 떨어진 간조 때

벋난 물에 뭍에 걸려

왜놈 배 뜨지 못해

대항 한 번 못한 왜구

도망치다가 붙잡혀

참살당한 왜구 신세

가여워라 왜놈들.

춘원 남촌 민초들

얼굴에 웃음꽃 피네.

4. 사천 해전

1592년 음력 5월 29일(양력 7월 8일)에 이순신 등의 조선 수군이 사천 앞바다에서 왜군과 벌인 전투이다. 이 해전에서 이순신이 지휘한 수군이 왜선을 크게 무찔렀다. 전라좌수사(全羅左水使) 이순신은 거북선을 포함한 전선 23척을 이끌고 남해 노량으로 향하던 중 하동선창에서 원균이 이끌고 온 전력과 전라좌수영에서 만나 남해 노량을 거쳐 사천에 주둔한 구루지마(久留島)의 함대와 일전을 벌였다.

거북선은 둥근 덮개형 갑판 위를 탄환들이 미끄러지게끔 비늘 모양의 철판으로 덮고, 왜적이 발을 붙이지 못하도록 사방에 빽빽하게 칼송곳을 꽂은 길이 27m, 넓이 10m, 폭 6m 크기의 목선이다. 장군봉에 서면 그날 거북선이 맹렬히 돌격하면서 뱃머리에 설치한 용의 아가리를 통하여 대완구(대포)가 나가고, 좌우 각 현(舷)과 선미(船尾)에서 천자포, 지자포, 현자포, 황자포가 일제히 불을 뿜는 광경이 눈에 선하다. 그때 동원된 거북선 수는 3척이었다.

조선 수군은 진을 펼친 뒤 그대로 가만히 서 있었다. 이때 안개 속을 뚫고 전함이 일본군의 함선을 향해 들어갔다. 안개 속에서 서서히 왜군이 다가오는 그림자를 보고 생전 처음 보는 조선 최고의 돌격선 거북선에서 바로 함포사격을 시작했고 일본 수군의 함선은 영문도 모른 채 꼼짝없이 꼼짝없이 당하여 격침되어 몰살하고 패전했다.

거북선 출현

이순신이 이끌던
조선 수군 주력함 거북선.
세상에 처음 보는
귀신선, 나타난 괴물선
표적 없는 사격전
왜놈 소총은 어림없더라.

귀신선 용머리가
내뿜는 불덩어리 겁나네.

일본 화포를 쏘아도

귀선 뱃등에 굴러떨어져.

귀신선이 돌격하여

구루지마 함대를 들이박네.

적장 구루지마 형

미치유키가 전사한 해전이다.

거북선이 첫 출전한 사천해전

세상에 처음 보는 귀신선은

거북이 닮아서 거북선이라 하고

그 설계자는 이순신,

그 괴물 만든 사람은 나태용이라네.

5. 제1차 당포 해전(唐浦海戰)

6월 2일 오전 8시 척후선으로부터 당포 선창에 왜선이 정박해 있다는 정보를 입수한 이순신 함대는 곧 당포(지금의 통영시 산양읍 삼덕리) 앞바다로 나아갔다. 당포 선창에는 왜군 대선 9척, 중선·소선 12척이 매여 있었다. 그 가운데 가장 큰 배에는 붉은 일산이 세워져 있고, 장막 안에는 왜장 카메이 코레노리(龜井玆矩)가 앉아 있었다.

아군 함대가 접근하자 왜군은 조총을 쏘며 맞섰다. 아군은 개의치 않고 거북선을 앞세워 현자총통을 비롯한 천자·지자총통을 쏘아 대는 한편, 뱃머리로는 왜장선을 들이받으며 격파하였다. 이어 화포와 화살을 왜장선에 집중적으로 발사하였다. 이 와중에 왜장은 중위장 권준(權俊)이 쏜 화살에 맞아 쓰러졌고, 첨사(僉使) 김완(金完)과 군관 진무성(陳武晟)이 적선에 올라 적장의 목을 베었다. 왜장 카메이 코레노리가 죽자, 왜군은 전의를 상실하고 육지로 도망치기 시작했다. 조선 수군은 모두 21척의 왜선을 불태우고 약 3,000명의 왜군을 사살하였다. 그때 척후선이 달려와서 이곳 당포를 향해 왜선 20여 척이 접근하고 있다는 보고를 받았다. 이순신은 이를 추격했으나 날이 어두워져 단념했다.

이순신 함대가 사천포 해전에 이어 치른 두 번째 해전이다. 거북선을 앞세워 적의 대장선에 화력을 집중하는 이순신의 치밀한 전략이 돋보인 해전이다.

당포 해전

사천 해전 치른 함대
사량도서 밤을 새우고
척후선 띄워 조사 중
당포선창에 왜선정박
보고받은 연합함대
즉각 전투개시 명 내려
왜선 21척 격침하고

왜놈 300여 명 수장시켜

왜 수군 みちゆき(道行)

구르지마(久留島道行)가

이끌던 함대를 무찌른

당포 해전의 현장이란다.

6. 제1차 당항포(唐項浦) 해전

1592년 음력 6월 5일(양력 7월 13일) 당항포 해전은 1차와 2차가 있는데 1차는 6월 5일부터 6일, 2차는 임진왜란이 터진 지 2년 뒤인 1594년 3월 4일이다.

첫 번째 당항포 해전은 이순신 함대를 주축으로 한 조선 수군의 연합함대 51척이 참가하였다. 총 지휘는 이순신 장군이다. 연합함대는 당포 앞바다에 일본 함대가 정박해 전략회의를 계속하면서 나흘을 머물고 있다는 전갈(傳喝)을, 거제도사는 주민들로부터 왜선이 당항포에 정박해 있다는 첩보를 입수하였다.

연합함대는 6월 5일 아침 안개가 걷히자 당항포로 진격하였고 포구에는 13척의 왜군 배가 모여 있었다. 연합함대는 당항만 어귀에서 배 4척을 숨겨두고 거북선을 앞세워 일제히 공격을 가하였다. 조선 수군의 갑작스런 공격을 받은 일본 수군은 조총을 쏘아대며 대응태세를 취

했지만 이에 조선군은 왜군의 육지탈출 봉쇄와 주민보호를 위해 왜군을 바다 한가운데로 유인한 뒤 왜선을 포위하고 맹공을 가하였다. 이 전투에서 왜선 대부분이 파괴되었고 일부는 도주하는 나머지 왜선들도 모두 추적해 불태워버렸다.

잘못된 지도에 퇴로(退路)길 막힌 왜적들
기생 월이(月伊)의 진실(眞實)

기생 월이(月伊)는 일본 밀정 첩자의 지도를 몰래 변조하여 이순신 장군으로 하여금 당항포 해전에서 대승을 이끌게 한 장본인이다. 일본은 임진왜란을 일으켜 조선을 침략할 뜻을 품고 사전에 밀사(密使)를 보냈다. 그 밀사는 조선의 해변 지도를 작성하고, 육로로 침략할 수 있는 전략을 짜며, 정사와 민심을 탐지하라는 임무를 띠었다.

밀사는 당항포의 해변으로 당동 통영만을 둘러 고성읍 수남리 해변을 따라 삼천포로 가려 하니 일모도원(日暮途遠)이라 땅거미가 내리자 잠자리를 찾아 주막집이 많은 무학동 무기정 꼽추집에서 하룻밤을 투숙하게 되었다.

꼽추집에는 사교성이 능하고 재치 있고 용모가 반듯한 기녀 몇몇이 있었다. 밀사는 몇 달간 홀몸으로 임무수행에만 골몰하던 나머지 조선의 미녀들에게 그만 반하고 말았다. 며칠을 묵은 밀사는 얼마쯤 취했을까? 시간이 흘러 사경이 될 무렵 밀사는 술에 취하여 한기생의 품에 녹아 떨어졌다.

기생이 보니 밀사의 품속에 보퉁이 하나가 불거져 나와 있었다. 기생은 완전히 잠든 밀사의 가슴을 뒤져 무명 비단보를 열어보았다. 보자기 속에는 해로의 공격요지며, 육로로 도망할 수 있는 지도가 상세히 그려져 있었다. 기생은 밀사가 그림 그리던 붓을 찾아 조심스럽게 수남동과 마암면 소소강을 연결하여 통영군과 동해면 거류면을 섬으로 만들어 놓았다.

2년 후 왜선은 당항포(唐項浦) 앞바다에서 진을 치고 북과 징을 쳐 기세를 올리는데 아군 범선이 돌아간 아자음포(고성 동해면) 쪽에서 거북선을 앞세운 범선 15~16척이 왜군의 진영을 향하여 비호같이 들어가 순식간에 당항포(唐項浦) 해전이 벌어졌다.

왜적이 일본 밀사가 그린 지도에만 의존하여 우리 고장을 침범하려고 좁은 해로를 따라 소소포에 이르렀으나 해로가 막혔으므로 소소포 앞에서 원을 그리며 북과 징을 울리다 적의 동정을 살피는 아군의 범선을 발견하고 소소포보다 넓은 당황포(황당했다는 뜻)로 내려와 진을 치고 기세를 울리다 바다의 명장 이순신 장군에 의해 일망타진(一網打盡)되고 말았던 것이다.

【시문 81수】 월이의 충절

무기정 술집에
소설 같은
기생 월이가
있었다.

소첩
비록 기생에

불과하오나,
인연에 그런 것이
무슨 소용
있겠습니까?
부디 제 마음을
받아주세요

난
그럴 순 없소
그러자 그 기생
하룻밤만이라도
괜찮아요…
제발…

그러자 그 남자
보시다시피 난
승려이고,
조선 사람도 아니오
정녕 그래도
괜찮다는 말이오?

임의 마음만
얻을 수 있다면
그 무엇이든…

조선의 기생과
일본의 승려는
하룻밤의
인연을 만들고
하룻밤 만에
끝난 인연이 되었다.

그렇게
시간이 흘러
1592년
임진왜란이
발발했다

예상을
하지 못했던
일본의 급습
조선은 당황했고
하지만 그곳에는
이순신 장군이 있었다.

그렇게
임진왜란이
발발하자마자
처음으로 치렀던

해전에서

수십 척의 왜선과

수백 명의 일본 놈들.

섬멸된 곳이.

바로 당항포 해전이다.

【시문 82수】 월이의 주검

당항포 해전이

끝나고

얼마 지나

싸늘한

주검으로 발견된

기생 월이.

그 범인은

기생의 情人

하룻밤 만리장성

어디 가고

일본놈 승려

왜승(倭僧)은

당항포 패전 보복

애인 월이를

죽여야 했나.

그 이유는…

일본식

사무라이(さむらい)

막장드라마(こじつけドラマ)

사요나라(さようなら) 안녕히

일본놈 승려

일본은 조선을

침입하기에 앞서

조선의 지형을

조사하려고

많은 첩보원이

침투하게

된 것이다.

　혹시 모를 의심을 피하려고 승려(僧侶)로 위장한 일본인 첩보원이다.
조선의 지형을 파악하기 위한 지도를 임무대로 완성하고 고국으로 돌
아가기 전, 허기를 채우기 위해 작은 주막을 들게 되는데 이 첩보원의
실수로 주막에 자신이 만든 지도를 땅에 떨어뜨렸다가 허겁지겁 줍는
행동을 보인 것이다.

그리고 이러한 모습을 눈여겨보았던 한 여인이 있었는데 그 여인이 바로 기생 월이였다. 평소 왜구의 약탈이 잦았던 지역이라 그 지도가 수상한 것을 알아차린 월이는 의도적으로 첩보원에게 접근하여 애절한 구애 끝에 그를 붙잡아 두는 데 성공한다.

그리고 그가 잠이 든 사이 그의 품에서 몰래 지도를 꺼내서 지도에는 육지로 표시되어 있던 곳에 한 줄기 바닷길을 조작해 그려 넣었는데 그 사실을 눈치 채지 못한 첩보원은 그대로 일본으로 귀국했다.

일본은 그 지도에 그려진 바닷길을 혹시 모를 상황에 대비할 퇴로로 생각하고 근처 당항포에 배를 정박한 것이다. 이순신과의 전투 중 지도에 그려진 퇴로로 퇴각하려 했으나 길이 막혀 괴멸되고 말았다.

월이가 그려놓았던 지도 덕분에 당항포 해전의 완승으로 이어진 것이다. 이 일로 왜승이 자신을 속인 월이를 죽인 것인데, 이런 월이의 희생이 만들어낸 조작된 해상 지도와 이순신 장군의 전략이 만나 이뤄진 전투가 바로 당항포 해전이다.

【시문 83수】 속시개

산도 들도 바다도
옛 모습 그대론데
의녀(義女) 월이의
흔적은 보이지 않네

기생 월이 충정이

핏빛으로 물들어
월이의 절규가
술렁이고 수면 위로

월이의 애국심
행동으로 하는 애국
임진왜란 발발 전
충정어린 월이.

이름 없이 묻힌 월이
목숨 건 애국심이
일제첩자 밀지 뒤져

가짜 뱃길 그려 넣어
당항포 해전
승리의 단초를
제공한 숨은 공신,
진실은 일망타진

전설같이 전해왔던
그대 충정 일등공신
지금부터 세속에
재조명돼 밝혀져

무기정 기생 월이

영원히 지지 않는

찬란한 충절심

생명의 꽃이 돼 주이소.

7. 율포 해전

　1592년(선조 25년) 6월 이순신(李舜臣)이 거느린 수군이 율포에서 왜선을 무찌른 해전이다. 1592년 5월 29일 겨우 23척으로 제2차 출전을 단행한 이순신은 중도에서 경상우수사 원균의 3척과 합세해 사천·당포(唐浦)에서 왜선을 무찔렀다. 이어 뒤따라 온 전라우수사 이억기(李億祺)의 25척과 합세해 당항포(唐項浦)에 침범한 왜선을 크게 무찔렀다. 6월 7일 영등포 앞바다에 이르러 왜선을 경계하던 중 왜의 큰 배 5척과 중간배 2척이 율포에서 나와 부산 쪽으로 도망가는 것을 발견하고, 이순신이 즉시 추격을 명하여 율포해전이 벌어졌다. 이때 여러 전선이 역풍에 노를 재촉하여 율포 근해까지 추격하자 다급해진 왜선들은 배안의 짐짝을 버리면서 뭍으로 도망치려 하였다. 이 싸움에서 우후(虞侯) 이몽구(李夢龜)가 큰 배 1척을 나포하고 1척을 불태운 것을 비롯해 우척후장 김완(金浣), 좌척후장 정운(鄭運), 중위장 어영담(魚泳潭), 가리포첨사 구사직(具思稷) 등이 힘을 합해 왜선 5척을 나포 또는 격파하고 수많은 왜병의 목을 베었다. 육지로 도망친 적장 구루시마 미치유키(久留島道行)는 자결하였다.

율포 해전

옛부터 큰개(大浦)가 많아
고다대포(古多大浦)라 하였다
저구(雎鳩)의 수리 비둘기가
꼬쟁이(串) 밤개(栗浦) 찾아
시경(詩經)의 저구(雎鳩)는
가배량(加背梁)에 그물(網捕)쳤네.

그물에 걸려든 큰 왜선 2척,
중선 1척을 격파하고
왜놈들은 모두 사로잡았지.
구사일생(九死一生)
육지로 도망친
적장(敵將) 구루시마 미치유키(久留島道行)가
자결(自決)한 것은
사무라(武士儸) 무사의 정신(精神)이라.

가배량(加背梁), 저구(網捕), 망포(網捕)는 가배량에 그물망에 걸린 물
수리 같아.

(거제세 동부면 가배량 저구 망포=밤개 마을 이름)

8. 견내량 해전(한산대첩)

한산 해전 하루 전날 1592년 7월 7일 이순신 함대는 당포(지금의 통영시 산양읍 삼덕리)에서 식료품, 땔나무, 물 등 병참물자를 보급 받고 전열을 정비하고 있었다. 그때 목동 김천손(金千孫)이 조선 수군이 있는 곳으로 급히 달려와서 왜선 70여 척이 견내량에 정박하고 있다고 정보를 제공했다.

한산대첩은 임진왜란의 3대 대첩 중 하나로, 1592년(선조 25년) 8월 14일(음력 7월 8일) 한산도 앞바다에서 이순신 휘하의 조선 수군이 왜국의 수군을 크게 무찌른 해전이다. 이 전투에서 육전에서 사용되던 포위 섬멸 전술 형태인 학익진을 처음으로 펼쳤다.

한산해전은 8월 10일(음력 7월 4일)에 출발하여 12일(음력 7월 6일)에 기다리던 경상우수사 원균과 합류하였다. 이때 견내량 북단에 왜구가 정박하고 있다는 첩보를 받은 바 14일(음력 7월 8일) 큰배 36척, 중간배 24척, 작은배 13척을 만나 전투가 벌어진 것이다.

영등포진 조선군의 연합함대 소수가 거짓으로 왜구 병선 옆으로 지나가는데 왜군이 먼저 공격하여 격전 하면서 후퇴하는 척하며 적들을 두룡포까지 유인하여 넓은 바다로 끌어 낸 다음, 숨어있던 우리 군선이 일제히 학익진 진형을 갖춰 지자총통, 현자총통, 승자총통을 발포하여 적 함선을 궤멸시키는 데 성공하였다. 포격으로 적함을 깨뜨린 뒤 적함의 갑판에서 백병전을 벌여서 일본군을 괴멸시키고 이날 일본 수군은 한산도로 상륙하다가 조선육군과 격전하다가 모두 전멸되었다.

임진왜란에 참전한 장수들은 히데요시(豊臣秀吉)가 전국통일 할 때까지 항복하지 않았던 모리가와 시마즈가 출신들이 많았고, 히데요시가 받은 영지인 오우미(おおうみ)에서 등용한 사람들과 히데요시의 시동들(시즈카타게[静賀たげの]의 칠본창이라고 하는 사람들)도 있었다. 그러니까 전국시대 끝날 때쯤에나 등용된 어린애들이거나 전국시대 끝날 때까지 변방인 규슈나 츄고쿠(おおうみ, 大海)에 박혀 있었던 이들이다.

코바야카와 타카카게(こばやかわたかかげ, 小早川隆景)는 모리가 출신이라 제법 이름을 날리기도 했다.

와키자카 야스하루(脇坂康晴)는 전국시대에는 아예 활약이 없고, 도도 다카도라(百々高虎)는 줄타기의 아이콘으로 어느 정도 이름이 있긴 하지만, 전국시대 유명 무장은 절대 아니다. 유키나가(小西行長)가 섭정하는 히고는 30만 석을 얻을 수 있는 영지(領地)였지만, 와키자카 야스하루는 오다 노부나가의 부관이었고, 당시로서는 출신성분이 아주 낮은 '원숭이'란 별명을 가진 사람이었던 히데요시는 아시가루(足輕)에서 노부나가의 가장 큰 총애를 받는 장군 자리에까지 오른 사람이다

구키는 오다 노부나가 시절부터 히데요시와 인연이 있던 사이라 임진왜란 때는 수군 총지휘관으로 왔다가 이순신에게 밟히고 정유재란 때는 수군 총지휘관 자리를 도도 다카도라에게 넘기고 뒤로 물러나 있었다. 그리고 전후에 세키가하라(せきがはら)에서 서군으로 참전했다가 전투가 끝나고 자살했다.

구루시마는 원래 모리(謀利) 쪽이었다가 주가가 항복하면서 같이 히데요시 밑으로 들어갔는데 명량해전에서 이순신에게 죽임을 당했다.

와키자카(脇坂)는 위에 언급된 대로 시즈카타게 칠본창으로 등장한 신인이고 전후에는 세키가하라 전투 때 동군으로 참전해서 적당히 공

을 세우고 잘 먹고 잘 살다가 죽었다.

시기적으로는 1598년 도요토미 히데요시의 병사(病死)로 인해 임진왜란(정유재란)이 종전한 지 2년 만에 일어난 일이라 임진왜란 때 조선을 공격했던 가토 기요마사, 와키자카 야스하루, 구로다 나가마사, 후쿠시마 마사노리, 도도 다카토라, 타치바나 무네시게, 우키타 히데이에, 모리 테루모토, 고니시 유키나가, 가토 요시아키, 호소카와 타다오키 등 왜군 장수들이 다수 참전했다. 고니시(小西)와 가토(加藤)처럼 임진왜란 때도 서로 반목하고 경쟁하곤 했지만 이제는 진짜 적이 된 것이다.

【84수】 漢詩 22 견내량 유인작전

巨濟統營之間狹
거 제 통 영 지 간 협
거제 통영 사이 좁은 해협

長長灣曲曲急流
장 장 만 곡 곡 급 류
긴 거리 구불구불 급 물길.

因爲有很多暗礁
인 위 유 흔 다 암 초
숨은 암초(暗礁)들이 많아서

知道也航海不安
지 도 야 항 해 불 안
알고도 까다로운 항해 예사롭지 않아

金千孫急來提報
김 천 손 급 래 제 보
金千孫이가 급히 와서 제보 받아

見乃梁倭船碇泊
견 내 량 왜 선 정 박
견내량 왜선들이 정박(碇泊)하고 있다고

李舜臣作戰態勢
이 순 신 작 전 태 세
이순신이 작전 세워

開戰頭龍浦後退
개 전 두 룡 포 후 퇴
싸우다가 두룡포로 후퇴하고

| 閑山艦隊鶴翼陣 | 한산함대가 보쌈작전 학익진법 이용하여 |
| 見乃頭閑山大捷 | 견내량 해전이 두룡포에서 한산대첩이라오. |

【시문 85수】 보쌈작전(학익진법)

이순신이 보았던
흑기러기 떼 날아
남해(南海) 일대
날아와 월동(越冬)하다가

봄이 오면
북으로 날아가니
계절이 바뀌어서
격지지감(隔地知鑑)이라.

추천의 한산 만양(晚陽)
수루(戌樓)에 올라서라
기러기 떼 왼쪽
끝자락은 좌수영 위로.

오늘 낮 왜적들을
보쌈 속에 몰아넣어
일망타진(一網打盡)

학익진(鶴翼陣)대첩(大捷)이라!

【시문 86수】 와이자카 신사

와키자카(脇坂)

일본 장수

한산도 해전에서

함대와 군사

모두 잃고

구사일생(九死一生) 탈출하여

가까스로

무인도 건너가

파래 해초

뜯어먹고 살아난

와키자카(脇坂)

정유재란

명량해전

또다시 출정하여

싸우다가

이순신과 겨루다가

목 날아가

전사한 공로

인정받아
와카자키가문
사찰에 배향(配享)하고
그의 후손들
매년 추모한다네.

해적 출신
집안에 태어나
일본 수군
장수되어
그의 후손들
모여서
잊지 않고
매년 이날엔
굶고 연명했던
그날이면
어김없이
매년 추모한다오.

【시문 87수】 견내량 한산대첩

견내량(見乃梁)은
섬과 뭍을 잇는 협해

조류가

급한지라

한사리 땐

노 젓다가 떠밀려

갈 곳을 못 가는

협해라오.

왜구 함선

五梁갯가 碇泊하고

있다가

我軍船이 건드려

유인하여

頭龍浦로 後退하여

보쌈 속에

끌어넣어

송두리째 일망타진

세계적

해전사상

閑山大捷 큰 戰果

유명세 붙어서라.

세계 4대 해전

명량대첩은 울돌목이란 좁은 해협을 이용하여 대승을 거둔 반면, 한산대첩은 적은 병력으로 대병력을 넓은 곳으로 유인하여 매복한 후 섬멸하여 병법을 예술로 승화시킨 대첩으로 특히 그때까지의 전 세계 해전 역사상 육전에서 사용하는 방법을 처음으로 바다에서 사용하여 대승을 거둔 것으로 의미가 깊다고 하겠다.

세계 4대 해전이란 테미스토클레스 제독의 살라미스 해전, 하워스 제독의 칼레 해전, 넬슨 제독의 트라팔가 해전과 조선의 이순신 장군의 한산대첩(한산 해전)을 말한다.

세계 대해전의 상황은 다음과 같다.

1. 살라미스 해전(기원전 480년)

그리스 연합함대가 살라미스 해협에서 페르시아 해군을 격파

2. 칼레 해전(1558년)

펠리페 2세의 스페인 함대와 엘리자베스 여왕의 영국 사략함대 격돌. 영국 승리

3. 한산도 대첩(1592년)

임진왜란을 일으켜 조선을 침공한 일본 해군과 조선 해군의 격돌. 조선 승리

4. 트라팔가 해전(1805년)

넬슨 제독의 영국 함대와 나폴레옹의 프랑스·스페인 연합함대의 격돌. 영국 승리

9. 제2차 당포해전

조선 함대는 1592년 6월 3일 새벽부터 일본군선을 찾기 위해 추도(楸島) 근처의 섬들을 수색하였지만 발견하지 못하고 날이 저물어 그대로 고성 땅 고둔포에 정박하여 밤을 보냈다.

이튿날인 6월 4일이 되자 조선 함대의 사기를 북돋울 좋은 소식이 전해졌다.

이억기 함대의 전선 25척이 추가되어 전체 전선이 51척으로 배가되자 그동안 해전에서 지쳤던 병사들의 사기가 충천해진 것은 물론, 다음 전투에도 자신감을 갖게 된 것이다. 이날 통합함대는 함께 일본 수군을 공격할 방책을 토의하고, 함대를 좁은 돌다리가 있는 착량(窄梁)으로 이동하였다.

제2차 출전(1592년 5월 29일~6월 10일) 조선 수군의 삼도통합함대는 제2차 출전(당포해전)의 11일 동안 네 차례 해전에서 일본 군선 72척을 격침시키고, 적의 수급 수백 급을 베는 전과를 거두었다. 이 전과를 행재소에 보고하자, 조정에서는 충무공을 자헌대부(資憲大夫: 정2품 하계)

로, 이억기와 원균을 가선대부(嘉善大夫: 종2품)로 각각 가자(加資)하였
다. 그런데 조선 함대는 장기간의 출전으로 인해 군량이 떨어지고 다
수의 사상자가 발생하는 등 재정비가 필요한 상황이 되었기 때문에 작
전을 종료했다.

【시문 88수】 제2차 당포 해전

날이 저물자
사량동강 정박하고
수색선 띄워
당포정박 왜선 발견
이순신 지휘로
전략규합 전통소집
작전명령 내려
일거일동 전술대로
필승다짐 규합
제일먼저 거북선을
투입 돌격, 일거에
집중 공격 명령대로
적의 대장선을
집중적 화포로 공격
먼저 기선 잡아
순간적 돌격 격파시켜

승기는 우리에게

사필귀정 압승이라

10. 진해 안골포 해전

1592년 4월 일본군 선봉대가 부산포로 쳐들어와 서울을 향한 북진을 계속해 2개월도 채 못 되어 전 국토가 유린되고 선조와 세자는 평양으로 피난하였다. 하지만 한산대첩 등 해전의 승리로 일본의 해상작전이 좌절되고 전라도 곡창지대를 지킬 수 있었다.

왜란이 발발한 그 해 7월 8일 이순신 장군과 원균, 이억기 등과 합세해 한산섬 앞바다에서 왜 수군을 격멸한 뒤에 가덕으로 향하던 중 안골포에 왜선이 머무르고 있다는 첩보를 접수하였다. 이에 이순신 장군은 10일 새벽, 전라우수사 이억기로 하여금 포구 바깥에 진치고 있다가 전투가 시작되면 복병을 배치한 뒤에 전투에 참가하도록 하는 한편, 자신의 함대는 학익진을 펼쳐 선봉에 서고, 경상 우수사 원균의 함대는 그 뒤를 따르게 하면서 안골포에 진격해 들어갔다. 이때 왜선들은 모두 42척으로 그중 각각 3층과 2층으로 된 큰 배 2척은 포구에서 밖을 향해 떠 있었는데 이는 수군장 구티와 가토 등이 이끄는 제2의 수군 주력대였다.

8월 15일(음력 7월 9일) 안골포(安骨浦)에 적선 40여 척이 정박해 있다는 보고를 받아 16일(음력 7월 10일) 학익진(鶴翼陣)을 펼친 채 진격하여 왜선 59척을 침몰시켰다. 한편, 음력 7월 말에 이르러서야 육전에서도 홍의장군(紅衣將軍) 곽재우(郭再祐)가 승리하였으며, 홍계남(洪季男)이 안성에서 승리하였다.

11. 부산포 해전

1592년 9월 1일 치러진 부산포 해전은 예상치 못한 해풍으로 인한 함대의 항진 때문이었다. 전쟁 1차 년도에 치른 4번의 해전에 참가한 이순신, 이억기 그리고 원균 함대의 규모는 판옥선 74척과 협선 92척 그리고 경상우수사인 원균이 거느린 몇 척의 군선으로 이순신은 부산 부근의 서평포(西平浦)·다대포(多大浦)·절영도(絶影島) 등에서 왜군 전선 24척을 격파한 뒤, 왜군의 근거지인 부산과 일본 본국과의 연락을 차단할 계획을 세웠다. 이순신은 먼저 부산포 내의 왜군의 상황을 정찰하였고, 왜군 전선 470여 척이 숨어 있는 것을 알게 되었다. 이순신은 거북선을 선두로 하고 전 함대를 동원하여 왜군을 쳤으며, 그들은 배를 버리고 육지에 상륙하여 대항하였다.

이에 이순신은 전선 100여 척을 격파한 뒤, 왜군과의 전투를 중지하고 여수(麗水)로 돌아갔다. 조선군이 육지에 올라간 왜군을 추격하지 않은 것은 육전이 해전에 비해 불리하였기 때문이었다. 이 전투에서 이순신이 아끼던 녹도만호(鹿島萬戶) 정운(鄭運) 등 전사자 6명과 부상자 25명을 냈다.

왜구 부산포 해전 퇴각

남해안 제해권을
상실한 일본군은
군수보급 수송에 차질이
생길 수밖에 없어라.

왜구의 잔류군은
어쩔 수 없이
퇴각을 할 수밖에
없는 상황
고니시 유키나가는
이를 한번 이용하기에
이른다.

이 소식을
접하게 된 명(明)군
부총병 조승훈은
자신의 모든 병력
총동원하여

이때가 기회라며
평양성을 총공격하려
하였다.
유성룡이
그를 만류하였지만,
그에게는
조선 조정인들 말이
마이동풍(馬耳東風)에 지나지
않았다.

적의 퇴각에 말려들면 안 돼

국왕 선조는
남쪽 바다의
이순신으로 하여금
왜군의 본진
부산포를
공격하라고 명한다.

이기는 싸움만
진행하는 이순신이
현재의 실정을 보아
선조의 명령이

가당치 않음을
이미 알고 있었기
때문에 출전하지 않았다.

국왕 선조는
이순신이 자신의
명을 거역했다하여
선전관 겸직한
좌의정 윤두수를
파견하여
이순신을 잡아들이라
명한다.

하지만 선전관
윤두수 또한
이순신의 생각이
옳다는 것을 알게 되어
조정에 장계를 올려
이순신에게 기회를
주어 지금 당장
치지 않아도
좋으니 시일을
조금 주게끔 하였다.

좌의정 윤두수는
당시 동인 서인으로
나누어진 조정의
붕당정치에서
서인의 수장으로써

동인의 사람이었던
이순신을 무척이나
싫어했음에도 불구하고
이순신의 편에 서게
된 것을 보면
이순신이 얼마나
확실했는지 보여주는
부분이다.

신무기 개발

이순신은
최신식 무기를
왜군의 예상 루트에
직접 설치해놓는 등
만반의 준비를 하고 있었다

당시 사용했던

최신식 무기는

질려라고

불리는 무기이다.

바닥에 심어두는

무기로서

오늘날의 지뢰와 같은

역할을 했다고 보면 된다.

훗날 질려포통이라는

투척식 화학무기로 개선되어

오늘날의 수류탄과

같은 역할을 하게 된다.

조란환이라고

불리는 무기이다.

아주 작은 철환으로써

총통에 200~300개씩 넣고

발사하여 적을

사살하는 탄환으로써

오늘날의

크레모아와 같은

역할을 했다고 보면 된다.

마침내 이순신은

왜군에게 선전포고를
하게 된다.

신무기 개발, 정철총통

이순신의 지휘 아래 군관 정사준이 일본 조총과 조선 승자총을 절충하여 정철(正鐵)로 만든 조총이다. 한 번에 실탄 30+30+30=90발을 발사할 수 있고, 최대 사거리는 600보(100~300m)에 이른다.

일본군의 작전은 바다에서 싸우면 백전백패(百戰百敗)라 조선 수군을 안개가 낀 긴 협해로 유인하고 군데군데 육군을 매복시켜 배는 버리고 조선 수군을 몰살시킨다는 계획이었다. 이를 알아차린 이순신은 퇴각하고 매복한 왜적의 딱총보다 사거리가 곱절 가는 현자총통을 개발과 왜선 간통시키는 현자총통 실탄을 개발했다.

오늘날의 로켓포에 해당하는 무기로 승자총통, 지자총통 또는 현자총통에 끼워서 발사하였는데 이순신은 해전에서 적함에 구멍을 내어 침몰시킬 때 사용하였다. 현자총통은 불씨를 손으로 점화 발사하는 유통식으로 천, 지, 현, 황(天, 地, 玄, 黃) 중 그 크기가 세 번째에 해당하는 중화기에 속한다. 발사물로는 차대전을 사용하는데 차대전을 넣고 쏘면 사정거리는 300m 이내에 이르고 그 발사과정은 천자총통과 같다. 이 총통의 재원은 총 길이 95㎝, 통장 60㎝, 구경 7.5㎝, 외경 16㎝로써 주철제이다.

이순신의 선전포고

"우리 조선 수군은
모든 왜군에게
죽음을 안겨 주겠노라!"
라는 메시지가 담긴
선전포고였다.

선전포고를 받은 왜군
또한 많은 준비를 하게 되고
지난번의 여러 차례
패전으로 인해
최대한 바다에서
싸우지 않으려고 했다.

전라좌수사 이순신과
전라우수사 이억기가
이끄는 전라좌우도 연합함대는
총 판옥선 71척,
거북선 6척으로
총 77척이 증강된
함대였다.

전라좌우도 연합함대가

전라좌수영을 출발하여
경상우수군 함대 7척과
합류하였다.

이미 왜군은
선전포고를 받은
상태이기 때문에
많은 준비를 해두었는데
먼저 조선 수군 함대가
지나갈 수밖에 없었던
안골포(현재 진해)의
높은 고지에 화포부대를
미리 배치해두었다.

곡사화기는
고지가 높을수록
사거리가 길다는
성질을 이용한
전략이었다.

1592년 음력 8월 28일,
조선 수군함대는
좁은 수로를 많은
함대가 통과하기에

용이한 장사진을 펼쳐
안골포 해안을 통과하고 있었다.

그때, 안골포
육지에 대기하고 있던
일본군이 화포공격을
하려고 하자,
소비포 권관 이영남은
그의 부하들이
화살을 쏘며
적의 화포진지를
무력화시키고
동시에 백병전을 치러
적의 화포공격을 차단했다.

조선 수군의 함대는
비교적 순탄하게
부산포로 향하고 있었다.
그러나
여기서 준비를 끝냈을
왜군이 아니었다.

왜군은 부산포에
도달하기 전

조선 수군 함대가

지나갈 수밖에 없는 포구

곳곳에 전초 병력들을

배치해두었다.

【89수】 漢詩 23 제2차 부산포 해전

進攻釜山浦的朝鮮水軍 부산포를 진격하는 조선 수군이
진 공 부 산 포 적 조 선 수 군

最先等艦待的日本水軍 가장 먼저 기다리고 있던 일본 수군함대
최 선 등 함 대 적 일 본 수 군

在長林浦日軍艦共有六 장림 포에 일본군 함대는 총 6척,
재 장 림 포 일 군 함 공 유 육

朝鮮水軍經了六艘倭船 조선 수군은 왜선 6척을 가볍게 제압하고
조 선 수 군 경 료 육 소 왜 선

朝鮮水軍繼續倭軍進攻 조선 수군은 계속해서 왜군을 진격하니
조 선 수 군 계 속 왜 군 진 공

倭軍三十名兵力逃走了 왜군 병력 30명은 도주하여 완료하였다.
왜 군 삼 십 명 병 력 도 주 료

화준구미 해전

1592년 음력 9월 1일,

이순신이

부산 앞바다에서

왜선을 격파한

소규모 해전.

이순신은

왜군을 공격하여
왜선 5척을 모두 격침하였다

11-1. 다대포 해전

같은 날, 다대포에
배치된 적선 8척을
격파하였다.

11-2. 서평포(장림포) 해전

같은 날, 서평포에
배치된 적선 9척을
격파하였다.

11-3. 절영도(영도) 해전

같은 날, 절영도에
배치된 적선 2척을
송도 앞바다에서
격파하였다.

11-4. 초량목 해전

같은 날,
초량목에 배치된
적선 4척을 격파하였다.
이렇게 부산포로

진격하는 동안
격파된 적의
전초함대만 해도
총 34척에 이르니
이것으로도 크나큰
성과가 아닐 수 없었다.

이 소식을 듣게 된
왜군 장수들은
크게 놀라게 되고
조선 수군이
부산포로 들어오면
박살내 주겠다고
다짐한다.

부산포에 주둔하고
있던 왜장은
와키자카 야스하루,
구키 요시타카,
도도 다카도라,
가토 요시야키로
수군 명장들이
집합해 있었다.

부산포(부전진) 전략

1592년 음력 9월 1일,
부산포에
정박한 왜군 함대를
기습하여
대파한 전투였다.
녹도만호
정운이 전사하고,
왜 함선 100여 척을
격침시킨 해전이다.

조선 수군은
4차에 걸쳐 출정한
이순신은
남해 제해권을 완전 장악하니
이 전투 후
일본군은 더 이상
적극적인
해상작전을 꺼리고

조선 수군을
이길 수 없다는 것을 알고
일본 수군은

포구에 함선만 띄워 놓은 채
병력을 육지의
높은 고지에 배치하고
포격으로
조선 함대를 공격한다.

포격을 받기 시작한
조선 수군연합 함대는 전략을 바꾸어
화포 공격에도
일본 帆船はんせん 굴복하지 않자
끝내 조선 수군이
왜선에 승선하여 백병전을 벌인 끝에
帆船はんせん을
제압하고 완전히 장악할 수 있었다.

전라좌우함대는
판옥선 71척, 거북선 3척
경상우수영
판옥선 7척, 총합 판옥선 78척,
거북선 3척
총 81척의 함대가 부산포에 주둔한
일본군 함선 470척을
장사진으로 공격한 치열한 해전이다.

결전(決戰)

조선 수군은
적선을 모조리
격침시키기 위해
모든 무기로써
공격하게 되고
적의 470척 함대 중
128척이 격침되는
전과를 올렸다.
사살된 왜군의
숫자는 약 3,800여 명에
이른다.

많은 함선이
격침되었음에도
불구하고
사살된 적의 숫자가
작은 것은
왜군이 애초부터
승선하지 않고
육지에서
화포로 공격하였기
때문이다.

수군에게 함선의
침몰은 사형선고와
같았기 때문에
많은 전선의 침몰이
얼마나 큰 전과인지를
보여준다.

이 전투에서
조선 수군의 피해는
돌격장
녹도만호 정운을
비롯한 6명이 사망하고
25명이 부상당하였다.

이전의 전투와
비교했을 때,
사상자가 많다는 것은
이 전투가 얼마나
치열했는지를 말해준다.

전라좌수사 이순신의
충성스러운 부하였던
녹도만호 정운,
그의 전사는

많은 이들의
안타까움을 낳았다.

칼에 새겨진
'정충보국'으로써,
'충성을 다해
나라에 보답한다.'
이순신은
정운의 죽음에
통곡하며
이런 말을 했다.

"인생이란
반드시 죽음이 있고,
죽고 삶에는
반드시 명이 있나니,
사람은
한번 죽는 것은
진실로
아까운 게 없는 것이다."

정운의 죽음을
애도하며
"그대와 같은

충이야말로

고금의 등이니

나라를 위해

등진 그 몸

죽어도 살아있는 것과 같다."

12. 적진포 해전(赤珍浦海戰)

1592년 5월 8일, 조선 측 전력은 이순신 전선 24척, 원균 전선 4척, 도합 전선 28척, 일본 측 전력은 구키 요시타카(九鬼嘉隆), 가토 요시아키(加藤嘉明) 도합 11척이었다.

이순신의 지휘로 원균과 합세하여 싸워야 하는데 전라우수영군의 합류가 늦어지자 원균은 추궁당한 데 불만을 품고 새로운 대책을 세우기는커녕 술만 퍼마셨다.

적진포(안정) 해전

적진포 해전은

옥포와 합포 해전 다음 날

전날의 여세몰아
조선 수군 파죽지세
이순신과 원균이
연합군 적진포 해전
정박한 왜선 11척
모두를 격침시켰다.

노략질하다가
조선 수군 만나 포위된 왜구
적진포에 적의 수군 동태
상륙준비 첩보 듣고
일순간 들이닥친
조선 수군 여세에 몰려
함선 버리고 도망가다가
붙들려 전멸되다.

---

13. 제2차 당항포 해전

단 하루 동안 벌어졌던 제2차 당항포 해전은 1594년 4월 23일(음력 3월 4일) 삼도수군통제사 이순신이 당항포 지역 인근의 왜군들을 몰아

내기 위해 부하 어영담을 사령관으로 삼아 전라좌수영과 전라우수영, 경상우수영이 연합하여 출전한 6차 연합함대 출전이자 이순신의 12번째 해전이다. 조선 측 전력 124척으로 왜군 31척을 전멸시켰다.

제2차 당항포 해전은 충무공 이순신 제독이 삼도수군통제사가 되어 처음으로 펼친 대규모 해전이다. 야금야금 서진해 오는 일본군의 움직임을 견제하고 남해안에 발붙이지 못하도록 타격을 가하고, 남해안의 제해권을 굳건히 하려는 의도를 가지고 충무공 이순신 제독이 입안해서 실행한 작전이다.

고성 당항포는 괭이바다를 통해 곧바로 부산 앞바다까지 통할 수 있는 중간 지점으로 전략상 요충지기도 했다. 충무공 이순신 제독은 고성 당항포 일대와 거제도를 오가며 노략질을 일삼는 일본군을 토벌하고자 삼도수군통제사로서 휘하에 연합함대 124척을 편성하고, 함선 20척을 거제 견내량에 포진시켜 후방을 수비하며 대비했다.

당항포에 있던 일본 군선들은 다른 일본 군선들이 불타는 연기를 보고는 사기가 크게 꺾여서 조선 수군과의 대결을 회피하고 육지로 올라간다.

이순신의 판단력

정유재란 때
부산포 서생포
앞바다로 출전하라는
선조의 명을

이순신이 거부한 이유는
무엇이었을까?
바로 험악한
겨울 바다 날씨와
변덕스러운
구로시오 난류 흐름을
알았기 때문이다.

이순신 함대가
명량해전 직후
서해를 유랑하며
게릴라전을 펼친 것도
20여 일만 버티면
혹독한 겨울 추위로
대규모 왜 선단이
더 추격해오지 못할 것을
간파해서였기 때문이다.

제2차 당항포 해전

당항포 해전은
해안선이 복잡하고
섬이 많은

남해 특징을
완벽하게 활용하여
왜군을 물리친
이순신 장군의 전략을
보여준다.

이순신 장군이
많은 해전에서
승리할 수 있었던
이유는 무엇이었을까?
바로 뛰어난 전략이
있었기 때문이다.

14. 춘원포진(春元浦鎭) 해전

1592년(선조 25년) 적진포 해전(赤珍浦海戰)은 옥포 해전(玉浦海戰)과 합포 해전(合浦海戰, 마산)이 있은 다음 날인 1592년 6월 17일(선조 25년 음력 5월 8일)에 발생했다. 전날의 여세를 몰아 조선 수군은 적진포(積珍浦)에 정박 중이던 일본군 함대를 공격하여 모두 11척을 격침시켰다. 적진포와 춘원포는 동일함이고 적진포 해전은 1차전이고 2차전은 춘원포진 해전이다.

난중일기 갑오년 1594년 8월 14일 《난중일기 유적편》-증보교감(노승석 옮김, 여해)본에 의하면 아침에 흐리다가 저물녘에 춘원포진 해전이 있었다는 내용이 있다.

춘원포진 해전

삼도수군 통제영을
한산도에 설치하고
이순신이 최초로
통제사가 되었다 하여
원균의 불만에 의해
조정이 추궁하고
바깥 여론이 원균을
체직시키려 하는가 하더라.

이순신 24척, 원균 4척,
도합전선 28척이
구키 요시타카
가토 요시아키 도합 11척
적진포 해전에서
아군 포로 15명 구출하고
왜선 13척을 빼앗아도

이순신의 전과를 폄하하다니.

원균은 해전 중에도
술만 퍼마시더니
자신의 잘못을
추궁함에 불만을 품고
32전 32승 거둔
엄청난 업적 세웠어도
순신은 모함 받고
감금되었다가
백의종군길 걸었다.

즉 왜장은 권율이 독전 차 한산도에 내려온 것보다 6일 전에 이미 상
륙했던 것이었다. 왜장을 놓아주어 나라를 저버렸다는 비열한 모함으
로 파직된 이순신 장군은 군량미 9,914석, 화약 4,000근, 재고의 총통
(銃筒) 300자루 등 진중의 비품을 신임 통제사 원균에게 인계한 후 2월
26일 서울로 압송되어 3월 4일 투옥되었다. 가혹한 문초 끝에 죽이자
는 주장이 분분했으나, 판중추부사 정탁(鄭琢)이 올린 구명진정서에 크
게 힘입어 권율 막하에 백의종군(白衣從軍)하라는 하명을 받고 특사되
었고, 4월 1일 20여 일간의 옥고 끝에 석방된 그는 권율의 진영이 있는
초계로 백의종군)의 길을 떠났다.

이순신 모친의 병환

이순신은 어머니 변씨를 순천에 모셔두고 있었는데 비교적 가까운 곳임에도 불구하고 공무에 시달리느라 자주 찾아뵙지는 못하였다. 대신 주로 아들이나 조카들이 한산도를 오가거나 탐후선 등을 통하여서 어머니의 안부를 듣고 있었다. 그러다가 1594년 1월 11일에 모처럼 시간을 내어 조카 이분 등과 함께 어머니를 찾아뵙는다.

오랜만에 어머니의 모습을 본 이순신은 기운이 가물가물한 어머니의 모습에 애달픈 눈물을 흘리지만, 오랜 시간 머물 수도 없었다. 겨우 하루 만에 다시 떠나는 아들을 보며 변씨는 탄식하기는커녕 영웅의 어머니답게 "잘 가거라. 나라의 치욕을 크게 씻어라."라고 말하는 의연한 모습을 보인다.

이순신의 가정(家庭)

아버지 이정(李晶)은 낮은 무관자리로
가게엔 도움을 주지 못하시고
가산 몽땅 날려 줄어들어서
할아버지 이백록(李栢綠) 때부터 가난뱅이.

아버지 이정, 어머니 변씨 부인
장남 희신님 차남 요신님을
문과로 보내주길 희망했지만.
요신형님은 문재가 아주 뛰어난 수잴세.

요신형님 성균관에 들이기 위해,

서울, 당시 충무로에 살면서 친구들

남산골 사대부집 자녀들처럼

줄줄이 다니는 동학길은 다르게 다녔지라.

여기서 원균과 허난설헌 오빠 허성 등

쟁쟁한 가문의 자녀들 모두가

이순신은 요신형의 친구들과

유성룡을 만나 친구로 삼아 잘 지내시라.

외조부 변수림 어른, 무관 출신이었고

난중일기엔 어머님 말씀 많아

아버지 이야기는 별로 없었고

삼도수군통제사 되어도 어머님은 순신만

아내는 보성군수 출신 방진의 외동딸이고

무관 출신의 딸인 며느리 삼고

훗날 내가 무과에 급제했을 때

방씨를 중매 서 준 이준경 대감님이 계셨네.

똑 부러지는 성격의 소유자였던 어머니 변씨는 순신에게만은 문무의 양면을 살펴보게 한 것이라 보여진다. 어머니 변씨는 전란 중에 자신을 보러 온 순신에게 "나라의 치욕을 갚는 것이 급하니 어서 돌아가라!"라고 권한 데서도 강단 있는 그녀의 성품을 알 수 있다.

평소엔 앞에서 마차를 끌고 가지만 말이 힘들고 지치면 뒤에서 밀고

도와주는 리더십을 보여준 것이다. 이는 이순신의 어머니 변씨(卞氏)에게서 찾아볼 수 있는 전형적인 삶의 방식이었다. 그녀가 보여준 정의(定義)의 책임감(責任感), 자애(慈愛), 자립자강(自立自強)의 정신은 그대로 아들 순신에게 전해졌고, 아들의 진로 결정에 큰 도움을 주는 길잡이가 된 것이다.

15. 거제 장문포 통합 수륙전

거제장목 장문포해전(長門浦海戰)에서는 적선 2척을 격파했으며, 1594년 11월 12일(음력 10월 1일) 영등포 해전에서는 곽재우(郭再祐), 김덕령(金德齡) 등과 약속하여 장문포의 왜군을 수륙으로 협공하였다. 이 전투에서 조선군은 통제사 이순신, 홍의장군으로 이름을 떨친 육병장 곽재우, 충용장 김덕령을 출전시켰고 행주대첩의 권율이 지원군으로 등장한다. 결국 조선군은 한 달 보름 동안 수행한 작전에서 아무런 소득도 얻지 못한 채 한산도로 복귀하게 된다.

이 전투는 원균의 청으로 윤두수가 독단적으로 작전을 진행한 전쟁으로 윤두수는 책임을 지고 파직당하고 이후 조선과 일본은 정유재란이 일어나기 전까지 사실상 휴전을 진행하게 된다.

16. 곽재우(郭再祐) 의병장(義兵將)

본관은 현풍(玄風), 자(별명)는, 계수(季綏), 호는 망우당(忘憂堂)이다. 1585년(선조 18년) 34세의 나이로 정시 문과에 뽑혔으나 글귀가 왕의 뜻에 거슬린다는 이유로 전방을 파해 무효가 됐다. 그 뒤 향촌에 거주하고 있던 중 임진왜란이 일어나자 자신의 재산을 털어 의병을 조직하게 된다.

이때 그는 붉은 옷으로 철릭(무관공복)을 해 입고 이불에 천강홍의장군(天降紅衣軍)이라 적은 깃발을 만들어 의병을 이끌고 게릴라 활동을 하면서 연전연승한다. 사람들은 그를 홍의장군(紅衣將軍)이라고 명하였다.

곽재우 장군은 눈부신 공로를 인정받아 형조정랑 당상관 통정대부(오늘날 장관급) 등 벼슬에 오르기도 했다. 후에는 정유재란 때도 화왕산성을 최후까지 지키고 왜놈들을 격퇴하는 활약을 보였지만, 왜란이 끝난 후 벼슬을 사양하고 은둔 생활을 하다가 1617년에 사망한다. 사망 당시 그가 신선이 되었다는 설이 돌기도 했다고 한다. '하늘이 내린 홍의장군(天降紅衣將軍)' 곽재우는 붉은 옷을 입었다.

17. 김덕령(金德齡) 의병장

조선 중기 의병장으로, 자는 경수(景樹), 시호는 충장(忠壯), 본관은
광산(光山)이다. 광주(光州) 석저촌(石低村)에서 태어났다. 성혼(成渾)의
문인으로 어려서부터 무예를 연마하였고, 임진왜란이 일어나자 형조
좌랑(刑曹佐郞)으로 조정의 명을 받아 종군해 전주(全州)에서 익호장군
(翼虎將軍)의 호를 받았다.

장문포 수륙전

장문포 해전은
육수 합동 작전으로,
원균의 건의를 받아들인
좌의정 윤두수의 총 지휘로
자존심 걸린 전쟁이다.

영의정 유성룡의 건의를
받아들인 선조대왕은
작전을 중지할 것을 명령했지만
중지 명령 도착 전에
전쟁은 이미 시작되었다.

일본군을 격파시키면
적의 후방을 교란하여
서해안으로 진출하려는
전략을 막아내기로 한
큰 타격을 주기 위한
해전이지만 때는 늦었다.

명나라와 일본 사이에
화의가 시작되어
전쟁이 소강상태로
접어들었을 때다.
결국 왜선 2척만 격침,
조선군에게 피해만 안겼다.

조일 참전맹장

이 전투는
당시 조선과 일본에서
용맹을 떨쳤던
맹장이 대거 참여한
전투이자,
조선군 최초의
수륙 합동 작전인

장문포 해전이다.

이 전투에서
조선군은 이순신,
홍의장군으로
이름을 떨친
육병장 곽재우,
충용장 김덕령이
출전시켰고
행주대첩의 권율이
지원군으로 등장한다.

또 일본군은
임진왜란 당시 일본군은
제2진 사령관인
가토 기요마사,
노량해전의
지휘관이었던
시마즈 요시히로,
일본군은 제5진
사령관이었던
후쿠시마 마사노리가
지휘를 맡는다.

장문포 해전이
임진왜란 최초의
승리였던 옥포 해전이나
일본군의 전의를
상실케 했던
견내량 해전(한산 해전)에
비해 알려지지
않은 이유는
이순신이 임진왜란 중
치른 9차례(17회)의
크고 작은 해전 중
가장 성과가 미미한
전투였기 때문이다.

수륙 조선해병대

임진왜란 당시
조선에 해병대를
"집 안개"라 불렀고
대규모 상륙작전은
장문포 왜성을
공격할 때 있었다.

왜군은 연안 각 포구마다

집을 짓고

장기간 머무를

준비를 했다.

왜군들의 움직임이

조직적으로

나타나기 시작하여

장문포 일대를

중심으로

곽재우, 김덕령, 한명련을

승선시키고

온길 곳에서

도원수 권율 장군이

한산도의

이순신 장군에게

비밀 문건으로

이순신은

거북선을 포함한

50여 척의

함선을 동원하여

화도 앞바다에서

곽재우, 김덕령, 한명련 등

육군 장들을

승선시켜

칠천도로 가서

거점을 확보한 후

장문포를

공략하기 시작한다.

장문포를 공격하여

적선 2척을 불태웠으나

적은 성문을 굳게 걸고

응전할 기색을

보이지 않았다.

이순신은 곽재우, 김덕령 등과

약속한 후

함상에서 수백 명의

육전대를 차출하여

상륙작전을 구사했다.

그날 저녁 한나절에

아군이

바다와 육지에서

호응하자 놀란 적들이

갈팡질팡했다는

기록이 있다.

18. 원균과 불화 사건(이순신을 깎아 내린 작심)

선조실록에 따르면 1594년 11월 12일 조정에서 이순신과 원균이 다투는 문제가 처음으로 논의됐다. 신하들이 대체로 원균의 입장을 두둔하는 것처럼 보인다.

김수(金睟)가 상께 아뢰기를,

"원균(元均)과 이순신(李舜臣)이 서로 다투는 일은 매우 염려가 됩니다. 원균에게 잘못한 바가 없지는 않습니다마는, 그리 대단치도 않은 일이 점차 악화되어 이 지경까지 이르렀으니, 매우 불행한 일입니다." 하였으니,

상이 이르기를,

"무슨 일 때문에 그렇게까지 되었는가?" 하자,

김수가 아뢰기를,

"원균이 10여 세 된 첩자(妾子)를 군공(軍功)에 참여시켜 상을 받게 했기 때문에 이순신이 이것을 불쾌히 여긴다 합니다." 하였다.

상이 이르기를,

"내 들으니, 고언백(高彦伯)과 김응서(金應瑞)는 좌차(坐次) 때문에 서로 다툰다 하는데 이들은 무슨 일 때문에 서로 다투는가?" 하니,

김응남이 아뢰기를,

"대개 공(功) 다툼으로 이와 같이 되었다고 합니다. 당초 수군이 승전했을 때 원균은 스스로 자신의 공이 많다고 생각하였습니다. 이순신은 공격하려고 하지 않았는데 선거이(宣居怡)가 힘써 거사하기를 주장하였습니다. 하여! 이순신의 공이 매우 크지도 않은데 조정에서 이순

신을 원균의 윗자리에 올려놓았기 때문에 원균이 불만을 품고 서로 협조하지 않는다 합니다." 하고,

정곤수(鄭崐壽)가 아뢰기를,

"정운(鄭運)이 '장수가 만일 가지 않는다면 전라도는 필시 수습할 수 없게 될 것이다.'고 협박했기 때문에 이순신이 부득이 가서 격파하였다 합니다." 하니,

상이 이르기를,

"순신이 왜적을 포획한 공은 가장 많을 것이다." 하였다.

정곤수가 아뢰기를,

"이순신의 부하 중에는 당상관에 오른 자가 많은데, 원균의 부하 중에 우치적(禹致績)이나 이운룡(李雲龍) 같은 자는 그 전공이 매우 많은데도 그에 대한 상은 도리어 다른 사람만도 못하기 때문에 서로 분개하고 있습니다." 하니,

상이 이르기를,

"원균의 하는 일을 보니, 가장 가상히 여길 만하다. 내가 저번에 남방에서 올라온 사람에게 원균에 대해 물었더니 '습증(濕症)에 걸린 몸으로 장기간 해상에 있으나 일을 싫어하는 생각이 없고 죽기를 각오하였다.' 하니, 그의 뜻이 가상하다. 부하 중에 만일 공이 많은데 상을 받지 못한 자가 있다면 보통 사람의 정리로 보아도 박대한 것 같으니 그는 반드시 불만스런 뜻이 있을 것이다. 당초에 어째서 그렇게 했는가? 과연 공이 많다면 지금 모두 상을 주어서 그의 마음을 위로하라." 하자,

김응남이 아뢰기를,

"그에게 위로하는 뜻을 보이는 것이 옳습니다. 이순신이 체직을 자청하는 것도 역시 부당합니다." 하였다.

상이 이르기를,

"바깥 여론이 원균을 체직시키려 하는가?" 하니,

김수가 아뢰기를,

"별로 체직시키려는 여론이 없습니다."하였다.

상이 이르기를,

"저번에 장계를 보니 고언백(高彦伯)과 김응서(金應瑞)의 사이는 '비단 물과 불 같은 정도뿐만이 아니다.' 하였는데, 물과 불은 바로 상극(相克)인 물건이다. 만일 그렇다면 전쟁에 임해서 서로 구제하지 않을 뿐 아니라, 또한 반드시 서로 해칠 것이다. 이는 필시 문자(文字) 중에서 과장한 말일 것이나, 역시 염려를 아니할 수 없다." 하니,

김응남이 아뢰기를,

"이는 문자 중에 과장한 말입니다." 하였다.

정탁(鄭琢)이 아뢰기를,

"소신이 남방에 가서 들으니, 왜적이 수군을 무서워한다 합니다. 원균은 사졸이 따르니 가장 쓸 만한 장수요, 이순신도 비상한 장수인데, 단 이들이 다투는 일이 매우 못마땅합니다. 이때에 어찌 감히 사적인 분노로 이렇게 서로 다툴 수 있겠습니까."

1597년 1월 27일 그날, 선조는 윤두수와 이산해를 불러다 의견을 물어보았다. 그렇지 않아도 이순신을 못마땅하게 여기던 윤두수가 이 이론을 편 들어줄 리 없다.

"이순신은 지금 싸우기가 싫은 것입니다. 나라야 어찌되건 말건, 자기 병사와 백성들을 잃기가 싫기 때문입니다."

윤두수가 나서면서 이순신을 막 성토해 댄다.

"전에 원균과 이순신이 왜군과 싸운 후에 전과 보고를 천천히 올리

기로 약조하였지만, 이순신은 몰래 밤에 장계를 올려 원균의 공을 혼자만의 것으로 가로챘습니다. 그래서 원균이 원망을 품었습니다. 일전에 부산의 무기고 화재 사건도 허위보고로 자기 전공을 만들고자 한 게 아니었사옵니까?"

이산해가 이처럼 과거에 있던 일까지 밝히면서 이순신의 허물을 들추어댄다. 워낙 강직하기론 이순신 못지않고, 편견이 너무 없어 이번엔 이순신이 확실히 잘못했다고 믿는 유성룡은 그가 크게 잘못했다고 여기자 친분관계 따위로 편을 들어주진 않았던 것이다.

일이 이쯤 되자, 선조는 급기야 더 이상 이순신을 잡아들이는 일에 대해 거리낄 것이 없게 되었고 그러자 바로 구속령을 내리고 만다.

"이순신을 당장 잡아들여라."

여기서 이순신 장군이 관직을 파직 당하고 평민으로 그 유명한 백의종군을 하게 되는 과정을 살펴보면 이순신을 잡아 가둔 죄명은 다음과 같다.

① 欺罔朝廷罪 조정을 기망한 죄
　기 망 조 정 죄
② 無君之罪 임금을 업신여긴 죄
　무 군 지 죄
③ 縱賊不討罪 적을 쫓아 내지 않은 죄
　종 적 불 토 죄
④ 負國之罪 나라를 등진 죄
　부 국 지 죄
⑤ 陷人於罪 남에게 죄를 뒤집어 씌운 죄
　함 인 어 죄
⑥ 脫人之功罪 남의 공을 빼앗은 죄
　탈 인 지 공 죄
⑦ 無非縱恣罪 남을 모함한 죄
　무 비 종 자 죄
⑧ 無忌憚之罪 한없이 방자하고 거리낌 없는 죄
　무 기 탄 지 죄

구체적으로 보면, 이순신의 부산포 왜영(倭營) 방화사건의 허위보고 건과 이중간첩 요시라(要矢羅)의 간계(奸計)에 따라 부산포 진격을 명령했지만 출동을 거부한 죄 등이 주요 죄목이었다.

원균은 이순신을 모함하여 하옥시킨 다음 삼도수군 통제사(해군참모총장)직을 빼앗으며 그 뒤 왜적에게 대패하여 3도(경상, 전라, 충청) 수군을 거의 전멸시키고 자신도 육지로 도망하다가 왜적에게 살해됐다.

구국의 영웅 이순신 장군의 인생역정에서 그의 발목을 잡아 고난의 길을 걷게 하는 간악한 인물로 등장하는 원균이다.

이순신 장군도 인간이다!

영웅은 그 국가가 처한 시대적 환경에 따라 태어나 전기(傳記)·구전(口傳)·야사(野史) 등을 통해서 역사적 사실로 미화된다. 이순신 장군의 일생에서 가장 치명적인 실수였던 1596년 12월 12일 부산포 왜병기지 소화(燒火)사건 장계는 이제까지 제대로 알려지지 않은 사건의 하나다. 그러나 이 사건은 그가 임금을 속인 죄로 파직되는 큰 이유로까지 발전되었으니 한번쯤 더듬어 볼 필요가 있는 일이다. 결국 오늘날 신격화된 존재로 부각돼 왔던 이순신 장군도 실수를 할 수 있다는 점을 잊어서는 안 될 것이다.

일본군은 부산포, 김해, 안골포, 사천, 곤양 5곳에 보급기지를 두고 있었으나 이순신의 활약으로 조선수군에게 밀려 제5차 해전이 있었던 1593년 2월 6일에서 4월 3일 사이에는 부산포 한 곳에만 보급기지를 두고 있었다.

1596년 12월 12일 부산포 왜병기지 소화(燒火)사건은 화약창고 군기(軍器)와 군량미 2만6천여 섬이 왜선 20여 척과 함께 불탔으며, 왜병

34명이 불에 타 죽은 대사건이다. 마침 서북풍이 불어 왜병기지는 삽시간에 불바다가 된 것이다.

부산포 왜병기지 화재사건을 12월 17일 조정에서 알게 된 점을 보아 소문은 금방 전국으로 퍼진 것이다. 그런 가운데 12월 27일자 이순신 장군의 장계가 다음 해 1월 1일 조정에 도착한 것이다. 거제현령 안위(安衛) 수하 군관 김난서(金蘭瑞), 신명학(辛鳴鶴)이 상호군 출신 박의검(朴義儉)과 모의하여 거사를 도모해 부산포 왜병기지를 방화해서 왜군에게 큰 피해를 입혔으니 이들을 포상을 해달라는 장계였다.

이 장계에서 부산포 왜병기지 화재사건은 거제현령 안위의 수하 군관 김난서·신명학 박의검과 도훈도 김득의 안내로 방화했으며, 따라서 거제현령 안위, 군관 김난서·신명학의 공적을 보고하니 조정에서 큰 상을 내려달라는 내용이었다.

이순신 장군의 장계가 도착한 다음 이조좌랑 김신국(金藎國)의 장계가 다시 도착한 것이다.

그런데 도체찰사 이원익(李元翼)이 거느린 군관 정희현(鄭希玄)의 심복이 적의 진영에 몰래 들어가서 불태운 일은 이원익의 전적으로 정희현에게 명하여 도모한 것이다. 정희현의 심복인 부산수군 허수석(許守石)은 적진을 마음대로 출입하는 자로, 그의 동생이 지금 부산영(釜山營) 성 밑에 살고 있는데, 그가 주선하여 성사시킬 수 있었으며, 정희현이 밀양으로 가서 허수석과 몰래 모의하여 기일을 약속하고 돌아와 이원익에게 보고하였다.

날짜를 기다리는 즈음에 허수석(許守石)이 급히 부산 영에서 와 불태운 곡절(曲折)을 고했는데 당보(塘報)는 잇따라 이르렀다. 그래서 이원익은 허수석(許守石)이 한 것임을 확실하게 알게 된 것이다. 이순신의 군관이 부사선의 복물선(卜物船)을 운반하는 일로 부산에 도착했었는데 마침 적의 영(營)이 불타는 날이다. 그가 돌아가 이순신에게 보고하여 자기의 공으로 삼은 것일 뿐, 이순신은 사건사정을 모르고 한 것이다.

허수석이 작상(爵賞)을 바라고 있고, 이원익도 허수석을 의지해 다시 일을 도모하려 하고 있습니다. 그렇다고 지금 갑자기 작상을 내리면 기밀이 누설될 염려가 있으니 이런 뜻으로 유시(諭示)하고 은량(銀兩)을 후하게 주어 보내소서. 조정에서 만일 그런 곡절을 모르고 먼저 이순신이 장계한 사람에게 작상(爵賞)을 베풀면 반드시 허수석의 시기하는 마음을 일으키게 될 것이고, 적들이 그런 말을 들으면 방비를 더욱 엄하게 할 것입니다. 그렇게 되면 도모한 일을 시행할 수 없을 것입니다.

그래서 이원익이 신에게 계달(啓達)하도록 한 것이다.

이순신 장군의 실수

이순신 장군이 실수한 내막은 이렇다. 장군으로부터 부산포에 있는 적정(敵情)을 살피라는 밀명을 받은 거제현령 안위는 수하군관 김난서, 신명학을 파견했다. 이들은 야음을 이용하여 군선을 타고 거제도를 출발하여 몰운대를 돌아 부산포 남항 밖에 이르니 부산포는 이미 불바다가 되어 있었던 것이다. 그러므로 우리 역사상 가장 존경받던 이순신 장군이 임난 이후 수많은 해상전투에서 전략적 판단의 우수성으로 승리를 이끌어낸 사실로 미루어 볼 때 허위장계는 큰 실책이라 아니할 수 없는 일이다.

결국 울분을 참다못해 당장 선조를 찾아가 "더는 고통 받지 않고 죽게 해 달라."고 항의를 하기도 했다.

선조가 "그대도 죽고 싶은가?"라고 하자 "두렵지 않습니다."라고 응수하기도 했다.

19. 이순신의 구명 운동

이러한 안타까운 현실은 약포 정탁(鄭琢, 1526~1605)이 임란이 발발한 이후 4월 30일 선조의 몽진 때부터 9개월간 쓴 일기인 『피난행록(避難行錄)』에 잘 나타나 있다.

정탁은 1592년 6월 분조가 결정된 이후 광해군의 스승으로서 광해군과 함께 전국을 순회하며 고을 수령들을 독려하고 백성들을 위로하는 일을 맡았기에 전쟁의 현실을 누구보다 잘 알고 있었다.

그는 정유재란(1597)이 발발하던 해에 이순신이 모함을 받고 감옥에 갇혔을 때, 1,298자에 달하는 장문의 상소문을 올려 이순신을 살려낸 인물이기도 하다.

약포 정탁은 서애(西厓) 유성룡(柳成龍)과 함께 이황(李滉)의 제자로 임진왜란을 전후하여 정승의 자리에서 경국제세(經國濟世)의 높은 솜씨를 발휘한 대학자이자 명재상이었다.

정탁의 향리 예천군 예천읍 고평동과 유성룡의 고향 안동군 풍천면 하회동 간의 거리는 30리다. 동향 혹은 동문으로서 친분관계는 잘 밝혀지지 않고 있으나, 창황망조(蒼黃罔措)한 임란을 당하여 지혜를 기울이고 대의를 세워서 안으로는 국정의 위난을 수습하고 밖으로는 의적의 총칼을 물리치는 위업을 세운 점에서 가히 쌍벽이라 할 수 있다.

이순신은 부산진의 왜군을 치는 것은 지금은 무모하다고 생각했다. 조정 대신들은 지금이 적기라고 말하면서 이순신을 깎아내리면서 이순신을 모함하고 이순신을 몰아내고 원균을 삼도수군통제사로 임명하였다. 결론으로 이순신은 조정 간신들에 의해서 없는 죄가 생긴 것이다. 누가 봐도 부산진을 공격하는 건 무리였고 또 이순신 대신 부임한 원균도 일본군을 공격하다가 칠천량에서 전사하고 조선 수군은 전멸한다. 오직 배설이 이끈 12척만 무사했다.

【90수】 漢詩 24 국가대사 흔들면 망국!

欲心生不和之爭生死亡
욕 심 생 불 화 지 쟁 생 사 망
욕심은 불화를 낳고 투쟁은 죽음을 낳는다

心以窓開愛情而然到來
심 이 창 개 애 정 이 연 도 래
마음의 문을 열면 사랑이 저절로 찾아온다.

何況國家大事的不垮人
하 황 국 가 대 사 적 불 과 인
하물며 나라의 큰일 하는 사람을 흔들면 안 되고.

人情感覺無歷史不直行
인 정 감 각 무 역 사 불 직 행
인정의 감각이 없다면 역사는 바로 갈 수가 없으라

國論分裂戚臣輩而朝政
국 론 분 열 척 신 배 이 조 정
척신배 패거리가 많은 조정은 국론이 분열되고

無能王之朝庭民苦國亡
무 능 왕 지 조 정 민 고 국 망
무능한 임금과 조정은 백성이 고생하고 나라가 망친다.

가짜 뉴스 알게 돼

선조는 가짜 뉴스 받아
가토 기요마사(加藤淸正)가
바다를 건너올 것이라는
일본이 흘린 거짓 정보에 속아

그에게 가토 기요마사를
생포하라 명령하였다.
가짜 뉴스임을 알아차린
이순신은 이에 응하지 않았다.

이 죄로 파직되고 투옥,
우의정 윤두수가 가짜 뉴스 알고
목숨을 구한 이순신은
도원수 권율 밑에 백의종군한 것이다.

옥문을 나서다 모친상

4월 13일
그리던 어머니를
만날 꿈에
부풀어 있었으나

바닷가 포구에
닿기도 전에
어머니 부고를 듣는다.

난 "하늘이 캄캄했다"
라고 적고 있다.
어머니를 여의고
장례도 치르지 못한 채
초계 도원수로
향해 길을 나서야 하는
심정이야 오죽했겠는가.
차라리 죽어서
어머니와 두 형을
뵙고 싶었을 것이다.

4월 16일, 양력 5월 31일,
비가 내리는 가운데
배를 끌어 중방포
앞으로 대고,
영구를 상여에
올려 싣고 집으로
돌아오면서
마을을 바라보니
찢어지는 듯 아픈

마음을 어쩔 수 없었다.

고통의 길

비는 퍼붓고
맥이 다 빠진데다가
남쪽으로 갈 날은
다가오니,
"목 놓아 울고 싶어 다만
어서 죽었으면 할 따름이다."
라고 하였다.

4월 17일
서리 이수영(李秀榮)이
공주에서 와서
가자고 다그쳤지만,
차마 어머니의
영전을 떠나지 못하다가

19일 일찍
길을 떠나며,
어머니 영전에
하직 인사를 하면서

"천지에 나 같은
사정이 어디
또 있으랴!

일찍 죽느니만
못하다."
라고 울부짖었다.
당시 이순신의
원통한 심정은
임진왜란 때 늘 옆에서
지켜본 조카 이분(李芬)이
지은 '행록(行錄)'에
잘 나타나 있다.

이순신은
"나라에 충성을
다하려다가 이미
죄가 여기에 이르렀고,
어버이에게 효도를
하고자 하였으나
어버이 또한 돌아가셨구나."
라고 대성통곡하면서
길을 나섰다고 한다.

백의종군 행로빗길

1597년 5월 26일
소낙비가 퍼 부듯이
내리는데
백의종군 행로빗길
온몸과 행장이
비에 흠뻑 젖은 채
악양면 정서리에 도착하니
잘 만한 곳이 없었다.
김덕린 집을 빌려
억지로
밀고 들어가 잠을
청했다.

백의종군 길은 하동읍 악양리
악양리 이정란의 집을 찾지 못하고
아쉬운 마음에
근처로 생각되는 악양루에서
잠잘 곳이 없었는데.
최춘용 집을 찾아
하룻밤을 보내고
8월 3일 진주 수곡에서
다시 삼도수군통제사로

제수될 때까지
백의종군 길을 걸어
진주 수곡면의 손경례 집에서 마무리
된다.

난중일기에 의하면

이순신은
거북선과 판옥선을
건조하는
수비에 철저하였다.
그 효과는
불과 1년 3개월 후
1592년 5월 7일
옥포 해전의 승리로
증명되었다.

당항포와 한산도,
부산포 해전에서
거둔 승리는 그의 삶에서
욱일승천의 기회이자
그를 죽음으로
내몬 원인을 제공하였다.

이순신이
임진년 해전에서
연승을 거두자,
선조는 그의 해전에
과도한 기대를 가졌다.

1593년 2월 10일부터
3월 6일에 걸친
웅포해전 이후
적이 대적을 않고 피하자
이순신은 한동안
작전을 펼칠 수 없었는데,
선조의 입장에서
이것은 국치를
설욕할 수 있는
기회가 없다는
의미이기도 했고,
이순신을
부정적으로 보게 된
근본 원인이 되기도 했다.

어쨌든 이러한
상황과 맞물린
선조의 교유(敎諭)로 인해

이순신이 받았던
압박감은 상당해서,
이순신의 삶을
더욱 옥죄여
사력(死力)을 다하는
삶으로 몰아갔다.

1597년 1월
이순신은 조정을
가벼이 여기고,
임금을 속인 죄로
나국을 당하여
문초를 받았다.
그리고 사면을
받아 백의종군하였다.

험난한 백의종군

1597년 4월 1일
옥에서 풀려나고,
3일 한양을 떠나
6월 4일 경상남도
합천의 초계

도원수부 초입까지
걸어 내려갔는데,
당시 하동을 거쳐
초계로 내려간 것이
『난중일기』에 남아 있다.
원균이 일본군에
참패하고 전사하자
이순신은 다시
수군통제사로 임명되었고
명량대첩으로
해상권을 회복하였다.

【91수】　漢詩 25 객사침방 외로운 밤

月亮霜打之夜哭去飛雁 월 양 상 타 지 야 곡 거 비 안	달 밝고 서리치는 밤, 울며 날아가는 저 기러기
虛房孤單冷燈下睡我醒 허 방 고 단 냉 등 하 수 아 성	헛간 방에 쓸쓸한 등불 아래 자는 나를 깨우나
風露凄淸湖水桂影浮有 풍 로 처 청 호 수 계 영 부 유	바람과 찬 이슬 맑은 호수, 계수나무 그림자 떠 있어.
白衣從軍俠客孤軍身分 백 의 종 군 협 객 고 군 신 분	흰 옷 입은 종군은 외로운 나그네, 고군(孤軍)의 신분이라.
月明無光星之月無星光 월 명 무 광 성 지 월 무 성 광	달이 밝으면 별빛이 흐리고 달이 없으니 별이 빛나도.
星光晦日夜雲該滿月否 성 광 회 일 야 운 해 만 월 부	별빛 밝은 그믐날 구름 낀 보름보다 어두워

보인다네.

四季最大正月明月中秋
사계최대정월명월중추

사계절 가장 큰 정월이면, 밝은 달은 추석이라니.

晚秋夕陽之日沒建功星
만추석양지일몰건공성

만추석양(晚秋夕陽)에 일몰건공(日沒建功)하고 별이 되리라.

20. 웅천 해전(진해)

1597년 7월 8일 일본전선 600여 척이 부산 앞바다에 정박했으며(일본 수장인 도도[藤堂高虎]·가토[加藤嘉明]·와키자키[協坂安治] 등이 가덕도를 향해 웅천으로 가고 있었다.) 통제사 원균은 한산도 본영에서 경상우수사 배설(裵楔)을 선봉에 세워 배설의 전함 50여 척(5,000여 병력)이 왜군을 급습했다. 왜군의 수적 우세로 전투에서 패배하고 군량미 약 200석과 배 10척이 불타고 잃었다. 적선은 약 30여 척이 소실되었다. 조선 전역 해전도는 이때 배설 장군의 종군화로 확인되었다.

웅천 해전

부산포로 가던 중

웅천에 주둔한

일본군을 먼저

무찔러야만 협공을

방지를 할 수 있다고 판단.

배설 장군이

웅천의 일본군을

바다에서 공격하여

크게 승리를 거둔 해전이다.

배설의 함대 규모는

12척당 수군 200명

2,400여 명으로 추산

전사자는 극히 미미한

것으로 추정된다.

배설 함대는

두꺼운 송판으로

감싸져 있어

조총 탄환이 비 오듯이

해도 전사할 이유가

없기 때문이다.

일명 거북선이란

소릴 듣는다.

갑판이 두꺼운

송판으로 감싸져 있어

화전과

근접전에 취약했다.

배설의 함대가

가장 전쟁준비가

잘된 상태였기에

8척의 왜군 주력함대를

격침 소실시켰으며

왜군에 가한 충격은

상당했으리라는 것

침몰되진 않았으나

파손시킨 적함은

30척 이상 되었으리라는 것이다.

21. 칠천량 해전

1597년(선조 30년) 7월 15일 원균이 지휘하는 조선 수군이 칠천량에
서 일본 수군과 벌인 해전이다. 임진왜란·정유재란 가운데 조선 수군

이 유일하게 패배한 해전이다.

1597년 8월 27일 당시 조정에서는 중신들이 당쟁에 휘말려 이순신을 하옥하고 원균을 수군통제사(水軍統制使)로 임명한 상태였다. 일본군은 조선 수군을 부산 근해로 유인해 섬멸하려고 일본의 이중첩자인 요시라(要時羅)를 시켜 유혹했다.

이에 도원수 권율(權慄)은 도체찰사(都體察使) 이원익(李元翼)과 상의해 원균에게 출전명령을 내렸다. 원균은 무모하게 출전해 보성군수 안홍국(安弘國) 등을 잃고 되돌아왔다.

원균은 부산의 적 본진(本陣)을 급습하려고 삼도수군의 군선 160여 척을 이끌고 한산도를 출발하였다. 7월 14일 원균은 부산 근해에 이르렀다. 이 사실을 미리 탐지한 왜적들의 교란작전에 말려들어 원균은 고전하였다.

더욱이 되돌아오던 중 가덕도에서 복병한 왜적의 기습을 받아 수군 400여 명을 잃었다. 원균이 칠천량(지금의 거제시 하청면)으로 이동하여 무방비상태로 휴식 상태에 술에 취해 있을 때 왜적은 조선 수군을 기습할 계획을 세웠다.

도도 다카도라(とうどうたかとら, 藤堂高虎), 와키사카(わきさかやすじ, 脇坂安治), 가토 카게마사(かける, 加藤嘉明) 등 일본수군 장수들이 7월 14일 거제도 북쪽으로 이동하였다. 그리고 15일 달밤을 이용해 일제히 수륙양면 기습작전을 개시하였다.

이에 당황한 원균과 여러 장수들은 응전했으나 적을 당해낼 수 없어 대부분의 전선들이 불타고 부서졌다. 전라우수사 이억기(李億祺)와 충청수사(忠淸水使) 최호(崔湖) 등 수군장수들이 전사하였다. 원균도 선전관 김식(金軾)과 함께 육지로 탈출하였다.

배설 장군만이 칠천량 해전에서 왜선 8척을 유일하게 격침, 한산도 수군본영에 이르러 방비를 엄히 했다. 『난중일기』, 『선조실록』에 따르면 배설은 칠천량 전투에서 배 12척을 가지고 도망을 쳤고, 명량 해전 전 병을 치료하겠다고 이순신 장군의 허가를 받아 뭍에 내렸다가 도주했으며, 1599년 성주 본가에서 권율에게 붙잡혀 참수됐다. 후손들은 "휴양 중에 느닷없이 모반죄로 모함을 받아 처형당했다"고 주장한다. 참수 6년 후 조정은 배설이 전쟁 중 세운 전공을 인정하여 선무원종공신 1등에 책록했다.

원균 장군의 최후

그 당시 왜군은 치고 빠지는 작전으로 조선군을 지치게 만드는 작전이었고, 칠천량에서 원균은 보초도 안 세우고 조선 수군은 지쳐 잠자다가 결국 왜군이 밤에 습격해서 다 도주한 것이 칠천량해전이다.

원균은 일본군의 추격을 받아 춘원포(광도면 황리)에 상륙하다가 왜군에게 붙잡혀 참수되어 수급 없는 시신만 발견되었다고 하지만 확실하지 못한 것으로 기록되고 있다. 경상우수사 배설만이 12척의 전선을 이끌고 남해 쪽으로 후퇴하는 데 성공하였다. 이로써 삼도 수군은 일시에 무너지고 적군은 남해 일원의 제해권을 장악하고 서해로 진출할 수 있게 되었다. 이후 우키타(宇喜多秀家, うきたつ), 고니시(小西行長, こにしゆきなが), 모리(毛利秀元, もり) 등은 쉽게 남원 및 진주 등지로 침범하게 되었다.

조정에서는 7월 21일 겨우 살아 나온 김식에게서 패전 보고를 듣고 크게 놀라 백의종군(白衣從軍)하고 있던 이순신을 다시 삼도수군통제사로 임명해 수군을 수습하게 하였다.

원균의 죽음

7월 15일 칠천량에서
벌어진 해전이다.
임진왜란 중 화의가
明과 日本이었다.
조선은 배제됐다.

원균과 이하
대부분의 군사들은
매복하고 있던
일본군에 의해
전원 전사했다.

조선 수군은
적진포에서
다시 고성 땅
춘원포까지 밀려
원균의 패전
칠천량 해전 전멸,
배설 장군이 배 12척을 이끌고 후퇴,
원균 장군은
춘원포에서 전사했다.

배설 장군

모든 화력을 퍼붓고 난 뒤

8척은 포탄이

떨어진 상태로 퇴각했다.

장군은 칠천량 해전에서

3차에 걸쳐 선봉대장으로

활약한 맹장이다.

이순신이 거두어간

12척은 왜군의

3중 포위망을 뚫고

장군이 천신만고 끝에

구해내어 한마디

불평도 없이

이순신에게

인계했던 함대다.

22. 원균이야 전멸 당했지만 배설은 건재(健在)했다

장목면 해안구영마을 야산 기슭에 장문포왜성(長門連倭城)과 칠천량은 인근거리다. 그럼에도 불구하고 통제사 원균은 조선수군함정 160척을 정박시키고 술을 마시고 취해 누웠으니 제장들이 원균을 보고 군사 일을 의논하고자 하였으나 할 수 없었다. 이날 칠천량에 정박하고 잠자는 것은 호랑이 굴 앞에서 잠자는것과 같았다. 이날밤 조선수군이 잠들었을 시간 한밤중에 왜선이 와서 습격하매 원균은 술에 취해서 활을 한두 번밖에 못 쏘고 전세가 기울어지자 배설장군은 천신만고 끝에 남은 배12척을 이끌고 왜군의 포위망을 뚫고 간신히 도망을 친 것이다.

원균은 죽음을 각오할 것을 부하들에게 주문했다. 원균이 전사할 때 그와 함께 있었던 사람은 우치적, 선전관, 김식이였고 김식은 극적으로 살아서 한성으로 돌아왔다. 선조가 원균의 행방을 묻자 김식은 급하게 도망가느라 통제사의 최후를 본 사람이 없었다고 고했다. 몇십년 지나서 통영시 광도면 황리 밭들 가운데 두상 없는 시신이 밭 가운데 있는 것을 주인이 무덤을 만들고 해마다 제사를 지내왔지만 국가에서 찾아 보존하지 아니하고 방치되고 있다.

손자병법은 "임금이 장수를 임명하지만, 일단 전쟁터로 떠나는 장수에게 모든 권한을 위임하는 것 또한 임금의 자세다.", "장수는 이기는 싸움은 임금이 싸우지 말라 고해도 싸워 이기고, 반드시 패할 싸움은 싸우라고 해도 싸우면 안 된다.", "지휘권은 하나로 단일화하고, 병력은 하나로 집중되며, 군의 행동은 하나로 통일을 이뤄 장수가 자유자재로 움직여야 한다."고 했다.

◇ 손자병법의 승리의 조건

1. 싸워야 할지 말아야 할지를 아는 자가 이긴다.

2. 군대의 많고 적음을 쓸 줄 아는 자가 이긴다.

3. 상하가 일치단결하는 쪽이 이긴다.

4. 싸울 준비를 끝내고 적을 기다리는 자가 이긴다.

5. 장수는 유능하고 임금은 개입하지 않는 쪽이 이긴다.

배설 장군 어록

용맹을 낼 때는 내고,

겁낼 때는 겁낼 줄 아는 것은

병가의 긴요한 계책이다

우리가 부산 앞바다에서

기선을 잡지 못하여

군사들이 意氣銷沈하게 되었고

영등포에서 패하여

왜적의 기세를 돋구어 주어

적의 칼날이 박두하는데,

우리의 세력은

외롭고 약하며

용맹을 쓸 수 없으니

오늘은 겁내어

싸움을 회피하는

전략이 지당합니다.

여러 고을의 수장을 거쳐 경상 우수군절도사에 이르기까지 수많은 인연은 떠났지만 장군은 홀로 병든 몸을 이끌고 그때를 회상한다.

의병장인 부친과 함께한 의병 전투에서 혁혁한 전공을 세우고, 임금의 행재소에서 합천 군수로 배수받은 일, 진주 목사로 재임 중 경상좌도 수군절도사로 전격 명령을 받지만 주민들의 만류로 부임길이 늦어졌던 일, 금오산성 구축 후 그 공로로 경상 우수군절도사로 또다시 발탁되었던 일들이 주마등같이 떠올랐을 것이다.

칠천량 해전에서 장군의 작전상의 건의는 여지없이 상부로부터 묵살되어 버렸다. 전쟁에서 처절하게 패하고 병든 몸 고향땅을 찾지 못하고 방황하는 장군의 심정이 이토록 잘 묘사될 수 있을까.

장군은 병든 몸을 이끌고 요양길에 들어섰지만 몸은 쉽게 회복되지 않았다. 장군이 과거 육지에서 근무했던 옛 고을을 찾았지만 무심한 인정과 세태는 그를 반겨주지 않았다. 장군의 깊은 뜻은 하늘도 알고 대자연도 알건마는 무심한 인심은 아무도 그를 반기지 않았다. 이미 장군을 모함하는 소리는 이곳저곳에서 들려오고 있었다. 신병의 치료를 위한 요양길이 결국 역모로 몰리는 슬픈 운명이 될 줄은 아무도 몰랐다. 아! 당신을 모함하는 당시의 무리들은 무슨 마음이었던가?

23. 정유재란(1597년 3월 1일[음력 1월 14일])

도망 다니는 조선 왕을 잡지 못하자 도요토미 히데요시가 항복을 받기 위해 충청, 전라, 경상도를 점령하고 원주민을 살육한 후 일본 서도의 주민들을 이주하여 살게 하라는 명령을 내림으로써 정유재란이 발발한다.

가토 기요마사가 이끄는 일본군 선봉대가 부산항을 재침했다. 이어 제2진 고니시 유키나가 웅천으로 상륙했다. 이후 일본군들이 부산항을 기반으로 우후죽순으로 들어왔다 8월 20일(음력 7월 8일) 일본의 후속 군병들이 경상도 남해안 지역에 상륙, 임진란 때 경상도에 진주하고 있던 2만 병력에 더해 14만 병력이 이미 상륙을 마친 상태였다.

다음 시는 배설 장군의 칠천량 패전에 대한 진솔한 심경을 그린 것이다. 이 시로 비추어 볼 때 배설 장군은 칠천량 패전의 장수로서 죽음을 기쁘게 기다린다고 보여진다.

배설 장군의 시문

靑山(청산)아,

됴히 있던다

綠水(녹수가) 다 반갑다

無情(무정)한 山水(산수)도

이다지 반갑거든

하물며 有情(유정)한

님이야 닐러 므슴하리오.

엊그제 언제런지

이러로

져리 갈 제

月波亭(월파정) 발근달애

뉘술을 먹던 게고

鎭江(진강)의 휘든는 버들이

어제런가 하여라.

배설 장군에 대하여

1551년 태어난 배설은 1583년(선조 16년)에 무과(武科) 별시에 급제한 후 변방 방어 활동으로 공직 생활을 시작했다. 이후 합천군수, 동래부사, 진주목사, 경상우수사 등을 역임하였고, 1597년 정유재란이 발발하자 경상우수사(수군절도사: 두 번째 우수사 역임)로 부산포 해전, 다대포 해전, 칠천량 해전에 참전했다. 배설 장군의 동생 배즙은 배설 장군을 도와 조방장으로 활약하고 칠천량 해전에서 원균 아래서 왜군들과 같이 싸웠다. 원균이 죽었으니 같이 전사한 것으로 보았으나 숨어서 살아남았다.

① 이순신과 배설은 품계가 같은 동급장수로, 배설은 야전군 사령관
　　(당시 이순신은 사형수와 같았다)이다.

② 배설은 왕명에 따른 남해안 소개령을 430㎞ 작전했고 대형 전함
　　12척은 장난감 숨기듯이 할 수 없다.

③ 의원이 없어 병 치료차 집으로 가기 위해 8월 30일 공문을 받고

9월 2일 이순신이 복귀하자 배설은 불복하고 탈영을 한 것이다.

④ 7월 23일 배설 장군은 1,060명의 병력과 12척의 전함이 있음을 권율에게 보고했다. 선조가 배설을 통제사로 임명하려고 하자 120명의 잔병을 1,060명으로 허위보고 했으니 배설이 도주할 우려가 있다고 잡아들이도록 했다.

⑤ 권율의 1597년 7월 28일자 보고서는 칠천량에서 살아남은 장수를 통제사로 하자고 했다. 그렇다면 배설이 통제사가 되어야 하는 것 아닌가? 그렇다. 살아만 있다면 선조 임금은 그를 통제사로 하겠다고 했다.

배설 장군은 일본군이 상륙하기 전에 수중전을 해야 한다고 거듭 주장했으나 받아들여지지 않았다. 그러나 일본에서 유일하게 조선장수로서 대접받는 장군은 배설 장군뿐이다. 특히 가등청정과 시마즈 요시히로(街灯清浄と島津義弘)로 인해 일본 무인들이 훌륭한 무장으로 배설 장군의 전략을 추켜 올린 것이다.

당시 동인조정은 배설이 전쟁공포증으로 과대 보고하고 단신 도주한 것을 속였다. 선조는 하는 수 없어 이순신을 배설과 동급자로서 통제사로 8월이 한참 지나 사령장을 내린다.

배설 장군은 1599년(선조 30년) 향년 49세로 모함에 의해 세상을 하직하였다.

배설 장군은 칠천량 해전의 초기 대응 멤버로, 칠전량 해전에서 3차에 걸쳐 선봉대장으로 활약하며 왜선을 가라앉히는 전과를 올렸다. 특히 가장 중요하게 평가받는 부분은 명량 해전의 기반이 되는 "12척을 끌고 퇴각했다"라는 부분인데, 명량 해전에서 이순신 장군이 사용한 12척의 배는 배설이 왜군의 3중 포위망을 뚫고 구해 온 배이기 때문이다. 또한 배설 장군의 가족들은 임진왜란 기간 중 부친과 아들과 가족 전부가 관군과 의병에 참전하여 차남 배건(裵楗, 1555~1592)은 의병 활동하여 개산 진 전투에서 승리한 후 여남 현 전투에서 부부가 함께 전사하였다. 3남 배즙(裵楫, 1564~1598)은 조 방장으로 활동하여 노량해전에서 이순신과 같이 전사하였다. 아버지 배덕문(裵德文, 1528~1602)은 문과에 급제하고 울산현감을 역임하고 의병장으로 많은 공을 세워 그 공로(功勞)로 부친과 동생 배건(裵楗) 또한 선무원종공신 2등에 책록 되었다.

권율은 배설을 붙잡아

이순신 장군의 『난중일기』에 따르면 배설은 1597년 명량 해전이 벌어지기 며칠 전에 병을 치료하겠다고 이순신 장군의 허가를 받아 상륙했다가 도주했다. 이후 1599년 고향인 구미(선산)에서 권율에게 붙잡혀 참수됐다.

11년 뒤 배설 장군의 죽음이 잘못되었음을 나라에서 인정하고 명예 회복을 위해 선무원종1등 공신 가선대부에 추사되었다.

배설 장군은 탈영하지 않았다

배설이 12척이나마 남겼기에 한양이 무사했다. 선조에게 고초를 겪고 충무공이 죽을 고비에서 배설이 이순신을 사지에서 구해냈다. 아무리 이순신이라도 배가 없으면 말 타고 14만 대군을 혼자서 막을 수 있었겠는가. 아니면 대 장검으로 적군을 쓸어버렸겠는가. 전쟁은 치고 빠지는 전술 또한 승리를 이끈다는 것이다. 『난중일기』 하나만 읽어 봐도 배설이 이순신 장군이 백의종군하여 사지에 있을 때 전함 12척 장작귀선으로 개조하여 넘겨주니, 이순신 장군이 살아 성웅이 될 수 있었다. 악화가 양화를 구축한다고 했는데, 이 경우가 바로 그렇다. 배설이 12척의 최무선 화포를 얹어서 넘겨주지 않았다면, 조선의 운명은 끝났을 것이다.

재탕 통제사 명받다

〈난중일기 해설문〉

"정유(丁酉) 1597년 7월 18일

초계 도원수부에서
이순신은 백의종군 수행의 길
이덕필(李德弼)과 변홍달(卞弘達)로부터
그제께 7월 16일 새벽에
통제사 원균 장군
수군 몰래 기습 공격을 받아

전라우수사 이억기(李億祺),
충청수사 최호 및 여러 장수
피화(避禍)당한 소식 듣고,
통곡함을 참지 못해."
한참동안 기(氣)가 차서
라고 『난중일기』에 적고 있다.

이순신과 늘 함께했던 조카,
이분(李芬)이 쓴 '행록(行錄)'에
도원수 권율이 사람을 보내
진주에 달려가서 이순신에게
흩어진 군사를 모으도록
명을 내렸다고 나온다.

이와 달리
『난중일기』 7월 18일의 기록에는

"도원수(권율)가 와서
'일이 이 지경으로 된
이상 어쩔 수 없다'
라고 말하고,
오전 열시가 되어도
마음을 정하지 못했다."

선조는
7월 16일에는

원균(元均)의 수군(水軍)이
대패했다는 소식을 접하고
비국당상(備局堂上)을 인견하여
대책을 논의하라고 했다.

그러나 한동안
비국당상은 말이 없었다.

선조는 그만큼
충격이 컸던 것이다.

결국 다른 특별한 대책도 없이
논의만 분분하던 중
이항복(李恒福)이 나섰다.
체찰사로 영남에 있으면서
이순신의 나명(拿命) 소식을 듣자
적극적으로 반대하던 인물이다.

이항복은 이순신의
삼도수군통제사 복귀를
적극적으로 주장하면서
주상에게 상고 하자
이에 선조가 동의하면서
삼도수군통제사에 제수(除授)하다.

24. 어란포 해전

어란포는 현재의 전라남도 해남군 송지면 어란리에 있는 지명이다. 1597년 8월 27일(음력 7월 15일) 칠천량해전 패배 후 남은 13척의 판옥선을 수습하여 남해 어란포에 출현한 왜선 8척을 격퇴한 첫 번째 해전이다.

어란포는 백의종군 중이던 충무공이 삼도수군통제사 재임명 교지를 받은 후 치른 첫 승첩지이며, 정유재란 이후 왜군 선발대와 벌인 첫 해전장이기도 하다. 어란포 해전이 있을 무렵, 충무공의 건강 상태는 극도로 쇠약해지고 있었다. 투옥 중에 당한 고문의 후유증을 채 보살피기도 전에 백의종군을 강행해야 했기 때문이다.

이순신의 시범전

서해로 가는 길목
지나갈 뱃길 어란포에
칠천량 기세몰아
대담해진 왜적들

통제사로 복귀한
이순신 배 12척 가지고
성치 않은 몸으로

절박한 현실 속에

어란포에 출현한
왜선 8척을 이겨내야
운명이 걸린 해전
결사적 한판 승부

소용돌이 물살에
이번 싸움이 표적되어
암초를 이용하여
몰아넣어 이기다.

25. 진도 벽파진 해전

벽파진 해전(碧波津海戰; 1597년 음력 9월 7일, 양력 10월 16일)은 어란포
해전에 뒤이어 벽파진에서 왜군의 소규모 함대를 격파한 해전이다.

이 전투는 이순신이 삼도수군통제사로 복귀한 후 2번째 해전이다.
서쪽으로 이동하던 왜선 55척 중 호위선 13척이 나타나자, 한밤중에
이순신이 선두에서 지휘하여 벽파진(현 전라남도 진도군 고군면)에서 적
선을 격퇴시켰다.

이 전투로 왜군은 조선 수군이 확실히 12척에 불과하다는 것을 알게 되었고, 이순신의 복귀도 확인한다. 구루시마 미치후사는 나중에 명량 해전에서 이순신의 존재를 확인하나 첩보는 이미 보고받은 상태였다.

8월 29일, 이순신은 함대를 벽파진(지금의 전남 진도군 고군면 벽파리)으로 옮겼다. 이 때, 전선 한 척을 수리하여 조선 수군은 13척의 전선을 보유하게 되었고, 8월 26일에 전라우수사 이억기의 후임으로 김억추가 당도해 있어서 명색으로나마 삼도수군으로서 구색을 갖추게 되었다.

최악의 패전과 장수의 탈영 등으로 떨어질 대로 떨어진 군사들의 사기를 북돋아야 했고, 전선의 상황에는 전혀 엉뚱한 명령을 내리는 국왕을 설득해야했다. 변변한 조정의 지원도 없이 수군의 재건을 위해 홀로 고군분투(孤軍奮鬪)하는 이순신에게, 선조는 수군을 해체하고 육군으로 편입하여 싸우라는 황당한 명령을 내린다.

이에 이순신은 다음과 같은 유명한 장계를 올린다.

아직도 신에게는 12척의 군선이 있습니다.
죽을힘을 다해 싸우면 오히려 이길 수 있는 일입니다.
그리고 비록 군선과 병력이 적지만 신이 죽지 않고 살아 있는 한 적군은 감히 우리를 얕보지 못할 것입니다.

그날 밤 10시경, 왜군들은 야습을 감행하였다. 칠천량에서 야습으로 재미를 봤던 터라 어느 정도의 성과를 기대했으리라. 그러나 상대는 이순신이었다. 적의 야습이 있을 것을 예상하고 이미 장졸들에게 대비를 시켜두었던 것이다.

그러나 사기가 회복되지 못한 군사들은 겁을 먹고 움츠러들어 응전하지 못하고 있었다. 이에 이순신은 다시 한번 자신의 전선으로 선두에 서서 화포를 쏘아대며 왜선들을 공격하기 시작했다. 이에 다른 전선들도 공격을 개시하니 왜선들은 다시 후퇴하였다. 몇 차례 공격과 후퇴를 반복하던 왜군은 전선 8척이 격침되는 피해를 입고 9월 8일 밤 1시경이 되어서 물러갔다.

벽파진 해전

진도의 벽파진은
삼별초군이
진을 쳤던 터전이다

소규모 해전 전투를
앞두고 고뇌 끝에
이억기 김석추가 당도하다.
이순신은 외로움에
꿈을 꾸는 흥분이라
승전에 천군만마 얻은지라.

눈시울이 젖어
우리수군 전선 12척
전술전략가 이순신은

한밤중 지휘하여

왜선 55척을

물리친 벽파진 해전이라.

今臣戰船尙有十二微臣不死
금 신 전 선 상 유 십 이 미 신 불 사

이제 신(臣)은 12척의 전선(戰船)으로 미천(微賤)하오나 아직 신(臣)은 죽지 않았습니다.

26. 명량 해전

명량 해전은 1597년 10월 25일(음력 9월 16일) 명량해협에서 일어난 해전이다. 당시 원균이 칠천량 해전에서 패전한 가운데 경상우수사 배설(裵泄) 장군이 12척의 전선을 추슬러 한산도로 도피시켰다. 이런 어려운 때에 전선 12척을 살려낸 보람도 없이 온갖 모함을 씌워서 조정에서는 배설 장군을 군령 위반 탈령죄로 사형시켰고, 전세가 다급해지자 이순신을 다시 삼도수군통제사로 임명한다.

① 일본 측 견해
- 조선 측 전력: 도합 13척
- 일본 측 전력: 도도 다카토라(とうどうたかとら, 藤堂高虎), 가토 요시아키(かとうよしあき, 加藤嘉明), 간 다쓰나가(ジーティー, 管達長), 와키자

카 야스하루(わきさかやすじ, 脇坂安治), 구루시마 미치후사(おさまる, 來島通總), 하타 노부토키(せんそ, 波多信時), 모리 다카마사(もうり, 毛利高政), 하치스카 이에마사(はちすかいえまさ, 蜂須賀家政), 도합 330여 척이 참전하였다.

- 결과: 왜선 31척 격파

구루시마 미치후사(かよう・とおす・とおる, 來島通總), 하타 노부토키(せんそく, 波多信時), 간 마사카케(ただしい・ただす・まさ, 菅正蔭) 사살, 도도 다카토라(とうどうたかとら, 藤堂高虎), 모리 다카마사(もうり, 毛利高政) 중상, 『난중일기』의 마다시(馬多時)는 하타 노부토키(とき)를 이르는 말인 듯함.

1592년 7월 15일 선조와 조정에 올린 장계인 見乃梁破倭兵狀의 내용
견 내 량 파 왜 병 장
이다.

〈손자병법 전략〉

先勝求戰
선 승 구 전
이기는 환경을 만들어 놓고 싸워야 한다.

勝兵先勝而後求戰
승 병 선 승 이 후 구 전
승리하는 군대는 먼저 이길 수 있는 상황을 만들고서 싸우기를 구한다는 전략이다.

知可以戰與不可以戰者勝
지 가 이 전 여 불 가 이 전 자 승
즉 싸워야 할 상황과 안 될 상황을 판단하는 기준이었다. 그래서 매전 완승을 기약할 수 있었다.

도체찰사(都體察使) 이원익(李元翼)은 말한다.

暴虎馮河
폭 호 빙 하

범을 맨손으로 때려잡고 황하를 배도 없이 건너간다는 무모함

不知被不知己 每戰必敗
부 지 피 부 지 기 매 전 필 패

적을 모르고 자신도 모르기 때문에 매번 전투에서 질 수밖에 없는 상황을 스스로 만들었다.

정유년 1597년 9월 7일, '탐망군관 임준영이 와서 보고하기를 적선 55척 가운데 13척이 이미 어란 앞바다에 도착했는데 그 목적이 필시 우리 수군에 있는 것 같다고 했다(난중일기).'

善用兵者 先爲不測 敗敵乖其所之
선 용 병 자 선 위 불 측 패 적 괴 기 소 지

용병을 잘 하는 자가 먼저 예측할 수 없는 상황을 만들면 적이 가는 방향을 어그러뜨릴 수 있다.

당나라 때 이정(李靖)이 지은 병법서『이위공문대(李衛公問對)』에 나오는 말이다. 무경칠서(武經七書) 중의 하나로 이순신 장군은 무과시험 공부를 할 때 본 병법을 적절히 활용했다.

② 명량 해전의 진실

칠천량에서 조선 수군이 대도륙을 당할 때 배설이 판옥선 12척을 철수시킨 것을 보면 배설은 명량해전이 승산이 없다는 판단을 내렸던 것으로 보인다. 하지만 이순신은 명량해전 때 함선수 13척 대 300척의

절대열세에서도 조류를 이용하여 왜군에 승리했다.

다급해진 조정은 병력도 함선도 없는 이순신 장군에게 삼도수군통제사라는 허울뿐인 벼슬을 내렸다. 그러고도 아무래도 이건 아니다 싶어 장군에게 차라리 수군을 없애버리고 육군에 편입하여 권율의 휘하에서 육군으로 싸울 것을 명하였다. 명(命)을 받은 장군은 조정에 장계를 올려 아직 신이 살아있고 신에게는 아직 12척의 전선(戰船)이 남아 있으므로 적(敵)들이 우리 수군을 업신여기지 못할 것입니다, 라며 일본군과 바다에서 싸우게 해달라고 요청하였다.

12척의 배와 100여 명의 장졸은 장군이 삼도수군통제사(三道水軍統制使)가 되었다는 말을 듣고 스스로 모인, 함대라고 하기엔 너무나 보잘것없는 빈약한 부대였다.

장군이 참수형을 당하기만 기다렸던 왜병은 장군이 가까스로 목숨은 건졌지만 장군의 병력과 함대가 빈약할 때 숫자로 밀어붙여 장군을 죽일 절호의 찬스로 생각하여 적극적인 공세로 나왔다. 이것이 바로 그 유명한 명량 해전이다.

1592년에 시작된 임진왜란은 1598년 도요토미 히데요시가 죽으므로 전쟁이 끝나게 되는데 그 한 해 전 전남 진도와 육지 사이의 좁은 수로인 울돌목에서 조선 수군과 일본 수군의 피할 수 없는 한판 승부가 펼쳐졌다. 이 전투는 사실 일어날 수 없는 기적이라고 말할 수밖에 없다.

명량 해전

신(臣)이 죽지 않고

살아 있고
죽기로 하면
살 것이오
살고자 하면
죽을 것이니
너와 나 힘을
같이한다면
승리는
우리에게 있으라.

아직 우린
배는 적지만
적이 우릴
업신여기지
못할 것이오.
물길이 좁아서
조류에 운다고
울덕목이라.
교량이 운다고
鳴梁이라오.

비가 내리고
바람이 불어도
任俊英이 와서

莞島를 정탐하니
武經七書 병법의
7가지 문자대로
三界八苦 삼계의
8가지 고민이라.

生老病死는
태어나고 늙어서
병들면 죽는 이치라.
병법(兵法)을
제대로 적절히
활용한다면
어란개(魚卵浦) 연안은
우리 수군 손아귀라네!

제자리서
돌고 도는 판옥선
강강술래 노래 따라
"두륜산 대흥사"
종(鍾)소리도
물 소리와 함께
해전사 기록에
불멸의 전적
캐릭터(character)

소설로 남아있네…….

통제사 특명

9월 15일 결전을 앞두고 이순신은 수하 장수들을 집합시킨 후, "병법에 이르기를 반드시 죽을 각오로 임하면 살 수 있고 반드시 살려고 한다면 죽게 된다고 했고, 한 명이 길목을 지키게 되면 천 명도 두렵게 할 수 있다고 했다(『오자병법(吳子兵法)』「치명편(治命篇)」必死卽生 幸生卽死 살고자 하면 반드시 죽을 것이고 죽고자 하면 반드시 살 것이다). 너희 장수들이 조금이라도 명령을 어긴다면 군법으로 다스려 비록 작은 일이라도 용서하지 않겠다."라고 말하며 엄격히 각오를 다진 다음 명량(울돌목)을 계획했다

울돌목(명량)이란?

진도와 화원 반도 사이의 해협으로 가장 좁은 목은 약 330m이며 깊이는 약 1.9m에 불과하고 암초가 많고 썰물 때는 조수가 서쪽에서 동쪽으로 흐르고 밀물 때는 그 반대방향이 되는 급류지대로서 워낙 조수의 흐름이 빨라서 마치 우는 소리를 내는 듯하다하여 명량(鳴梁), 즉 울돌목이라 불렀다.

9월 16일 결전의 날, 이순신은 전라우수영 묘박(錨泊)으로부터 울돌목을 향한 출전 명령을 내렸다. 북서 조류를 타고 왜선 133척은 명량 입구까지 들어왔다. 이 두 세력의 선박은 명량 입구에서 마주쳤고, 왜장 마다시(まだし, 未だし)는 조선 선박 13척에 포위를 시도했다. 하지만 워낙에 좁은 명량 입구라 왜선 13척은 뒤를 이어 들어왔다.

그런데 안골포 해전 시 항복한 왜병 준사란 자가 배 위에서 왜장 마

다시가 바다 속에 빠져 허우적거리는 것을 발견, 이순신은 즉각 그를 잡아 목을 베어 왜군에게 보이니 왜군들은 전의를 상실하여 뒤로 물러섰다. 이때를 잡아 조선군은 밀려들어가는 조류를 타고 일제히 돌격하여 왜선 31척을 격파, 왜군 수군장 10여 명의 목을 베었다.

울돌목 조류를 이용한 이순신

양안에 돌출한 암초를 울돌이라 했고, 120m밖에 안 되는 너비의 명량해협의 가장 좁은 목을 울돌목이라고 불렀는데, 이순신은 불과 120m 폭에 13척의 전선을 옆으로 전개시키고 닻을 내려 북서류의 흐름에 의해 뒤로 밀려가지 않도록 한 것이다. 이 때 시각이 약 오전 8시 ~8시 30분경이니 약 1시간 후면 최대 유속의 북서류가 되어 역류에 정박이 어려웠다.

급소 공격

손자병법 허실편

固文眞寶後集 고 문 진 보 후 집	고문진보후집
送溫造處士序 송 온 조 처 사 서	온조 처사를 전송하며 항유(韓愈)가 지은 글
攻其所必救 공 기 소 필 구	반드시 구원해야 할 곳을 공격한다.
孫子虛實 손 자 허 실	적이 승리하지 못하도록 하는 것은 아군에게 달려 있고 아군이 승리하는 것은 적에게 틈이 있는가에 달려 있다.

27. 노량 해전: 이순신 마지막 순국

1598년 12월 16일(음력 11월 19일) 이충무공은 노량에서 퇴각하기 위하여 집결한 500척의 적선을 발견하고 싸움을 피하려는 명나라 수군 제독 진린(陳璘)을 설득하여 공격에 나섰다. 그는 함대를 이끌고 물러가는 적선을 향하여 맹공을 가하였고, 이것을 감당할 수 없었던 일본군은 많은 사상자와 선척을 모두 잃었다.

그러나 선두(船頭)에 나서서 적군을 지휘하던 그는 애통하게도 적의 유탄에 맞았다.

그는 전사하는 순간까지 "싸움이 바야흐로 급하니 내가 죽었다는 말을 삼가라." 하고 조용히 눈을 감았다.

운명을 지켜보던 아들은 슬픔을 이기지 못하여 그대로 통곡하려 하였으나, 이문욱(李文彧)이 곁에서 곡을 그치게 하고 옷으로 시신을 가려 보이지 않게 한 다음, 북을 치며 앞으로 나아가 싸울 것을 재촉하였다. 군사들은 통제사가 죽지 않은 줄로 알고 기운을 내어 분전하여 물러나는 왜군을 대파하였다.

이순신 군대는 해전에서 불패를 자랑하는 무적의 군대였다. 그의 이름은 일본은 물론 명나라까지 알려져 그의 신출귀몰한 작전에 모두가 경탄을 자아내는 임진왜란의 영웅이었던 것이다. 외국에서도 이 정도인데 국내에서의 그에 대한 존경심과 명성은 하늘을 찌르고 있었던 것이다.

그러나 선조와 조선의 조정은 임란 당시 효과적 대응을 제대로 못해 국가 위기의 파국을 초래했다는 비난을 피하기 어려운 상황이었다.

임란이 종결되면 어떤 형태로든지 선조나 조정 대신들에 대한 비난의 화살이 돌아오는 것은 피할 수 없는 상황이었다.

임란 당시 도망치기에 바빴던 우리의 집권자들과는 달리 의병장을 중심으로 한 의병들은 효과적으로 전투를 수행했으며 이미 중앙 조정의 통제를 벗어나 자치권을 행사하고 있는 시점이었다.

그리고 백성들 사이에서는 조헌, 고경명, 곽재우, 김덕령 등의 의병장을 중심으로 한 백성들의 새로운 의식이 나타나고 있었으며 무능한 조정보다는 이들 의병장에 새로운 기대 심리가 발생하고 있었다.

의병장들과 조선의 백성들은 전쟁 과정 중에도 외부의 적 이외에도 자신의 권력 기반을 잠식할 가능성이 있는 내부의 적에 대해서도 예의 주시하고 있던 권력의 예민한 촉수를 피할 수는 없었다.

이러한 내부의 적을 찾아내 완전 제거하지 않고서는 당시의 집권층은 결코 안심할 수 없는 상황이었다.

그래서 그들은 촉각을 곤두세우고 의병장을 중심으로 동태를 파악하다가 첫 칼을 빼들었으니 그가 바로 김덕령 장군이다.

그는 무고하게 끌려가 역모 혐의를 뒤집어쓰고 31살 한창 나이에 자신이 충성을 바친 조국의 배신으로 죽음을 맞이하게 된다.

이에 대한 이민서(李敏敍)의 김충장공유사(金忠壯公遺事) 기록을 보면 "김덕령 장군이 죽고부터는 여러 장수들이 저마다 스스로 의혹하고 또 스스로 제 몸을 보전하지 못하였으니 저 곽재우는 마침내 군사를 해산하고 숨어서 화를 피했고 이순신은 바야흐로 전쟁 중에 갑주를 벗고 스스로 탄환에 맞아 죽었으니 호남과 영동등지에서는 부자와 형제들이 의병은 되지 말라 하였다네." 라는 대목이 나온다.

이렇듯이 전쟁 후기에 의병장들은 몸을 사리기 시작하는데 백성들의 신망이 두터워지자 이를 경계한 조정의 비정한 칼이 자신들의 목을 죄어오기 시작한 것이다. 뭍에서도 몫을 한 영웅 의병장 김덕령이 죽자 그때 홍의장군 곽재우도 연루돼 고초를 겪었다.

이후 곽재우는 군사를 해산하고 은둔해버리고, 권율은 아침저녁으로 한양에 장계를 띄워 충성을 맹세했고, 대장군 이일은 아예 왕실과 조정의 수호자임을 자처하고 나서자 이 시점에서 조정이 가장 두려워하는 대상이 하나 남았는데 그는 바로 이순신이었다. 이순신은 당시 마지막 전투를 앞두고 이러한 상황을 놓고 고뇌에 고뇌를 거듭한 것이다.

이순신은 대부분의 의병장들이 죽음을 당하거나 죄를 뒤집어쓰고, 전쟁이 끝나면 내로라하는 장수들을 대대적으로 숙청할 것인데 그 일호는 자신일 것임을 알고 있었다. 불패의 신화를 부담스러워하는 조정에서 전쟁 영웅이 자신의 권력을 위협할 만큼 커지는 것을 좌시 하지 않을 텐데 이순신이 전사하지 않고 살아있다면 기필코 이순신을 죽이지 않을 수 없는 정치적 상황이었음을 알고 있었을 것이다.

즉, 전쟁이 끝났음에도 전쟁 영웅인 이순신이 죽지 않는다면 선조는 기필코 이순신을 잡아다가 역적으로 몰아서 죽였을 것이다. 선조 입장에서는 간신배들의 말대로 이순신과 의병장들이 백성들의 인기가 임금보다 높아서 이들이 정변을 일으킬 것을 염려하여 커질 대로 커진 의병장과 이순신을 제거하지 않고서는 그의 정권을 유지할 수 없어 없는 죄를 만들어 토사구팽(兎死狗烹)시켜야 정권을 유지한다는 것이다.

이순신은 나라를 위해 왜구를 물리쳐야 하지만 마지막 전투에서 전사를 하고 조정의 우환을 스스로 없애줄 것인가?

아예 왜구를 물리친 연 후 그 여세를 몰아 중앙 정부를 공격해서 쿠데타를 일으켜 새로운 정부를 세울 것인가?

죽기는 너무 억울하니 살아도 죽을 목숨이라면 죽음을 가장하고 어디로 은둔해서 여생을 보낼까?

마지막 전투를 앞두고 그의 머릿속에는 별의별 생각이 다 떠올랐을 것이다.

그리고 국가의 존망이 걸린 기로에서도 권력 투쟁에 골몰하는 조정에 대한 역겨움과 조국을 걱정하는 가슴어린 고뇌가 섞인 마지막 날을 보냈을 것이다.

노량 해전에서 이순신이 자살해야 할 동기

의병장 김덕령은 육전에서 많은 전과를 올렸으나 김덕령의 인기가 하늘을 찔렸으나 김덕령의 죽임을 보고 느낀 점.

그렇지만 선조 임금은 아무래도 8월 3일 임명장이 자의가 아니었으므로 이순신에게 8월 15일에 수군을 폐(廢)하라는 교유서(敎諭書)를 보냈다. 당연히 앞의 교유서(敎諭書)는 무효가 된 것이다.

【시문 92수】 충무공의 죽음

처음부터
계획된 죽음이여
해전영웅 이순신
마지막 전투
노량해전에서
나의 죽음

알리지 말라

싸움이 한창 때
동이 틀 새벽 무렵
함선을 포위하려
달려오는데
승리를
가늠할 수 없어서
병사들 얼굴
모두 흙빛이라
당시 현장에는
아들과 조카만
옆에 놔 뒀을 것이다.

충무공
입장에서도
피가 바짝 말린
해전에 몸 던져
진린(陳璘)을 살리고자
자신을 희생물로
나라에 바치다.

새벽 4시부터
전투가 시작되어

시작부터
치열한 해전
이긴 전투
알면서
자신을 버린 장군님
아 아쉽다.

청(靑)나라 진린의 함대를 구원하기 위해 몸을 일으키는 순간 왼쪽 겨드랑이를 유탄에 맞았다. 유탄이 왼쪽 겨드랑이를 뚫고 심장을 지나가 즉사했을 것으로 판단된다.

【시문 93수】 노량 해전

이날 전투로
북방에서부터
동고동락
아들 같은 친구로
본시부터
죽음을 무릅쓰고

통틀어 가장
치열했던 해전

바로 마지막
노량해전에서.
안타까운
충무공 죽음이여…….

어이없는 해전
갑작스런 죽음을
후대에
민초들 이르기를
자살설로
단정한 죽음이여!

조선과 명나라 연합함대는 음력 11월 18일 밤에 노량으로 진격하여
다음날 11월 19일 새벽에 시마즈 요시히로(島津義弘), 소오 요시토모(宗
義智), 다치바나 도오도라(立花統虎) 등이 이끄는 500여 척의 적선과 혼
전난투의 접근전을 벌였는데, 치열한 야간전투가 계속되는 동안 날이
밝기 시작하여 이 마지막 결전이 고비에 이른 11월 19일(양력 12월 16일)
새벽, 이순신 장군은 전투 중에 왼쪽 가슴에 적의 탄환을 맞고 쓰러졌
는데 "싸움이 바야흐로 급하니, 내가 죽은 것을 알리지 말라."고 당부
하며 세상을 떠났다고 한다.

　노량 해전이 끝난 후 이순신 장군의 시체를 담은 상여는 마지막 진
지였던 고금도를 떠나 12월 11일경에 충청도 아산에 도착, 이듬해인
1599년 2월 11일 아산 금성산(錦城山) 밑에 안장되어 전사한 지 15년 후

인 1614년(광해군 7년) 아산시 음봉면(陰峰面) 어라산(於羅山) 아래로 천장하였다.

그 후 우의정이 증직되어 1604년 10월 선무공신(宣武功臣) 1등에 녹훈되고 풍덕부원군(豊德府院君)에 추봉되었으며 좌의정(左議政)에 추증되기도 하였다.

1643년 인조(仁祖21년) 충무(忠武)라는 시호(諡號)가 추증되고, 1704년 유생들의 발의로 1706년 숙종(肅宗 33년) 아산에 현충사(顯忠祠)가 세워지면서, 1793년(정조 18년) 7월 1일 정조의 뜻으로 영의정(領議政)으로 추증(追贈)되었다고 한다.

정유년 1597년 9월 7일 '탐망군관(探望軍官) 임준영(任俊英)이 와서 보고하기를 적선 55척 가운데 13척이 이미 어란(於蘭) 앞바다에 도착했는데 그 목적이 필시 우리 수군에 있는 것 같다고 했다.'

당(唐)나라 때 이정(李靖)이 지은 병법서 이위공문대(李衛公問對)에 나오는 말이다. 무경칠서(武經七書) 중의 하나로 이순신 장군은 무과시험 공부를 할 때 본 병법을 적절히 활용했다.

雨雨風風 任俊英來 傳莞島偵探 則無賊船云
우 우 풍 풍 임 준 영 래 전 완 도 정 탐 칙 무 적 선 운

비가 내리고 바람이 불었다. 임준영(任俊英)이 와서, "완도를 정탐하니 적들이 없습니다."고 전했다.

왜 이순신 장군이 자살했을까?

사형수에서 백의종군, 재탕 통제사는 임시 전쟁용이다!

자살설의 역사는 길다. '이충무공전서'를 편역한 노산 이은상은 '공(이

순신)이 죽음을 스스로 취한 것
이라고 보는 견해와 그것을 반
박하는 견해는 충무공이 전몰
하던 당시부터 있었던 것 같다'
고 했다.

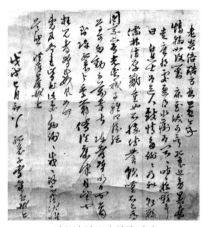

이민서의 '김장군전' 같이 자살
설에 기우는 글이 있는가 하면
숙종 때 우의정까지 지낸 이이명

이순신 장군의 친필 편지

(李頥, 1658~1722)처럼 '···나라가 망하면 같이 망하고 나라가 살면 같이
살려 했거늘 공(이순신)이 어찌 차마 스스로 죽음을 취하여 길이 국가
를 중흥하려는 큰 뜻을 저버렸을까보냐'(이은상 역)고 반박하는 경우도
적지 않았다. 이순신이 숨을 거둔 이래 약 100년 동안 그의 죽음을 놓
고 조선사회에서 논박이 있어 왔다는 것을 보여준다(이순신의 친필을 번
역하신 노산 이은상은 경남 마산 출신이다).

【시문 94수】 의문점

당시 현장에
맏아들 회(檜),
조카 완(莞)
친족 외에는
장군님의 죽음을

증명해 줄 사람
아무도 아는 사람
없었다네.

장군의 죽음
너무도 이상해,
본 사람 있지만
모두가 함구.
전쟁은 승리하고
갑주를 벋는 것은
처음부터 죽기를
택한 것 같아.

통상적 용병술
누구에게 이양하나
많은 장교들이
같이 했지만
이순신이 전사로
조카가 이어 받아
함대를 총지휘
하였다 하네.

7월 18일의 일기에 이렇게 적혔다. "도원수가 와서 말하기를 일이 이미 여기까지 이르렀으니, 어떻게 할 수가 없다 하면서, 밤 10시께까지 이야기했으나, 어떻게 뜻을 정할 수가 없었다. 나는 내가 직접 해안지방으로 가서, 듣고 본 뒤에 방책을 정하겠다고 말했더니, 원수는 그보다 더 좋아할 수가 없었다."

이렇게 해서 공은 자기와 뜻을 같이 하고, 또 서로 힘이 될 만한 장수들로 송대립(宋大立), 유황(柳滉), 윤선각(尹先覺), 방응원(方應元), 현응진(玄應辰), 임영립(林英立), 이원룡(李元龍), 이희남(李喜男), 홍우공(洪禹功) 등 아홉 사람과 함께 말위에 높이 앉아 우리 수군의 패전지대를 살피러 떠나가는 것이었으니, 그 영웅적인 모습이야말로 어찌 형언할 수가 있었으랴.

이순신의 전사

1598년 12월 16일(음력 11월 19일) 밤, 경상우도 남해현 노량 앞바다에서 조(朝)·명(明) 연합 수군 승리, 도요토미 히데요시 사망으로 일본군이 철수하면서 임진왜란은 종전된다.

전투 결과

- 조(朝)·명(明) 연합군 피해: 삼도수군통제사 이순신, 가리포첨사 이영남, 낙안군수 방덕룡, 흥양현감 고득장 등 전사 및 조선군 300명 사상, 명군 장수 등자룡 및 500여 명 사상
- 왜군의 피해: 전선 200여 척 침몰, 100여 척 연합 수군에게 나포, 150여 척 파손 5만여명 사상

이 노량 해전의 상황을 자세히 알려주는 당대 사료는 실록에 있는 이덕형의 보고 외에는 없는 편이다. 이유는 지휘관(이순신)이 전사한 탓에 확실한 장계가 없기 때문으로 그래서 세세한 상황은 남겨지지 않았다.

노량 해전의 결과

봉쇄당하고 있던 고니시군은 노량 해전의 혼란을 틈타 남해도 남쪽을 지나 퇴각하여 시마즈군과 함께 일단 부산에 집결, 그 즉시 퇴각하며 노량 해전을 끝으로 임진왜란과 정유재란의 7년간의 전쟁은 끝이 난다.

피해 규모

- 사령관 이순신, 가리포첨사 이영남, 낙안군수 방덕룡, 초계군수 이언량 전사 및 조선군 300여 명 사상.
- 명군 장수 등자룡 전사 및 500여 명 사상 및 1척 손실.
- 구원군 전선 200여 척 침몰, 100여 척 연합수군에게 나포, 150여 척 파손 및 6만여 명 사상, 주둔군 전선 60여척 침몰 및 파손, 일본군 3,000여 명 사상.

28. 정유재란에 대하여

노량 해전은 정유재란 당시 1598년 12월 16일(선조 31년, 음력 11월 19일) 이순신을 포함한 조명 연합 수군이 경상우도 남해현 노량해협에서 일본의 함대와 싸운 전투이다.

1711년에 이여(李畬)가 쓴 정탁의 구명 상소문의 기록을 살펴보아도 "공로가 클수록 용납되기 어려움을 스스로 느낀 것 같아 마침내 싸움에 이르고 자기 몸을 버렸으니 이순신의 죽음은 예견된 것 같아서라, 미리부터 계획한 것이라고들 말하는데 그때의 경우와 처지로 보면 그 말에 혹시 타당한 점이 많도다. 아 슬픔이로다."

【시문 95수】 결론

노량해전 앞두고
果膏된 준비를
통제사는 마음열고
戰功 세우고
승첩이 먼저로
마음 정하고
그 결론 복잡해

노량 해전 시작부터

치밀한 計畫
왜군을 물리쳐도
고민은 남아
치밀한 준비
다음 결론
노량 해전
마지막 결정을.

서럽고
아픈 마음
어찌 하리오!
불가능을
가능으로
만드는 길

칠천량 패전이
백의종군 누명 벗어
정치적 장래는
여기서 끝맺을 시기
무거운 절보다
중이 먼저 떠나야
마지막 전투
노량 해전이 결정적
난중일기

덮어야 할 때가
왔구나. 나, 이순신

【시문 96수】 이순신의 고뇌

아무도 모르는 고민 속
죽음을 가장하고
어디론가
은둔이냐
죽어야 하나
해답 없는
마지막 고민이여.

살아온 순간보다
차라리 이 몸 하나
나라에 바친다면
구국의 영웅답게
내 흔적 결단
끝맺음 군인정신을……

【시문 97수】 결심

종전 뒤엔
토사구팽 뻔한데
삼도수군통제사
체면세우고
만백성
신뢰받는 충성심
군인은
전쟁터가 고향.

조국을 지켜내고
이 한 몸 끝으로
신뢰받는
삼도수군통제사로
나의 흔적
나라에 바치고
이 몸 하나 결단내리라!

제5장

시인(詩人)
이순신

이순신의 15세 소년학당 연구

이순신은 서울 건천동에서 대제학 이변(李邊)의 5대손으로 탄생하였는데, 아산에는 언제 갔을까? 그의 증조부 거(踞)는 병조참의를 지냈고 할아버지는 벼슬을 안 했다. 이순신은 음직(蔭職)을 지낸 아버지 정(貞)의 셋째아들로 1545년 3월 8일에 태어났다. 이순신의 정확한 출생지는 많은 사람들이 거의 모르고 있는데, 지금의 서울 중구 인현동이다.

이순신은 유성룡(柳成龍), 이항복(李恒福), 선거이(宣居怡), 홍연해(洪連海) 등 임란의 일등공신들과 동 시대에 청년기를 함께 지냈다. 청소년기에 친했던 신분으로 서로를 잘 알았기에 그 행적이 『징비록(懲毖錄)』과 『이항복 문집』에 기록돼 있다.

인현동에서 함께 자란 유성룡은 이순신의 인물됨과 실력을 보았기에 이순신이 장재임을 잘 알고 있었다. 조정에서 선조(宣祖)가 장재를 추천하라고 내린 어명에 유성룡은 이순신을 추천했다. 이항복이 그의 문집에서 '이순신은 20여 세부터 시문과 필적에 능통했다'고 기록한 것을 보면 성혼한 20대까지 함께 지냈음을 믿을 수 있다.

이순신의 명언(장군의 생활신조)

집안이 나쁘다고 탓하지 마라
나는 역적의 가문에서 태어나
가난 때문에 외갓집에서 자라났다

머리가 나쁘다고 말하지 마라
나는 첫 시험에서 낙방하고
서른둘의 늦은 나이에야 겨우 합격했다

직위가 낮다고 불평하지 마라
나는 14년 동안 변방말단
수비장교로 윗사람의 지시대로 임했다

어쩔 수 없다고 말하지 마라
나는 직속상관들과의 불화로
몇 차례나 파면과 복직 불이익을 받았다

몸이 약하다고 고민하지 마라
나는 평생 고질적인 장병에
고통받고 기회가 오지 않아도 충실했다

나라의 군량을 불평하지 마라

나는 대군의 적에게 겁 없이
싸우다가 마흔일곱에 제독이 되었다

군량 지원이 적다고 불평 마라
나는 스스로 농작자족하면서
스물세 번 싸워 스물세 번 승리했다

윗사람이 알아주지 않아도 불평마라
나는 임금의 오해와 의심으로
모든 공을 뺏긴 채 옥살이해도 적과 싸웠다

守柵拒敵圖 적의 도형을 지키다
자본이 없다고 절망하지 마라
나는 빈손으로 돌아온 전쟁터에서
열두 척의 낡은 배로 133척의 적을 막았다

옳지 못한 방법으로
가족을 사랑한다 말하지 마라
나는 스물의 아들을
적의 칼날에 잃었고
또 다른 아들들과
함께 전쟁터로 나섰다

必死卽生, 必生卽死 죽고자 하면 살고, 살고자 하면 죽는다.
필 사 즉 생   필 생 즉 사

죽음이 두렵다고 말하지 마라

나는 적들이 물러가는 마지막

전투에서 스스로 죽음을 택했다

今臣戰船 尚有十二 신에게는 아직 12척의 배가 있사옵니다.
금 신 전 선 상 유 십 이
이순신 장군이 53세에 정탁의 상소문으로

다시 복직하여 정비한 결과

12척의 배와 군사 120명이 다였다.

이때 임금이 수군을 없애려고 했다.

하지만 이순신 장군은 수군이

꼭 있어야 한다며 강력히 건의

前方急 愼勿言我死前
전 방 급 신 물 언 아 사 전
나의 죽음을 적에게

알리지 마라

싸움이 한창 급하다.

충무공 이순신 장군의 마지막 명언은

임진왜란 마지막 전투인 노량해전에서

적의 총탄을 맞아 죽음을 맞는 순간에도

나라를 지키려는 이순신 제독의

나라 사랑하는 마음을 느낄 수 있다.

誓海漁龍動 바다에 맹세하니 어룡이 감동하고
서 해 어 룡 동

盟山草木知 산에 맹세하니 초목이 아는구나
맹 산 초 목 지

此獸若除 死卽無憾
차 수 약 제 사 즉 무 감
이 원수를 무찌른다면, 지금 죽어도 여한이 없겠습니다.

勿令妄動 靜重如山
물 령 망 동 정 중 여 산
가벼이 움직이지 말라. 침착하게 태산같이 무겁게 행동하라.

- 옥포 앞바다에서 첫 해전을 앞둔 조선 수군 장수들에게 신중하고
  침착하게 전투에 임할 것을 당부하며 이른 말

  (옥포해전은 임진왜란 시 이순신의 첫 승리로서, 조선이 거둔 첫 전과라.- 옥
  포파왜병장, 5월 10일 기록)

칼에 새겨져 있는 명구(名句)

이순신 제독의 칼에는 명문이 새겨져 있다. 아마도 항상 마음에 간
직하려는 이순신 제독의 신념이 아니었나 싶다.

三尺誓天 山河動色 석 자 칼로 하늘에 맹세하니 강산이 떨고,
삼 척 서 천 산 하 동 색
一揮掃湯 血染山河 한 번 휘둘러 쓸어버리니 피가 강산을 물들이다.
일 휘 소 탕 혈 염 산 하

이순신 장군의 시조

2006년 최초 공개된 한시

萬里江山筆下成 만 리 강산은 붓끝에서 이뤄지고,
만 리 강 산 필 하 성

空林寂寂鳥無聲 텅 빈 숲 적적하니 새조차 울지 않네,
공 림 적 적 조 무 성

挑花依舊年年在 복사꽃 의구하여 해마다 피는데.
도 화 의 구 년 년 재

雲不可兮草自靑 구름은 흐르지 않고 풀만 절로 푸르다.
운 불 가 혜 초 자 청

한산도가(閑山島歌)

閑山島月明夜上戌樓 한산섬 달 밝은 밤에, 戌樓에 올라
한 산 도 월 명 야 상 수 루

撫大刀深愁時 큰칼 어루만지며 깊은 수심에 잠겼을 때
무 대 도 심 수 시

何處一聲羌笛更添愁 어찌나 한곳에서 굳센 나팔소리 근심을 또 더하
하 처 일 성 강 적 갱 첨 수 게 하구나!

한산도야음(閑山島夜吟)

水國秋光暮 물나라에는 가을빛 저물었는데
수 국 추 광 모

驚寒雁陣高 추위에 놀란 기러기 떼 높이 떴구나
경 한 안 진 고

憂心輾轉夜 근심으로 전전반측(輾轉反側) 밤새 잠 못 이룬 사이에
우 심 전 전 야

殘月照弓刀 싸늘한 새벽달이 어느새 활과 칼을 비추네.
잔 월 조 궁 도

진중음(陣中吟) 1

天步西門遠 임금의 행차는 서쪽으로 멀어져 가고
천 보 서 문 원

東宮北地危 왕자는 북쪽 땅에서 위태롭다
동 궁 북 지 위

孤臣憂國日 외로운 신하는 나라를 걱정할 때이고
고신우국일

壯士樹勳時 사나이는 나라 위해 공훈을 세워야 할 때로다
장사수훈시

誓海魚龍動 바다에 서약하니 물고기와 용이 감동하고
서해어룡동

盟山草木知 산에 맹세하니 풀고 나무도 아는구나
맹산초목지

讐夷如盡滅 원수를 모두 멸할 수만 있다면
수이여진멸

雖死不爲辭 비록 죽음일지라도 사양하지 않으리라!
수사불위사

진중음(陣中吟) 2

二百年宗社 이백년 종묘사직(宗社)이
이백년종사

寧期一夕危 하루 저녁에 위기에 처할 줄 어찌 예상했겠는가
영기일석위

登舟擊楫日 배에 올라 상앗대(楫) 두드리며 맹세하는 날이요
등주격즙일

拔劍倚天時 하늘 향해 칼 뽑을 때로다
발검의천시

虜命豈能久 놈들의 운명이 어찌 오래가겠느냐
노명기능구

軍情亦可知 적군의 정세도 짐작하거니
군정역가지

慨然吟短句 비분강개 짧은 시 구절 읊어 보지만
개연음단구

非是喜文辭 글을 즐겨 하는 것은 아닌 거라네
비시희문사

진중음(陣中吟) 3

水國秋風夜 물나라에 가을바람 서늘한 밤
수국추풍야

愀然獨坐危 쓸쓸히 홀로 앉아 생각하노니
초연독좌위

太平復何日 어느 께나 이 나라 편안하리오
태평복하일

大亂屬玆時 지금은 난리를 겪고 있다네
대란속자시

業是天人貶 공적은 사람마다 낮춰 보련만
업시천인폄

名猶四海知 이름은 부질없이 세상이 아네
명유사해지

邊優如可定 변방의 근심을 평정한 뒤엔
_{변 우 여 가 정}

應賦去來辭 도연명 귀거래사(去來辭) 나도 읊으리
_{응 부 거 래 사}

선거이(宣居怡) 수사와 작별하며(贈別宣水使居怡)

北去同勤苦 북쪽에 가서도 함께 동고동락했고,
_{북 거 동 근 고}

南來共死生 남쪽에 와서도 생사를 같이 했지.
_{남 래 공 사 생}

一杯今夜月 오늘밤은 달 아래 한 잔 술을 나누고,
_{일 배 금 야 월}

明日別離情 내일은 이별의 정을 나눠야 하는구나.
_{명 일 별 리 정}

무제(無題) 1

不讀龍韜過半生 병서(龍)도 못 읽고 반생 지내느라
_{불 독 용 도 과 반 생}

時危無路展葵誠 위태한 때 (해바라기 같은 일편단심) 충성 바칠 길 없네
_{시 위 무 로 전 규 성}

峩冠曾此治沿槧 지난날엔 높은 갓 쓰고 글 읽다가
_{아 관 증 차 치 연 참}

大劍如今事戰爭 오늘은 큰 칼 들고 싸움을 하네
_{대 검 여 금 사 전 쟁}

墟落晩烟人下淚 마을의 저녁 연기에 눈물 흘리고
_{허 락 만 연 인 하 루}

轅門曉角客傷情 진중의 새벽 호각 마음 아프다
_{원 문 효 각 객 상 정}

凱歌他日還山急 훗날(他日) 개선가(凱歌)가 울려 퍼지면 급히 산으로
_{개 가 타 일 환 산 급}
　　　　　　　　　　돌아가

肯向燕然勒姓名 기꺼이 (한나라 장수 두헌처럼 燕然山에) 공적을 새기리
_{긍 향 연 연 륵 성 명}

무제(無題) 2

北來消息杳無因 북쪽 소식 아득히 들을 길 없어
_{북 래 소 식 묘 무 인}

白髮孤臣恨不辰 외로운 신하 시절을 한탄하네
_{백 발 고 신 한 불 신}

袖裡有韜摧到敵 소매 속엔 적 꺾을 병법 있건만
_{수 리 유 도 최 도 적}

胸中無策濟生民 가슴 속엔 백성 구할 방책이 없네
흉 중 무 책 제 생 민

乾坤黯黲霜凝甲 천지는 캄캄한데 서리 엉기고
건 곤 암 참 상 응 갑

關海腥膻血浥塵 산하에 비린 피가 티끌 적시네
관 해 성 전 혈 읍 진

待得華陽歸馬後 화산(華山)의 남쪽(陽)으로 (전장에서 쓰던) 말 돌려보
대 득 화 양 귀 마 후

　　　　　　　내고 나면

幅巾還作枕溪人 두건 쓴 처사 되어 살리라
폭 건 환 작 침 계 인

무제육운(無題六韻)

蕭蕭風雨夜 비바람 부슬부슬 흩뿌리는 밤
소 소 풍 우 야

耿耿不寐時 생각만 아물아물 잠 못 이루고
경 경 불 매 시

懷痛如摧膽 쓸개가 찢기는 듯 아픈 이 가슴
회 통 여 최 담

傷心似割肌 살을 에는 양 쓰린 이 마음
상 심 사 할 기

山河猶帶慘 강산은 참혹한 꼴 그냥 그대로
산 하 유 대 참

魚鳥亦吟悲 물고기 날새들도 슬피 우누나
어 조 역 음 비

國有蒼黃勢 나라는 갈팡질팡 어지럽건만
국 유 창 황 세

人無任轉危 바로 잡아 세울 이 아무도 없네
인 무 임 전 위

恢復思諸葛 제갈량 중원 회복 어찌했던고
회 복 사 제 갈

長驅慕子儀 몰아치던 곽자의 그리웁구나
장 구 모 자 의

經年防備策 몇 해를 원수막이 한다고 한 일
경 년 방 비 책

今作聖君欺 이제 와 돌아보니 님만 속였네
금 작 성 군 기

이순신 장군 연대기

(연표의 모든 날짜는 음력임)

1545년 3월 8일 서울 건천동(현 중구 인현동)에서 태어남.

1572년 8월 훈련원[1] 별과[2] 시험에 응시하였으나 불합격

1576년 2월 식년무과[3] 병과에 합격

1580년 7월 발포 수군 만호[4]가 됨(수군과 첫 인연).

1582년 1월 서익의 모함으로 수군 만호에서 파직됨.

1587년 1월 조산보 만호가 됨.

8월 조산보 근처 녹둔도의 둔전[5]관을 겸임함(이때의 둔전 경영 경험이 후에 수군경영에 도움이 됨).

8월 이일의 무고로 파직되어 백의종군[6](1차)

1589년 12월 전라도 정읍 현감[7]

---

1 조선 시대 군사들의 선발, 군사 교육 및 훈련을 담당하던 관청

2 과거에서 본과 이외에 부정기적으로 실시되는 시험을 위해 따로 설치한 과

3 3년마다 정기적으로 무관을 뽑기 위해 실시한 시험. 갑과, 을과, 병과로 나뉨.

4 수군 조직에 속한 종4품 외직 무관 벼슬

5 조선 시대 군량을 충당하기 위해 설치한 토지. 군졸, 서리, 평민, 관노비들에게 미개간 지를 개척하여 경작하도록 하고, 거기에서 나오는 수확물을 지방 관청의 경비나 군량 등으로 사용함.

6 벼슬 없이 군대를 따라 싸움터로 감.

7 지방행정조직 중 가장 작은 단위인 '현'을 담당하는 종5품 지방관.

1591년   2월 13일 전라좌도 수군절도사[8]로 승진

1592년   4월 12일 거북선[9] 완성

4월 13일 임진왜란[10] 발발

4월 24일 이일, 상주에서 패함.

4월 28일 신립, 충주에서 패함.

4월 30일 선조, 서북지방으로 피난. 4월 곽재우 등 의병[11] 일어남.

5월 2일 일본군 한성 점령

5월 7일 옥포 해전, 합포 해전

5월 8일 적진포 해전

5월 29일 사천포 해전(거북선 첫 출전), 이순신 왼쪽 어깨에 탄환을 맞고 부상. 군관 나대용도 부상.

6월 2일 당포 해전

6월 5일 제1차 당항포 해전

6월 7일 율포 해전

6월 14일 평양 함락

6월 선조 의주로 피난

7월 의병 고경명 1차 금산전투. 고경명 전사

7월 8일 한산도 해전(학익진[12] 사용)

---

8   조선 시대 각 도 수군을 총지휘하기 위해 두었던 외직 무관 벼슬

9   임진왜란 당시 조선 수군의 돌격전함으로, 그 겉모양이 거북이와 비슷하여 거북선이라 함. 이순신의 지휘 아래 군관 나대용이 건조함.

10   1592년부터 1598년까지 2차에 걸쳐 일본이 조선을 침략한 전쟁(1592~1598)

11   외적의 침입으로 나라가 위태로울 때, 적을 물리치기 위해 백성들이 스스로 조직한 군대

12   학이 날개를 핀 모습과 같다고 해서 붙여진 전법으로, 반원 안에 적 함대를 가두고 일시집중타격으로 공격하는 것. 함대를 일사분란하게 지휘해야 가능함.

7월 10일 안골포 해전

8월 29일 장림포 해전, 9월 1일 화준구미, 다대포, 서평포, 절영도, 부산포 해전. 녹둔, 만호, 정운 전사

10월 6일 진주 목사 김시민 진주성 전투 승리(1차 진주성 전투)

12월 명나라 이여송 대군을 이끌고 압록강을 건너 조선에 들어옴

1593년 1월 8일 평양성 전투 승리

1월 25일 벽제관 전투 패배

2월 6일~3월 8일 웅천포 해전

2월 12일 권율 행주산성 전투 승리

4월 일본군 한성에서 퇴각

5월 일본의 서진을 막기 위해 견내량 봉쇄

6월 22일 2차 진주성 전투 패배

7월 14일 본영을 여수에서 한산도로 옮김.

8월 10일 정철총통[13] 제조

8월 15일 삼도수군통제사로 임명, 10월 9일 임명 교지 받음.

8월 일본군 철수 시작, 명군 철수 시작

10월 1일 선조 한성 귀환 입성

1594년 3월 4일 제2차 당항포해전

3월 6일 명나라 담종인의 금토패문[14]에 항의

4월 명과 일본 서생포 회담

---

13 이순신의 지휘 아래 군관 정사준이 일본 조총과 조선 승자총을 절충하여 정철(正鐵)로 만든 조총. 한 번에 실탄 30+30+30=90발 발사, 발사대사거리 600보(100~300m)에 이름.

14 명나라 선유도사 담종인이 보낸 왜군을 공격하지 말라는 내용의 문서

8월 일본장수 고니시 등 수교 요청

9월 29일 1차 장문포 해전

10월 4일 2차 장문포 해전

12월 명나라 일본에 책봉사 파견 결정

1595년 1월 2월 명과 일본 웅천 회담

2월 둔전 경영. 우수영 시찰

4월 책봉사 한성 도착

5월 수군 경영 위해 소금 제조

12월 일본 조선 사신 파견 요청

1596년 1월~2월 김해, 거제, 안골포 일본군 철수

2월 둔전 경영

5월 전염병으로 죽은 병사를 위해 여제를 지냄.

9월 도요토미 히데요시 명나라의 책봉에 반발하여 강화 파기

10월 일본 조선 재침 통보

1597년 1월 14일 약 20만의 일본군 조선 재침

1월 27일 원균 제2대 삼도수군통제사에 임명

2월 26일 서울로 압송

3월 4일 감옥에 들어감.

4월 1일 감옥에서 나옴. 백의종군(2차)

4월 13일 모친상을 당함.

7월 원균의 삼도수군 칠천량 해전 대패. 원균 전사

7월 23일 삼도수군통제사로 재임명

8월 3일 삼도수군통제사 임명 교지 받음.

8월 일본군 전라도에 침입하여 남원성 함락. 9월 명군 직산 전투 승리

8월 28일 어란진 해전

9월 7일 벽파진 해전

9월 16일 명량 해전

10월 14일 아들 면의 전사 소식 들음.

10월 29일 고하도에 수군 진영 설치

12월 23일~1월 3일 명군 울산성 전투 패배

1598년 2월 17일 고금도로 수군 진영 옮김.

7월 16일 명나라 수군과 연합함대 편성

8월 18일 일본 도요토미 히데요시 사망. 일본군 총 철수 명령

11월 19일 노량 해전, 이순신 적의 총탄에 맞아 선상에서 전사. 10명의 조선 장수 함께 전사

11월 25일 잔여 일본군 부산에서 총 철수

해전도